Family Sins and Other Stories

William Trevor

生活的囚徒

[爱尔兰] 威廉·特雷弗 著

亚 可 译

上海译文出版社

目 录

三位一体……………………………1

德利马赫伦疑案…………………26

隔世之过……………………………47

第三者………………………………75

爱上阿里阿德涅…………………99

特雷莫尔的蜜月…………………127

版画师………………………………145

与奥利弗的一杯咖啡……………163

丈夫的归来…………………………183

校长的孩子…………………………201

八月的星期六……………………219

凯瑟琳的地…………………………244

译后记………………………………269

三位一体

这是夫妇俩蜜月之后的第一次旅行,出钱的是一位他们称为"叔叔"的老人。其实他们和叔叔并无血缘关系。过去十一年间,他名义上是道恩娜的雇主,事实上道恩娜和基思更像他领养的一双子女。他们住在他的家里,照顾他;但在另一层意义上,他也在照顾他们,而他总是不失时机地提醒他们。"你们最需要的是几天秋日的阳光,"他说,并让基思去收集度假宣传册,"你们的脸色白得跟床单一样。"

他们生活的点滴都渗透出叔叔的气息。老人会仔细聆听他们的每一句话。他被夫妇俩的兴奋之情所感染,满心欢喜地翻阅起五颜六色的宣传彩页,一本接一本地在餐桌上摊开。他惊叹于湛蓝的爱琴海和圣雷莫的鲜花市场,沉迷于尼罗河和金字塔,还有西班牙的阳光海岸、巴伐利亚的宝藏。最让他魂牵梦萦的还是威尼斯,他一次又一次说起它动人的桥梁和运河,以及圣马可广场的雄伟庄严。

"我太老了,去不了威尼斯,"他的声音带着几分悲戚,"我太老了,哪儿也去不了。"

他们连连反对，试图说服他同行。但他顾虑的除了年龄，还有自己的报刊店。他不能留下威瑟斯太太独自看店，她一个人应付不了。

"给我寄一两张明信片，"他说，"那就足够了。"

他为他们挑选了一个价格合理的度假套餐：从伦敦盖特威克机场出发，入住康卡迪亚旅馆，在梦幻城市度过十二晚。旅行社职员告诉基思和道恩娜：旅行团的其他成员来自温莎①的一个意大利语班，一位"班契尼先生"为他们授课。"你们可以自愿参加班契尼先生的导览活动，"职员介绍，"当然，在午餐和晚餐时间，你们将享有独立的餐桌。"

老人得知温莎意大利语班的事十分欣慰。他感叹道，能和这群人一起体验意大利语老师的授课，哪怕只是管中窥豹，也是意外的奖赏。"旅行能开阔人的眼界，"他说，"可惜我从没遇上这么好的机会。"

然而，不知哪个环节出了差错。要么在旅行社或者盖特威克机场，要么在某台无法查明的电脑里，一个微小的错误产生了。道恩娜和基思最终入住了一间名为"雪绒花"的瑞士旅馆。在盖特威克机场，他们把机票递给一名身穿"梦幻假期"黄红色制服的女孩。她亲切地称呼他们的名字，仔细检查了客票，告诉他们一切正常。一小时后登机，

---

① 温莎，位于英国伯克郡的一个小镇，英国王室官邸温莎城堡的所在地。

他们的身边满是操着英格兰北部口音的老人,这让他们颇感意外,因为旅行社职员特地提到温莎班契尼先生的意大利语班。道恩娜露出几分忧虑,但基思说,一定是意大利语班取消了行程,或者他们搭乘了另一个航班。"那是机场的名字,"当机长在广播里宣布的目的地不太像"威尼斯"的时候,基思自信地解释,"就像人们说盖特威克或者希思罗机场一样。"他们要了两杯杜林标酒①,那是道恩娜的最爱,之后又添了两杯。"我们将转乘大巴,"飞机着陆时一个戴眼镜的敦实女人大声说,"大家别走散了。"虽然宣传册里没说要在途中过夜,当大巴在雪绒花旅馆停下时,基思再次信心满满地宣称:他的同事曾讲过,旅行社就是靠"航班+大巴"的组合来降低成本的。下车时已临近午夜,经过一路舟车劳顿,他们已经无力质疑迎接自己的舒适床铺。但到了第二天早晨,当两人发现自己将在这间旅馆的212房间度过整个假期时,他们终于感觉不对劲了。

"我们这里有湖泊,有水鸟,"旅馆前台微笑着介绍,"还可以乘汽船去因特拉肯。"

"你们搞错了。"基思说。他竭力控制自己的声调,因为保持镇静至关重要。妻子焦急的呼吸声在他耳边起伏。当意识到出了问题的时候,她一下子瘫坐在地,现在她已经缓过来了。

---

① 杜林标酒,一种金色利口酒,由陈年麦芽威士忌、蜂蜜、秘制药草和香料混合而成。

"我们不能为您调换房间，先生，"前台不假思索地回答，"每个人都有自己的房间。您是跟团的，对吗？"

基思摇了摇头。不是这个团，他说，应该是另一个团，另一个地方。基思个子不高，自认为常遭人冷眼——各种政府职员，或是商店店员——他们一看他的五短身材就觉得他好欺负。前台用基思很反感的语气说：

"这里是雪绒花旅馆，先生。"

"我们本该去威尼斯的。康卡迪亚旅馆。"

"我没听过那间旅馆，先生。这里是瑞士。"

"应该有大巴送我们去威尼斯。飞机上的工作人员是这么说的。她昨晚也在这儿，那个女的。"

"明天我们安排了奶酪火锅派对，"前台礼貌地听完了他关于"工作人员"的描述，继续介绍道，"星期二我们会参观巧克力工厂。之后我们会乘汽船去因特拉肯喝下午茶。因特拉肯的纪念品价廉物美。"

道恩娜还没开口。她的个子也不高，脸上涂着浅橙色粉底，脸色显得格外苍白。"看你的可怜样儿。"老人常调侃，还叫她多卧床休息。

"啊，这地方真漂亮！"基思身后响起一个兴奋的声音，"你们喂过水鸟了吗？"

基思没有回头。他一字一顿地对前台说："我们的度假套餐被搞错了。"

"你们的旅行团在雪绒花旅馆预订了十二晚住宿。先生,如果您现在想改变主意的话——"

"我们没有改变主意。是你们搞错了。"

前台摇了摇头。没人告诉他搞错了。他很愿意帮他们,但也无能为力。

"帮我们预订的人,"道恩娜打断他,"是个光头,戴眼镜、留胡子。"她还报出了那间伦敦旅行社的名字。

前台保持着微笑,报以职业的同情目光。他用手指摸了摸柜台边缘。"留胡子?"他问。

三个昨日同机的老妇人穿过旅馆大堂。"你们注意到了吗?"其中一人说,"床单下面居然是橡胶衬板。""当你经营一间旅馆的时候,"另一个和蔼的妇人说,"再小心也不为过。"

"看样子出了什么问题?"一个满面春风的女人问基思。她正是基思口中的"工作人员"。她今天换了鲜亮的蓝绿两色衫裤套装,粉色眼镜上装饰着仿金的金属涡卷,一头灰白的波浪鬈发打理得很精致。在盖特威克机场,他们曾看见她与穿黄红制服的女孩交谈。在飞机上,她沿着过道来回走动,不住地朝大家微笑。

"我姓弗兰克斯,"她说,"那个腿脚不方便的男士是我的先生。"

"你是这里的负责人吗,弗兰克斯太太?"道恩娜问,"我们的旅馆被搞错了。"她再次提到旅行社的名字,并描述了光头职员的长相,还特地说到他的眼镜和胡子。基思打断了她。

"看样子我们跟错团了。当时我们在'梦幻假期'的女柜员那儿签到,之后就全听她的了。"

"我们发现他们不是温莎人的时候就应该意识到了,"道恩娜补充说,"我听见他们说起达灵顿①。"

基思不耐烦地哼了一声。他希望她闭嘴,让他来说。达灵顿或者职员的胡子对于解决问题都毫无帮助,只会把事情搞复杂。

"我们在盖特威克见过你,"他对敦实女人说,"我们知道你是负责人。"

"我也见过你们。我确实见过你们,这显而易见。我清点过旅行团的人数,我敢打赌你们没有注意到。莫妮卡检查机票,我清点人数。这样才能确保一切正常。让我向你们解释一下:'梦幻假期'为顾客提供各种度假胜地、旅游项目和套餐,价格也分各种档次。明白吗?无论你有多少预算,无论你有什么爱好,总有一款旅行适合你。比如说,有为三十五岁以下、爱猎奇的年轻人定制的别墅假期;有土耳其徒步;有适合独自旅行者的喜马拉雅徒步;有葡萄牙自助旅行;有十一月去卡萨布兰卡或者二月去比亚里茨的折扣套餐;有托斯卡纳的文化之旅;有索伦托的阳光之旅;有尼罗河观光;还有肯尼亚的野生动物园私人探险。

---

① 达灵顿,英国北部城市名。

我想对两位说的是，所有机票和标签看起来都一样，全是黄色票面加两道红杠，"弗兰克斯太太咯咯笑起来，"所以说，假如你们只是低头跟着手里拿红黄两色机票的人，最后完全可能走进一个野生动物园！"弗兰克斯太太的话像连珠炮似的，从齿缝间你追我赶地滚落。"当然了，"她最终安抚道，"那种事一百万年才会发生一次。"

"我们要来的不是瑞士。"基思丝毫不为所动。

"好吧，让我查一下，请稍等。"

话音未落，弗兰克斯太太已经转身走开，留下他们两人立在原地。旅馆前台也不见了踪影，只隐约听见打字声。

"她看起来人很好，"道恩娜耳语道，"那个女人。"

基思觉得这完全是句废话。在目前的情形下，弗兰克斯太太这个人怎么样无关紧要，就跟旅行社那个男人的相貌一样。他努力在脑海里回想每一个细节：把票递给女孩，坐下来候机，被女孩领上飞机，机长在广播里欢迎大家登机，梳着光亮黑发的空姐逐一检查乘客的安全带是否系好。

"他叫斯奈思，"道恩娜说，"他戴了块胸牌，上面写着'斯奈思'。"

"你说什么？"

"旅行社那个男的叫斯奈思。全名是 G. 斯奈思。"

"那人不过是个职员。"

"但订错行程的是他。他应当负责，基思。"

"即便如此。"

他早晚会丢出这句"即便如此",道恩娜心想。这是他惯用的伎俩,只为堵上她的嘴。你随口说句话,只是单纯地想帮忙,完全没有责备的意思,他却还以一句"即便如此"。你以为他会接着把话说完,他却没了下半句。那四个字孤零零地悬在空中,显得他很没有教养。

"你会给那人打电话吗,基思?"

"哪个人?"

她没有作声。他很清楚她指的是谁。他只需拨通客服电话,查询旅行社的联系电话。眼下这间旅馆的前台与此事毫无关系,向他抱怨等于对牛弹琴;至于那个女"负责人",她负责的根本不是威尼斯旅行团。向不相干的人投诉毫无意义。

"团里有你们这样的年轻人真好,"一位老人说,"我叫诺蒂奇。"

道恩娜礼貌地笑笑,像在报刊店里回应客气的顾客一样。基思头也不抬,他不想卷入任何对话。

"你们看见鸭子了吗?我从没见过那么漂亮的鸭子。"

老人身边是他的妻子,两人都已入耄耋之年。他夸鸭子的时候,她也频频点头。她说他们一觉睡到天亮,好多年没睡得这么香了,这当然归功于湖畔的清新空气。

"真好。"道恩娜说。

基思走出大堂,道恩娜跟在他的身后。两人走在旅馆庭院的砾石上,分别意识到这次不幸经历中的一种讽刺意味。这是两人蜜月之后头一次出远门，初衷在于暂时摆脱身边的老人——当两人劝说叔叔同行时，老人用不容反驳的语气强调了这一点。没想到他们竟一头扎进了老人堆里。

"你应该给斯奈思打电话。"道恩娜的话让基思愈加烦躁。她无法理解的是，即使她说的那人确实出了错，当时的小错到现在已经滚成了雪球，那人早已无能为力。基思是"通用保险公司"的柜台销售，对这类问题多少有些了解，知道最小的疏漏经过电脑网络的放大也会变得无比复杂。问题就是这样产生的，但要向道恩娜解释需要很长的时间。道恩娜是个无可挑剔的收银员，她熟知报刊店里玛氏巧克力、香烟和烟草的价格，报纸杂志的定价也一清二楚。但在其他方面，基思觉得她反应偏慢，常连一些简单道理也听不懂。

"嗨！"弗兰克斯太太高喊道。他们回过头，看着她踩着砾石穿过庭院。她的手里攥着一张粉纸。"我查了半天！"她挥着手里的纸，边走边说，"看看这个。"

那是一张电脑打印出的名单，每个名字都带着一串小点[①]。他们念道：K. 和 H. 比伊尔，T. 和 G. 克雷文，P. 和 R. 法恩曼。后面列着许多名字，包括 B. 和 Y. 诺蒂奇。他们自己的名字也在其中，按照字母顺序排在 J. 和 A. 海因斯同 C. 和 L. 梅斯之间。

---

① 即夫妻共用夫姓，名字首字母旁的下脚点。

"问题在于——"道恩娜说,基思把头扭到一旁。喋喋不休的妻子告诉弗兰克斯太太,度假的费用是由一位好心的老人支付的。他们和老人住在一起,在他们搬进他家之前他曾是她的雇主,现在依然如此。他们称他为叔叔,尽管他并非亲叔叔,而只是朋友——当然,比朋友更亲密。现在的问题在于,他们没去威尼斯,叔叔会很生气,因为他说过他们应该去威尼斯。另一件惹他生气的事是他们加入了一个老年团,而他恰恰想让他们暂时摆脱老人——虽然她自己并不介意照顾叔叔,将来也不会。旅行社职员说那群温莎的人很年轻。"我记得清清楚楚,"道恩娜最后说,"他叫斯奈思。G. 斯奈思。"

"哦,原来如此。"弗兰克斯太太答道。她沉吟了片刻说:"事实上,道恩娜,我和我先生都只有五十多岁。"

"即便如此,"基思说,"我们从没订过瑞士度假套餐。"

"但是你看,你们的名字就在上面。在盖特威克机场,你们递给我的机票上写得明明白白。跟比伊尔夫妇和梅斯夫妇的机票一样,也跟我和我先生的机票一样。没有一点区别,基思。"

"我们应该被送到正确的地点。应该有人来负责。"

"问题是,基思,我不知道你是否了解,你们现在和威尼斯之间隔着半个欧洲大陆。另一个问题是,我并不是'梦幻假期'的员工。我也是度假的游客,旅行社给我打了个折,让我帮忙带队。我的头衔是'领队'。"弗兰克斯太太还说，她的先生也仔细看过那张粉纸，结论与她完全一致。她问基思是否见过她的先生——就是那个腿脚不太好的人。他曾做过会计，现在仍以独立会计师的身份承接各种业务。雪绒花旅馆很棒，她说，"梦幻假期"对旅馆的甄选非常严格。

"我们要求你们和伦敦总公司取得联系，"基思说，"我们不属于这个团。"

弗兰克斯太太的脸上依然挂着笑容，她一言不发地举起粉纸。她的神情分明在说，事实摆在面前，谁也无法反驳纸上划线的名字。

"我们的名字不该出现在上面。"

一个男人一瘸一拐地穿过院子。他身材高大，走起路来摇摇晃晃，身上的海军蓝条纹夹克与棕色裤子很不协调，折断的眼镜腿上缠着透明胶带。他一步步走近，呼吸声逐渐可闻，唇间还隐约飘出吉尔伯特和沙利文[①]的音乐剧旋律。

"两只迷途的羔羊，"弗兰克斯太太说，"基思和道恩娜。"

"你们好，"弗兰克斯先生伸出手，"遇上不顺心的事了？"

最终是弗兰克斯先生建议基思给"梦幻假期"打电话。

[①] 吉尔伯特和沙利文，英国维多利亚时期的幽默剧作家和作曲家，两人之间有长达25年的合作。

出乎意料的是,克罗伊登的客服电话居然一下子就接通了。"稍等。"听完他的解释,客服女孩说。他听见女孩对身边的人说了什么,那人大笑起来。女孩的声音再次在电话里响起,她依然笑意未消。你们不能中途改变主意,她说,无论如何都不行。"我们没有改变主意。"基思抗议道。当他试图从头解释时,通话中断了——硬币用完了。他在前台兑了一张旅行支票,换了一堆五瑞士法郎的硬币。当他重新拨通电话时,他再也找不到刚才的女孩了,只得向另一个女孩重复了一切。"对不起,先生,"女孩说,"如果游客到达度假地之后还能随意更改的话,用不了几天我们就破产了。"基思对着话筒大嚷起来,道恩娜在电话亭外轻敲玻璃,手里举着一张纸,上面写着:那个人叫 G. 斯奈思。"脑子有点儿毛病。"虽然客服女孩捂住了听筒,基思还是听见了她的话。电话里又传来一阵咯咯的笑声,然后挂断了。

这不是基思和道恩娜第一次陷入困境:他们早已习惯了多舛的命运。结婚几年后,基思尝试过瓶装小船的手工活儿,却因为购置原料的失误陷入债务泥潭;在那之前——早在两人认识以前——道恩娜曾被"羔羊与旗帜"酒吧解雇,原因是她违规收取小费。基思曾在修理房屋时锯错水管,导致楼下公寓的天花板垮塌,业主向他开具了一张高达两百英镑的账单。道恩娜离开"羔羊与旗帜"之后，叔叔给了她一份店里的工作，后来叔叔还帮他们还清了瓶装小船生意的负债。最后他说服他们搬进他家。他说，如此对三个人都有好处。他的姐姐死后，他越发感到独居的不便。

他们在因特拉肯为他挑选了一张明信片：一座曾在"007"系列电影里出现过的山峰。然而他们不知该写些什么。假如他们坦陈自己的遭遇，回去后必定要面对老人无声的嘲讽——他会一言不发地盯着他们，眼中闪烁着鄙夷的目光。几年前他曾当着他们说过——尽管只有一次——他俩天生走背运。道恩娜追问时，他解释说，他们属于人群中倒霉的那一类；说句不好听的话，就是"软柿子"，天生命不好，并非自身的错。从那以后，老人的这一判断只在眼神中浮现。

"去柜台选好蛋糕，"道恩娜说，"他们会放在碟子上递给你。之后服务员会过来问你点什么茶。我看别人都是这么做的。"

基思选了一块浇糖浆的青梅蛋糕，道恩娜选了草莓馅饼。落座时，女服务员走过来，微笑着站在桌前。"红茶加奶。"道恩娜说。之前她对报刊店的一个顾客说起要出国旅行，那人提醒她，必须说清楚茶里要加奶，否则端上来的只是一杯加了茶包的热水。

"就说遇上了罢工？"道恩娜建议，"你经常听说机场因为罢工而关停。"

基思仍然怔怔地盯着空白的明信片。他不相信说谎是个明智的选择。在老人面前说谎并不容易。他总能让你浑身不自在，并最终吐露真相。但另一方面，他的责难会持续好几个月，尤其考虑到他为这次旅行支付了"一大笔钱"——这话他会反复说上几百遍，"基思总是这样。"他会喋喋不休地对店里的客人讲，丝毫不在乎道恩娜也能听见。到了晚上，道恩娜会在枕边把他的话告诉基思。叔叔说过的话她总是一句不落地告诉丈夫。

基思默默吃着青梅蛋糕，道恩娜嚼着草莓馅饼。两人都没有开口，心里的想法却如出一辙。"你们俩没有一点儿商业头脑。"在瓶装小船生意泡汤之后，老人曾如此评论；后来道恩娜的裁缝店也无果而终，他再次抛出那句话。"要是把楼下交给你们，我估计撑不过一个礼拜。"他喜欢用"楼下"指代自己的店。每天清晨五点，他会准时下楼签收最新的报纸。这样的生活他已经重复了五十三年。

由于罢工，基思写道，飞机无法在意大利降落。因此行程临时做了调整。其实这样也不错，我们同样见识了一个陌生的国家。希望您的感冒已经痊愈，道恩娜又添了一句。这个地方真的很美！吻你

他们能够想象他把这张明信片递给威瑟斯太太。"我一点儿也不惊讶。"他会说，威瑟斯太太会赔着笑上两声，并提醒他不要过于刻薄。威瑟斯太太很乐意多挣点儿钱，当老人问她是否愿意做两周全职的时候，她毫不犹豫地答

应了。

"罢工是常有的事,谁都可能遇上。"道恩娜说,不知不觉扮演着威瑟斯太太的角色。

基思咽下最后一口青梅蛋糕。"去史密斯律师那儿取一张遗嘱。"他想象那个暴躁、不悦的声音对威瑟斯太太说,那时明信片已被他塞进大使馆牌书架上。第二天早晨当她取回遗嘱,他会假装一整天都没看见,直到她下班时他才把遗嘱攥在手里。"真是个怪老头。"之后威瑟斯太太会这样告诉道恩娜。

"其实在这儿度假也不错。"道恩娜终于鼓起勇气,凑过来小声说,"在瑞士度假也不错,基思。"

他没有回答,转头打量起茶屋。用作柜台的长玻璃柜里展示着琳琅满目的糕点果品:杏、李子、苹果、胡萝卜蛋糕、黑森林蛋糕、浸满糖浆的水果蛋糕、切片杏仁饼、迷你柠檬挞、橙味手指饼干、咖啡翻糖蛋糕。妻子的话让他有些恼火,他决定不搭理她,让她难受一会儿。他的目光缓缓游移在精心布置的圆桌之间,打量着每一对夫妇平静的面孔。他漫不经心地望着女服务员微笑的脸,她们深红色的围裙与深红色的褶边桌布相映成趣。他刻意表现出对她们饶有兴趣的样子。

"这地方真的挺不错。"道恩娜再次小心地试探。

其实他对此并无异议。这地方确实挑不出一点毛病。本地人讲德语,但能听懂英语。伊诺克·梅尔乔去年曾去了意大利的某个小地方，语言上的麻烦层出不穷——据说有一次他自以为点了豌豆，结果端上来一个鱼头。

"我们可以说自己很喜欢这个地方，于是决定留下来。"道恩娜建议。

她似乎到现在还没明白，他们是无权做任何决定的。叔叔为他们挑选了威尼斯的十二日假期，他也为威尼斯的十二日假期掏了腰包。"连个臭水沟也不如，"伊诺克·梅尔乔曾这样评价威尼斯，尽管他自己并没去过，"简直臭气熏天。"但这并不重要。叔叔预订的是威尼斯的回忆，他们带回的也必须是威尼斯的回忆。一并带回的还应有威尼斯著名的玻璃雕像，它将被放置在叔叔的壁炉上。道恩娜会把康卡迪亚旅馆的菜单和餐厅乐队弹奏的旋律一五一十地写进日记。威尼斯此刻正沐浴在温煦的阳光里，报纸上说这是多年以来最美的秋天。

他们走出茶屋，街道上寒风乍起，刺痛他们的眼睛。他们在陈列着各式手表的橱窗前漫步，依次造访每一间标着"免费参观"的纪念品店。有一只座钟上雕了一个女孩，会在整点时刻荡起秋千；另一只钟上有一男一女在合力拉动长锯；还有一只钟上有人在给牛挤奶。形状各异的八音盒里流淌出多彩的旋律：《莉莉玛莲》《蓝色的多瑙河》、电影《日瓦戈医生》的主题曲《拉娜之歌》《命运华尔兹》。还有用英文印着明年日历的烤箱手套，以天鹅绒为衬底、加框的干花摆设。巧克力店里的陈列也让人目不暇接：瑞士莲、瑞莎、雀巢、甘耶……口味方面，有果仁巧克力、葡萄干巧克力、牛轧蜂蜜巧克力、白巧克力、牛奶巧克力、黑巧克力、软糖夹心巧克力、灌了干邑或者威士忌或者查特酒的酒心巧克力，还有巧克力做的老鼠和风车。

"太有意思了。"道恩娜由衷地赞叹。他们走进另一间茶屋，这一次基思点了栗子蛋糕，道恩娜点了黑加仑蛋糕，两块蛋糕上都装饰着奶油。

傍晚时分，他们走进旅馆的餐厅。木质墙面漆成淡雅的灰色，格调十足。坐在他们周围的是来自达灵顿的老人，两人一桌，如旅行社承诺的那样。鸡汤面是他们熟悉的味道，随后的猪排也是英国风味，配了苹果酱和土豆片。"餐厅懂得我们的口味。"弗兰克斯太太风一样掠过每张餐桌，兴奋地重复道。

"真不错。"道恩娜点点头。最初意识到行程出错时，她觉得胃里一阵翻腾。她只想冲进洗手间，坐在马桶上，祈祷一切只是个噩梦。她忍不住责怪自己，因为是她注意到飞机上有那么多老人，而旅行社的人说过同机的是温莎的年轻人。当广播里宣布机场名称时，也是她微微皱了一下眉头。基思总是对她的疑虑嗤之以鼻，比如有一次床垫推销员上门，道恩娜只是多问了几句，基思就不假思索地付了定金。基思的问题在于他总是表现得胸有成竹，似乎他知道一些她不知道的事。"我们在这儿只住一晚。"当时他说。她以为他一定在行程单上见过或者旅行社职员告诉过他。他无法控制自己，天生就是这个脾气。"你的脑袋里装的是棉絮吗？"叔叔曾不客气地数落他——那是八月的一个公休日，可怜的基思订错了车，结果三个人多花了一个小时才到达布莱顿码头。

"这地方并非一无是处，基思。"她把头微微一侧，紧绷的面容松弛下来，化作一个微笑。晚餐前他们在湖边漫步。她稍一弯腰，一群水鸟就朝她游过来。之后她还换上了为此行特意买的淡黄褐色新连衣裙。

"明天我再打一次电话。"基思说。

她看得出他依然忧心忡忡。他机械地吃着食物，对身边的一切无动于衷。只要她一提威尼斯，他就会发火，因此她把到了嘴边的话又咽了回去。十天之后他们才需要面对叔叔的冷眼，现在不如及时行乐——这句话她也没说出口。

"如果你想打电话的话，基思，"她最终说，"你就打吧。"

不难理解，他比她更想打这个电话，因为身为男人，他将承受更多的责备。不过整件事到最后也不会那么糟，冷眼与责难总会过去。他们至少有奶酪火锅派对作为谈资，以及巧克力工厂。此外还有水鸟、茶屋，以及在宣传页上看到的山巅火车之旅。

"香蕉船怎么样？"服务员推荐道，"要尝尝威廉姆斯酥皮卷吗?"

他们有些茫然。威廉姆斯酥皮卷是加了梨肉和冰激凌的蛋白酥皮卷,服务员解释说。非常美味,他个人十分推荐。

"我来一份。"道恩娜说。基思也要了一份。她想提醒他,每个人都很和善,弗兰克斯太太很同情他们的遭遇,体贴的餐厅经理专门过来询问晚餐是否可口,服务员也和蔼可亲。但她没有开口,有时基思就是这样郁郁寡欢。像个"耷拉的抽屉",叔叔有时会说,或是"掉进阴沟的倒霉蛋"。

周围充斥着老人们的喃喃低语。道恩娜看得出,他们的岁数比叔叔还大,有些甚至要老十岁到十五岁。她不知基思是否同样注意到了,也不知这是否让他倍感忧虑。她听见他们谈论白天购买的纪念品和造访的茶屋。他们看上去精神矍铄,像叔叔一样充满活力。"说不定哪天我一蹬腿就去了。"他常半开玩笑地说。道恩娜看着一勺又一勺的香蕉和酥皮卷被送进那些饱经沧桑的嘴,它们慢慢地咀嚼,吮吸其中的甘甜。她忽然意识到,叔叔完全可能再活二十年。

"只是运气不太好。"她说。

"即便如此。"

"别这么说,基思。"

"别说什么?"

"别再说'即便如此'了。"

"为什么不行?"

"求你别说了,基思。"

两人都在孤儿院长大,都不知父母是谁。道恩娜还记得基思小时候的模样——当时他十一岁,她九岁,不过那时两人还没有擦出火花。长大以后,他们在孤儿院的年度舞会上重逢(那时"舞会"还被叫作"迪斯科")。"我在一间报刊店上班。"她说。她没有提起叔叔,因为那时他仅仅是她的雇主,而且他的姐姐还活着。他们结婚一阵子以后,他才对他们的生活产生影响。如今他们不假思索便能预见他想法多变和异想天开,隔老远都能看到他又跟西默斯神父吵架。他偶尔会去神父所在的教堂。他们曾经尽力劝架,调整心态面对他的多变,抵制他烦人的怪想法。现在他们不这么做了。存放在史密斯律师事务所的遗嘱和老旧的弹子球室是他用来威胁他们的两件法宝,后者被他称为"供男人消遣的最佳场所"。他和朋友在弹子球室见面;他在那里读《每日快报》,喝"双钻"啤酒——他宣称那是世界上最棒的瓶装啤酒。他说,如果弹子球室的资金难以为继,如果老少爷们儿再也无法玩弹子球,那会是一件莫大的憾事。

弗兰克斯太太站起身。她请大家安静,然后宣布了次日的行程。第二天旅行团将游览詹姆斯·邦德峰,所有人十点半在院子里集合。不想参加的人需要在今晚告诉她。

"我们可以不去，基思，"弗兰克斯太太坐下后，道恩娜小声说，"你不想去的话可以不去。"

用餐者的低语再次响起，餐勺激动地挥舞着。假牙、白发、眼镜；叔叔完全可以置身其中，但他绝不会这么做，因为他自己也厌恶老人。"这就是你们想告诉我的，是吗？你们想告诉我，你们一头扎进了老人堆里？"道恩娜清楚地听见他的声音，仿佛他就在她的耳边故作惊讶地大喊，"你们飞到了错误的国家，和一群老家伙一起度假！开什么玩笑？"

好心肠的弗兰克斯太太没有再提此事。她明白一对三十出头的夫妇不会加入一个老年团，她也知道那不是他们的错。但是在叔叔面前提起弗兰克斯太太没有一点好处。基思与旅馆前台以及克罗伊登客服之间的争吵也毫无帮助。叔叔只会一言不发地听完，然后陷入沉默。之后他会说起弹子球室。

"今天过得愉快吧？"弗兰克斯太太在离开餐厅前问他们，"虽然有点儿小波折，结果还不错，是吗？"

基思充耳不闻，埋头吃他的威廉姆斯酥皮卷。弗兰克斯先生说起酥皮卷，笑称每个人都得小心体重了。"不得不说，"弗兰克斯太太说，"老天爷对我们还不错。至少今天没下雨。"她依然穿着那套艳丽的裙装。她说自己以"相当优惠"的价格买了一些"罗莎大人"香水。

"我们可以不提这些老人，"弗兰克斯夫妇离开后，道恩娜小声说，"忽略这个细节。"

道恩娜把勺子伸向玻璃杯深处，去挖梨肉下面的冰激凌。她知道他在想什么：她早晚会说漏嘴。每个星期六她会给叔叔洗头。洗头的时候他总唠叨着必须用温水，万一感冒就麻烦了，于是她会随便说点儿什么逗他开心。她发现自己一心不能二用，给他洗头的时候常常忘记自己在说什么。但这次她下定决心不要重蹈覆辙。叔叔常在她清点报纸的时候忽然问个问题，害得她一下子忘了数，她也曾下定决心不重蹈覆辙。

"你们找到温莎的朋友了吗？"一个推着助步器的老妇人问他们，"唉，很着急吧？"

道恩娜知道老人没有恶意，便耐心地解释。其他老人也停下来听，其中几个耳朵有点儿背，不时请她重复刚说过的话。基思继续吃威廉姆斯酥皮卷。

"基思，这不是他们的错，"老人们离开后，她小心翼翼地说，"他们也爱莫能助，基思。"

"即便如此，你也没必要招惹他们。"

"我没有招惹他们，是他们自己过来的。和弗兰克斯太太一样。"

"弗兰克斯太太是谁？"

"你知道我说的是谁。那个胖女人。早晨她自我介绍过，基思。"

"我一回伦敦就去告他们。"

从他的口气里她能听出，这才是他一直在想的事情。在他们乘汽船去因特拉肯时，在他们造访茶屋时，在他们走在微凉的街道或是推门走进纪念品店时，在他们望着琳琅满目的钟表和巧克力时，在他们坐在灰色木质墙面的餐厅里时，他每时每刻都在考虑自己回去之后要怎么讲，要在下一张明信片上写什么。他的答案是：起诉旅行社。回到英国后，他会站在厨房里义正词严地说，自己星期一就约律师在午休时间见面。叔叔会沉默不语，甚至懒得摇一下头。他知道请律师是要花钱的。

"他们应该全额退款。一分也不能少。"

"我们不如好好玩几天，基思。告诉弗兰克斯太太我们明天也上山吧。"

"什么山？"

"她刚才说的那座山，明信片上的那座。"

"明天早晨我要给克罗伊登的人打电话。"

"你可以十点半以前打，基思。"

最后几个老人缓缓起身，经过时道了晚安。总有那么一天，道恩娜想，他们会自己安排一次去威尼斯的旅行，和温莎那样的人同行。她想象着康卡迪亚旅馆里满是温莎来的人，每个人都比他们年轻。她想象着班契尼先生在他们当中踱来踱去，不时把一两个词翻译成意大利语。康卡迪亚旅馆的餐厅里回荡着笑声，餐桌上摆着一瓶瓶红酒。那些年轻人的名字会是罗布和德西蕾，卢克和安杰莉克，肖恩和艾梅。"我们曾叫他叔叔，"她听见自己说，"他不久前去世了。"

基思站起身。服务员娴熟地收拾桌布，并祝他们晚安。旅馆大堂里一个陌生的女服务员朝他们微笑。几个老人聚在一起，说外面太冷了，最好别出去散步。"你们会错过电视节目的。"其中一人说。

彼此身体的温度是他们熟悉的慰藉。他们没有孩子，因为报刊店的二楼不适合生养孩子。半夜的哭声会让叔叔发疯，不用问也知道他的想法。最初搬来与他同住是个错误，现在他们需要更长的时间来弥补这个错误。

他们没有说彼此身体的温度是一种慰藉。他们从不说这样的话。他们的日常对话总是围绕着基思期待的升职，以及道恩娜渴望的衣服。他们还会讨论如何多挣一点钱，或者为老人擦洗地板或钉牢地毯来抵扣房租。

听过他们的经历之后，他会提起自己在哈利法克斯银行的存款、报刊店的良好声誉以及四年前做过的估值。他会再次说起，无论什么年纪的男人晚上都应该有个地方可去，白天也同样该有个聊以解忧的场所。他会再次声明，作为一个受惠的男人，他在必要的时候须为弹子球桌的翻新和租金电费出一分力。"以此纪念一个谦卑的人，"他会反复说，"一位好心的店主。"

在黑暗中，他们谁也没说：假如不是他坚持他们需要几天秋日的阳光,他们也不会再次陷入被羞辱的窘境。似乎凭借对他们的了解,他精心安排了这一场闹剧,作为继续蹂躏他们的借口。天生的可怜虫,他的眼睛仿佛在说,不仅没能力照顾自己,连彼此的需求也无法满足。

在黑暗中,他们也没说:他们对他遗产的贪恋恰如他对他们顺从的贪恋——正是这种贪恋造就了日益牢固的三位一体。他们也没说:他的钱,以及钱所代表的自由,是他们生活中的星辰,正如他的残忍是他余生最后的快乐。在被单下,两人不知不觉地紧紧相拥。半梦半醒间,他们的耳畔响起他的轻声嗤笑。在梦中,那笑声依然如影随形。

德利马赫伦疑案

德利马赫伦从未发生过如此骇人听闻的事情，人们从未如此震惊。与别处的居民一样，他们也拥有属于自己的苦难与悲伤，也不乏奇闻逸事，抑或从遥远的过去流传下来的故事。十九世纪八十年代，一位船长夫人和一个驼背小贩私奔了。一七九八年，起义军[①]在德利马赫伦和郊区山间展开了抵抗斗争。北爱纷争期间，一个本地人被黑棕部队[②]在田野里处死。然而，没有哪个故事或是哪段记忆，比得上一九八五年五月二十二日清晨降临的那一场惨剧。

清晨，麦克多德一家照常在农舍里醒来。麦克多德穿上衬衣裤子，从厨房门边的挂钩上取下黑色外套。他抽出衣服口袋里的绳子当作腰带系上，又从胶鞋里掏出袜子。他带着两条牧羊犬出了门，把奶牛赶回牛棚挤奶。妻子洗漱完毕，把水壶放在炉子上，随后敲响女儿的房门。"莫琳！"她说，"起床了，莫琳！"

莫琳没有应声，麦克多德太太并不意外。她回到房间穿好衣服。"该起床了，莫琳！"她喊道，一边猛敲女儿的房门，但屋里一点动静也没有，"你是不是病了？"她略带疑惑地问。平时这个时候，莫琳要么打着呵欠，要么会应一句。"莫琳！"她又喊了一声，推开房门。

麦克多德把牛赶进棚。穿过院子的时候，他隐约感到有什么不对劲，但清早的倦意让他的脑子有些迟钝。妻子隔着田地朝他大喊，他听不清她在喊什么，但不止一次听见了女儿的名字。他忽然意识到院子里到底哪里不对劲：莫琳的自行车没有靠在厨房的窗外。"莫琳昨晚没回家，"当他走近时，妻子反复说，"她不在床上。"

他们给牛挤了奶，因为无论莫琳出于什么原因没回家，奶总是要挤的。早饭也端上了桌，不吃早饭对谁都没好处。麦克多德一言不发地吃着，胃口丝毫没有受到影响，而妻子吃得比平时少些。"我们开车过去看看。"饭后他说，声音里充满了火气。

她点了点头。当她第一眼看见那张整洁的床，她就知道他们必须做点什么。他们不能坐等着一封信或者电报送上门，或是女儿计划的别的什么。他们要开车去兰西·巴特勒家——他和他的母亲住在一起，昨晚莫琳就是骑车去了他家。夫妻俩嘴上虽然没说，心里担心的却是同一件事：女儿竟然擅作主张，和兰西·巴特勒那个娇生惯养的窝囊废私奔了。

---

① 全名为"联合爱尔兰人社会"的爱国团体，起义的目的是争取爱尔兰独立。
② 黑棕部队是英国皇家爱尔兰警队部署的一支准军事部队，用以镇压爱尔兰共和军发动的革命。

麦克多德今年六十二岁，瘦高个儿，面部肌肉深陷，一头参差的花白头发。妻子比他小两岁，身材同样瘦削，面容粗糙，长着一双干了一辈子农活的手。他们之间很少说话，婚后一直如此，但他们也不争吵。农场上的事鲜有争执，因为他们认为争执毫无价值，只是自然而然地靠天吃饭。夫妻俩生养了五个孩子，莫琳是最小的，也是唯一留在家里的。上个月她刚度过二十五岁生日，但他们并没有庆祝——麦克多德家没有这种习惯。

"穿条体面的裤子，"麦克多德太太提醒道，"你不能就这么去。"

"这样挺好。"

她知道劝不动他，也就不再坚持，转身回房换了双鞋。至少他不会穿着那件用绳子当腰带的外套——他只有冷天早晨赶牛时才穿。早饭前他已经把那件衣服脱了，应该不会再穿上。她在自己的旧裙子和针织衫外面套上一件防水外衣。

"小婊子。"他在车里说。她没有吭声。

两人此刻是同样的心情：不安，恼火，依然无法相信眼前的事实。女儿居然不知羞耻地欺骗了他们——在去往巴特勒家的四英里路上，这个念头萦绕在两人的脑海里。他们下了柏油公路，拐上巴特勒家的田间小路，这时传来一阵狗叫。副驾驶那一侧的车窗一个月前就关不严了，尖厉的狗叫声盖过了引擎的轰鸣。

看来果真如此，他们听见狗叫声想。莫琳和兰西昨晚私奔了，巴特勒太太一个人吆喝不了一群奶牛。难怪那条老狗像疯了一样叫唤。麦克多德在心里又狠狠地骂了一句"小婊子"。兰西·巴特勒，他想，天啊！兰西·巴特勒会牵着她的手走进婚礼的舞池，然后带她走上一条不归路，最终流落在某个鬼地方的阴沟里。他警告过她上千遍：兰西·巴特勒是个无可救药的白痴。

"他的父亲是个本分人，"最终他打破了沉默，"从没沾过一滴酒。"

"那个老女人毁了他。"

他们不会私奔太久的，两人各自心想。兰西·巴特勒或许会娶她，或许会临阵脱逃。无论哪种情况，她都会在半年内——最长一年内——回家。那时候她也许已经有了身孕。

他们把车开进院子，两人都没有第一时间发现躺在水泵旁的女儿。他们的注意力仍旧被狂吠的狗所吸引——那是一条黑白条纹的牧羊犬，和他们家里那两条一样。下车时，车轮扬起的灰尘依然弥漫在他们的眼前。狗在院子的角落里疯狂地转圈，一刻也不停歇。那条狗疯了，麦克多德太太想，估计被什么吓着了。然后她看见水泵旁边女儿的尸体。她的自行车倒在一米之外，仿佛她刚从车上跌落。自行车旁还有两只死兔子。

"上帝啊。"麦克多德说。妻子从他的声音里能听出，他还没有看见女儿，而是发现了别的什么。他去了狗的那边。他只是本能地过去，想让狗安静下来。

她跪在地上对着莫琳低语，心里默念着：女儿只是刚从自行车上摔下来。然而莫琳的脸像石头一样冰冷，身体也僵硬了。麦克多德太太一声哀嚎。下一刻她发现自己倒在地上，紧紧抱住莫琳的尸身。没多久她听见丈夫也泣不成声。他跪在地上，双手抓住女儿的身躯。

麦克多德太太记不得自己是如何站起来的，不知从哪儿来的力气，也不知为何要站起来。"别过去。"她听见丈夫说。他正用外衣袖子拭泪。当她朝狗走去时，他并没有阻拦她，而是跪在女儿面前，抽泣着呼喊她的名字，哀求她不要死去。

狗趴在门前，不再叫唤。一米之外巴特勒太太躺在地上，一条腿蜷在身下，地上的血是褐色的，中间一摊依然殷红。望着她的尸身，麦克多德太太猛然醒悟：莫琳并非从自行车上跌落。她回到女儿的尸身前。在水泵旁的两只铁桶后面，她看见了兰西·巴特勒的尸体。地上不远处有一把猎枪，正是那把枪打烂了巴特勒太太的脸。

警长奥凯利迅速得出结论。和麦克多德夫妇一样，巴特勒太太也极力反对儿子与莫琳的婚事。但她的反对比麦克多德夫妇还多出一层原因：她极度依恋自己的儿子，坚信任何女人都不配将他夺走——这一点无人不知。兰西是她唯一的孩子，也是多次流产之后仅存的硕果。兰西的父亲在他两岁那年就过世了，留下孤儿寡母生活在偏远的农场。奥凯利听说巴特勒太太脑子本就有点不正常，在兰西的事上更容易因妒生恨。一定是她为了避免儿子被恋人抢走，盛怒之下枪杀了莫琳。兰西试图夺下猎枪，没想到猎枪走火打中了她。兰西这个软弱的年轻人，在自杀与面对现实之间选择了前者。这个基于凶案现场的推理让奥凯利警长很满意，德利马赫伦的居民们也纷纷赞同。"悲剧早已注定，"麦克多德在葬礼上说，"从可怜的莫琳和兰西·巴特勒开始约会的那一天起，悲剧就已经注定。"

德利马赫伦是一个普通的乡①，除了名为"德利马赫伦路口"的十字路口外，再没有其他地标。村子由中等大小的农场组成，每个农场三十英亩上下，分散在沼泽之间。农场彼此相距几英里，正如麦克多德家和巴特勒家。村民们去附近的吉尔莫纳村参加弥撒或向萨林斯神父忏悔。农场的孩子们去蒙特克罗镇上学，每天早晨一辆黄色校车在各个农场的路口接上他们，下午放学再原路送回。乳品厂的卡车每天沿同样的路线去各家收牛奶。村里可以买到面包和杂货，但要买鲜肉的话就要去蒙特克罗。男人们会在村里杂货铺的小吧台前喝上几杯，但真要买醉也得去蒙特克罗。蒙特克罗还有五金店、服装店，以及一间名为"安

---

① 原文为"townland"，是爱尔兰的最小行政区划，平均大小约300英亩（约合1.21平方千米），最大的可以达到7500英亩（约合30.35平方千米）。

比"的电影院——直到六十年代兴起的电视将其淘汰。德利马赫伦、吉尔莫纳和蒙特克罗构成了德利马赫伦村民日常生活的一方天地。他们极少外出，除非去大城市找工作或者永久地离开。

麦克多德家的孩子们属于远走高飞的那一群，他们得知噩耗后纷纷赶回来。葬礼上四个孩子都到齐了：两个带着丈夫，一个带着妻子，还有一个单身的女儿。麦克多德家前几次的团聚还是他们各自的婚礼，两场在吉尔莫纳，一场在遥远的斯基贝林——一年前麦克多德的儿子在未婚妻的家乡成婚。在莫琳的葬礼上，去年那次婚礼依然历历在目：开着大众汽车的长途旅行，在提耶尼酒店度过的一晚，次日的依依惜别。谁也想不到下一次团聚竟是因为如此的悲剧。

葬礼之后一家人回到农场。几个孩子早就知道莫琳与兰西·巴特勒的关系，也知道双方家长的极力反对。他们从小就了解巴特勒太太对儿子近乎病态的爱，也听说过这位古怪母亲的各种轶事，并亲眼见识过兰西在孩提时代受到的溺爱。"哦，别着急，兰西，晚点再做。"类似的话她一个小时可以说上十几遍，似乎所有农活儿都无关紧要。"啊，没关系，今天不用上学。"兰西小时候她曾这么说，起因只是兰西抱怨乘法表或是马丁兄弟高中二十个周末拼写作业太难了。德利马赫伦村民不知道最终倒霉的是农场还是兰西自己。

"她到底看上了他什么？"麦克多德太太在餐桌前伤心地回想，"有谁知道她到底看上了他什么？"

他们都摇了摇头。葬礼上的泪痕还挂在每个人脸上。没有人说话。

"这件事我们永远也忘不了。"父亲凝重地说。这是他们唯一能说的话，也是唯一确定的事。麦克多德夫妇将终老于此，在那之前，这件惨绝人寰的悲剧将令他们寝食难安。他们知道，假如莫琳骑车时被一辆汽车撞倒，她的死会更容易接受，或是死于疾病，某种无法治愈的绝症。巴特勒家的院子、来回疯跑的咆哮的狗、三具僵硬的尸体——这些画面将长久地印在他们的记忆里，像刀子一样剜他们的心。一条生命就这样白白浪费，如此残忍的命运为何会落在莫琳身上，为何要让一个纯真美丽的少女枯萎在一对怪异的母子之间？村里还有别的姑娘——卑贱、放荡的姑娘——她们看上去和巴特勒一家更配，所有人都会这么说。

"开车去我家住几天吧，"一个女儿邀请道，"好吗？"

父亲盯着桌面一言不发。大家都明白，只有婚礼或是葬礼才值得出一趟远门。或许莫琳活着的时候还能商量——她可以留下来照管农场；如今莫琳不在了，这个话题压根没必要提起。麦克多德太太想挤出一个微笑，表示对女儿的谢意，但她的嘴角纹丝未动。

离奇的死亡自然会吸引猎奇的目光。这件事登上了本地报纸，在广播和电视上均有报道。之后德利马赫伦和附近的村镇渐渐恢复了平静。人们给麦克多德夫妇写信表达同情。还有人亲自上门探望，但也待不了太久。"假如需要我的话，"萨林斯神父说，"来吉尔莫纳村 23 号。你们可以托人带话，也可以直接去教堂。"

麦克多德夫妇从没去找他。夏季在眼前流过，他们在六月的晴天里割好过冬的草料，照料着地里的土豆和即将成熟的大麦。秋天的雨水比往年多，他们开始担心大麦的收成。

"您好，"十月的一天下午，一个男子走进院子，"您是麦克多德先生吗？"

麦克多德点点头，吆喝几条牧羊犬安静下来。这个陌生人大概是接替退休的老多诺格的肥料推销员。然后他想到多诺格从不在这个时节到访。

"可以和您说句话吗，麦克多德先生？"

麦克多德瘦脸上的皱纹渐渐聚拢，眉头也皱了起来。他抬手挠了挠花白蓬乱的头发，下意识地掩饰心中的困惑。作为一个多疑的乡下人，他总是不愿外人知晓或是猜出他脑子里的想法。

"说句话？"他说。

"可以进屋谈吗，先生？"

麦克多德找不到任何让这个人进屋的理由。陌生人长了一张红润的脸，穿着黑色灯芯绒裤子和工装外衣，显得很邋遢。他的头发又黑又长,耷拉到脸颊两侧形成刷子一样的鬓角。他一副城里人的口音,不难猜测,他一定来自都柏林。

"你想和我谈什么?"

"我听说了您女儿的事,我很抱歉,麦克多德先生。真是太不幸了。"

"那件事已经过去了。"

"是的,先生。已经过去了。"

一辆红色轿车缓缓驶进院子,引擎的声音低得让人难以察觉。它让麦克多德联想到某种警觉、迟缓的爬行动物。轿车在牛棚边停下,没有人下车,但麦克多德看见方向盘后面坐着一个戴墨镜的人影。那是一个女人,也是黑头发,嘴里叼着烟。

"或许能给您带来好处,麦克多德先生。"

"能有什么好处?那是你的车吗?"

"我们专程开车来见您,先生。那位女士是我的同事,海蒂·福琼。"

女人下了车。她比男人高一些,长着一张阴沉的脸,穿着蓝色衬衣和同色的裤子。她把烟头扔到地上,小心地用鞋跟踩灭。她像开车时那样不紧不慢地穿过院子,来到两人面前。狗冲着她狂吠,但她不为所动。"我叫海蒂·福琼。"她用英国口音说。

"我还没告诉您我的名字,麦克多德先生,"那个男人说，"我叫耶利米·泰勒。"

"我希望耶利米已经向您表达了我们的慰唁，麦克多德先生。我希望您和太太能接受我们最深切的同情。"

"你想要什么？"

"我们去过巴特勒农场了，麦克多德先生。我们在那儿待了很久。我们和一些人聊过。我们可以也和您聊一聊吗？"

"你们是报社的？"

"在某种意义上，是的。在某种意义上，我们代表媒体。我可以肯定，"女人补充道，"您已经见过不少记者。您会发现我们很不一样，麦克多德先生。"

"我和我老婆对记者没什么可说的。当时我们没说，之后也不会说。我还有农活儿要干。"

"麦克多德先生，能给我们五分钟吗？在您的厨房里聊五分钟，与您和太太。给我们一个解释的机会，可以吗？"

麦克多德太太闻声走出来。她站在门内，比丈夫更警觉地打量着两个陌生人。陌生女人迎上前，她只好默默地握住了对方伸出的手。

"很抱歉打搅你们，麦克多德太太。泰勒先生和我一直在努力向您的丈夫表达清楚这一点。"

麦克多德太太没有应声。她不喜欢这个女人阴沉的脸和她的邋遢同伴。他的身上透着一种猥琐，是那种不修边幅的城里人时常流露出的气质。那个女人虽不猥琐，但从她嘴角的弧度就能看出她不是一个真诚的人。她一开口就是假惺惺的语气。

"一切还未真相大白，麦克多德太太。这是我们想告诉您的。"

"我已经拒绝你们了。"麦克多德说。"我叫他们赶快走。"他对妻子说。

麦克多德太太盯着女人的墨镜。她依然伫立在原地，没有走进院子。男人说：

"要不我先给你们拍张照？您不会介意吧，先生？我给您和太太拍张照？"

女人被抢了话头，脸上现出一丝不悦。她左手的手指不耐烦地扭动着。她迅速打断道：

"现在还没这个必要。"

"我们需要照片，海蒂。"男人咕哝着。他压低声音，不想让麦克多德夫妇听到。但他们从他泛红的脸上看出了他的抱怨。女人不耐烦地对他说了句什么。

"你们再不走的话，我们就报警了，"麦克多德说，"这是私闯民宅。"

"如果真相被隐瞒的话，您女儿的在天之灵也无法安息，您说是吗，麦克多德先生？"

"我还想告诉你们，我们的狗凶起来是很厉害的。"

"真相没有被隐瞒，"麦克多德太太说，"我们都清楚发生了什么。侦探勘查了现场，每个人都能看出发生了什么。"

"并非如此，麦克多德太太，真相还未水落石出。这就是我想告诉您的。那些人甚至还没有接近真相。表象并非真相。"

麦克多德叫妻子锁上门。他们会开车去蒙特克罗报警。"我们不想和你们打交道，"他愤怒地对两个访客说，"如果狗咬断你们的胳膊，可别怪我没打过招呼。"

女人不为所动，声音也毫不慌乱。她提到三千英镑左右的报酬。"如果你们同意聊一聊，我们愿意支付高额的报酬。耽误你们的工作时间，我们对此十分抱歉。泰勒先生提到的照片也会有相应的报酬。总数大概是三千英镑。"

后来当麦克多德夫妇回想起这一幕时，他们依然记得当时两人共同的反应：这不是个骗局，承诺的报酬会悉数兑现。他们被那个数目所震惊，三十英镑已经能派上大用场，更别说三千英镑。秋雨毁了大麦，女儿的死让他们少了个帮手，再加上悲剧对他们身心的双重打击。如果这件事真能带来三千英镑，他们或许可以卖掉农场，换一间镇上的平房。

"让他们进屋。"麦克多德说。妻子领着他们进了厨房。

疑案发生的村庄在爱尔兰乡间随处可见。从科克到卡文，从罗斯康芒到罗斯莱尔，你常会见到与巴特勒家和麦克多德家相似的偏僻农舍。莫琳·麦克多德是个天性善良、人见人爱的姑娘。懒惰与贪婪与她无关；父母说她是个完美的女儿，近乎圣女。在一张老照片上，五岁的莫琳是个长着雀斑、面带微笑的孩子；另一张照片上她穿着初领圣餐的裙子；第三张摄于哥哥的婚礼，她已出落成一个健康的女孩，脸上绽放出灿烂的笑容，右手端着一只茶杯。还有一张父母在厨房的照片，下面用斜体注明拍摄者为耶利米·泰勒。德利马赫伦的圣女，海蒂·福琼写道，在二十五年的生命中从未缺席过弥撒。

这则报道搭配了富有年代感的褪色照片。"你们听说过我们的周日增刊吗？"海蒂·福琼在厨房里问麦克多德夫妇。后者摇了摇头，他们从没读过英国报纸。他们平时只读爱尔兰的《星期日独立报》。

在周日增刊的页面上，巴特勒家的院子呈现出荒凉的灰褐色，水泵也显现出平日难以觉察的质感。一辆与莫琳的自行车相仿的替代品放倒在地上，一条与巴特勒家的狗相似的牧羊犬正在嗅牛棚的门。然而，照片上三具尸体的缺席、倒伏的自行车激起的灰尘以及嗅门的狗——这些元素在画面上营造出诡异的气氛，虽然并非血淋淋的现场，却依然传递出恐怖的气息。"你找的是本地摄影师吗？"增刊的助理编辑问。当被告知耶利米·泰勒来自都柏林时，他要求加入一条摄影师的简介。

警方——具体说是奥凯利警长——只看见了案件的表象。在那三具倒在五月晨光下的尸体中，他们选择了兰西·巴特勒作为他们贫瘠想象力的替罪羊。巴特勒太太出于臭名昭著的恋子情结，为了避免莫琳夺走儿子，开枪杀死了她。她的儿子——据奥凯利警长的个人推断——把猎枪从母亲的手里夺下来，慌乱中走火击中了她。几秒钟之后，他结束了自己的生命。然而在那支猎枪上发现了上述三名死者的指纹，这是奥凯利警长无法解释的。为什么巴特勒的猎枪上会出现莫琳·麦克多德的指纹？奥凯利宣称，莫琳·麦克多德作为农场的常客，"自然而然"会摸过那支猎枪。按照我们的日常经验，一位常客不会"自然而然"地摆弄你家的枪械。警长在这个问题上含糊其词，因为他自己也心存困惑。那支猎枪是用来打兔子的，他说。其实他也知道猎枪平常的用途与案件本身并不相干。他提到兔子只是因为他无法提供莫琳·麦克多德碰过那支致命武器的合理解释。三名死者的指纹已经变得模糊、"难以辨认"，并在枪身多处出现。警长的说辞基本上是：信不信由你。随后他不耐烦地补充道：这重要吗？

我们想说：这很重要。我们必须指出，继臭名昭著的凯里郡婴儿疑案和弗林案之后，又一桩骇人听闻的惨案被束之高阁。德利马赫伦的村民告诉你的故事与奥凯利警长炮制的报告如出一辙。每个人都知道兰西·巴特勒的母亲是个言语刻薄、占有欲强烈的女人。每个人都知道兰西是个废物。每个人都知道莫琳·麦克多德是个虔诚的女孩。自然是那位母亲无法忍受女孩的"入侵"，因而痛下狠手。

接下来，自然是愚蠢迟钝的兰西一时糊涂，把枪口对准了自己的母亲。最终头脑简单的他自然别无选择，唯有追随两个主导了自己生命的女人。

还有一种可能，无论是奥凯利还是巴特勒的邻居都没有想到。一封信在兰西·巴特勒卧室的抽屉里被找到了（惨剧之后，向巴特勒家贷款的爱尔兰联合银行接管了土地、农舍及家具，并将其拍卖）。警方居然忽略了如此重要的线索，实在令人瞠目。这封信来自莫琳·麦克多德，写于惨剧发生前的一周：

"亲爱的兰西，除非她收敛一点，否则我看不到一丝嫁给你的希望。我想嫁给你，兰西，但她从不让我们独处。如果我继续待在你家，结果只能是这样，而你也知道，我的父亲是不会让你踏进我家一步的。你的母亲毁掉了我们最后的希望，兰西，她永远不会放手。我每次骑车过来，总要面对她言语的侮辱和怨毒的目光。我想我们已经走到了尽头。"

既然莫琳已经明确表示恋情走到了尽头，为什么巴特勒太太——一个据称"能比你先读出你的心思"的女人——还要杀死莫琳？你越揣摩那个老女人的心理，就越觉得她不可能无谓地犯下谋杀罪，摧毁她拥有的一切。巴特勒太太不是那种行事冲动的人。她的嫉妒和愤怒压抑在内心深处，如同焖烧的火苗，从未熄灭过。

然而莫琳·麦克多德——年轻、冲动、爱情岌岌可危——拥有圣女的天性和虔诚，却在那个宿命般的傍晚犯下了一生中从未触碰的所有罪过。地狱的烈焰也抵不上被愚弄的女人的怒火——一个受到命运非难的女人或许也是如此。老女人知道自己胜利在望，越发地得意。她言语的侮辱和怨毒的目光也越发地肆无忌惮。巴特勒太太希望莫琳·麦克多德消失，永远从她的农场上消失，再也不敢回来。

据说那晚兰西·巴特勒在陷阱里发现了两只野兔。每次莫琳来找兰西的时候，两人常去检查陷阱。他会骑着她的自行车，莫琳侧坐在后座。兰西自己没有车。据我们推测，猎枪上之所以沾有莫琳的指纹，是因为两人顺路打了猎。当他们返回农场时，莫琳手里拿着猎枪和野兔。据说莫琳死前不久曾哭过。兰西在打猎的路上或许安慰过她，但莫琳深知这是他们最后一次外出，她再也不会在傍晚与他约会。他的母亲对她的怨恨，加上兰西的软弱，一同摧毁了她的希望。巴特勒太太一如既往地站在院子里咒骂她，于是莫琳朝她开了枪。她跳下自行车后座，兔子掉了下来，兰西也和车一起倒在地上。他叫她住手，但为时已晚。她意识到自己再也无法拥有他。她怪他从未站在自己这一边，从未为她做出任何牺牲。如果她无法拥有这个自己深爱的软弱男人，别人也休想拥有他。于是她亲手杀死了自己的恋人。几秒钟后,心如死灰的她结束了自己的生命。

后面还有更多关于莫琳的文字。增刊的彩页上引用了麦克多德太太的话,说女儿是个乐于助人的孩子。她的父亲说她是自己最疼爱的孩子。在她小时候,她会跟着他下地,看着他把土豆块茎种进土里。后来,她会给他送茶;再大一点,她会帮他做力所能及的事情。萨林斯神父说她是一个"神选"的孩子。教会女校的一位修女满怀爱怜地回忆起她。

奥凯利正是屈从于本地村民的这种情感。德利马赫伦的村民有意无意地保护着关于莫琳·麦克多德的记忆,警长也顺水推舟。她是当地人心中完美的女儿,一个"神选"的姑娘。假如奥凯利警长擅自得出相反的结论,他一定无法再走进德利马赫伦,或是吉尔莫纳村,或是蒙特克罗镇。爱尔兰人不会轻易原谅抹黑他们现世圣徒的人。

"我想告诉你这篇东西里写了什么,"萨林斯神父说,"我想亲自告诉你,免得你从别处听到这个让人震惊的消息。"

他是专程开车来的。当他注意到报纸上的报道时,他觉得有必要立刻找麦克多德夫妇谈谈。在他看来,这则报道几乎和惨剧本身一样糟糕,他的整个教区都遭到了诋毁,一位警长被说得与他每日追逐的罪犯无异。他把这篇东西读了两遍,惊讶于文中的照片。海蒂·福琼和耶利米·泰勒也找过他，但他告诉他们，事情已尘埃落定，不必多此一举。他解释说，人们只想尽快忘记在他们中间爆发的罪恶，而他自己依然在为巴特勒母子和莫琳·麦克多德祈祷。那个女人点了点头，似乎被他说服了。"我带了相机过来，神父，"那个男人在离开前说，"可以给您拍张照吗？"萨林斯神父站在金钟花丛旁，心想拍张照片也无伤大雅。"照片洗出来我会给您寄一张。"男人说。但照片从未寄来。他第一次见到它是在周日报纸上，他几乎认不出自己——眼皮酒醉似的耷拉着，下巴上满是青色胡茬。

"这件事太可怕了。"他在麦克多德家的厨房里说。厨房的摆设让他想起报道里的另一张照片：乳白色搪瓷电炉、绿色橱柜上的圣婴雕像、铺了地毯的地板、闹钟和衣服挂钩、蓝色塑料贴面的餐桌、收音机、电视。和巴特勒家的院子一样，厨房在照片里同样透出一种难以名状的氛围。晦暗、平淡的色彩，肮脏的窗帘边缘，剥落的油漆——这一切俨然一幅精心的构图，让观者疑窦丛生。

"我们从没想到她会把莫琳说成那个样子，"麦克多德太太说，"全是谎言，神父。"

"显然如此，麦克多德太太。"

"我们都知道那晚发生了什么。"

"显然如此。"

麦克多德一句话也没说。他们收了对方的钱。是他让那两个人走进他们的家。那个女人开了一张三千一百五十英镑的支票,并坚持要加上那额外的一百五十英镑。

"您从没说过她是神选的吧,神父?"

"当然没说过,麦克多德太太。"

他听说奥凯利警长已经找过律师,咨询那篇文章是否构成了诽谤,但律师告诉他,诉讼花费不菲,更别说还有败诉的风险。对于德利马赫伦的村民和警察来说,对于案件的简单解释是最容易接受的,因为每个人都了解巴特勒母子。并不存在所谓的"疑案",也没有人心生异议。

"让我们一起祈祷吧。"神父说。

他们跪下祈祷,起身时麦克多德太太哭了起来。每个人都会读到,她说,仿佛忘记了神父刚才的话和祷词。每个人都会读到这篇报道,每个人都会相信那个故事。"底层民众,"她重复着报纸上的话,哽咽着皱了皱眉,"他们说巴特勒一家是底层民众。他们说我们都是底层民众。"

"那只是那个女人的一面之词,麦克多德太太。请你不要在意。"

"那些生活在欧洲最西边孤岛上的头脑简单的农民,"麦克多德人人念道,"在偏远闭塞的村庄里,常常陷入自我蒙蔽之中。"

"别在意他们怎么写。"萨林斯神父安慰她。

"'底层'是说我们很穷吗?"

"那个女人是这么看的,麦克多德太太。"

现在疑云笼罩在德利马赫伦上方,吉尔莫纳和蒙特克罗也如此。在萨林斯神父看来，疑云的背后暗藏着恶毒。人们不再相信自己的直觉，其他报纸也会争相报道。更多陌生人会蜂拥而至。萨林斯神父预感会有人拍一部莫琳·麦克多德的电影，疑案将成为传奇。人们会乐此不疲地谈论莫琳·麦克多德的性格，甚至会有人为此写书。莫琳的父母会终生责备自己由于贫困而未能抵御金钱的诱惑，直至离世的那一天。

"孩子们会看到这些照片的。"

"别担心，麦克多德太太。"

"从来没人说过她近乎圣女。从来没人说过，神父。"

"我知道，我知道。"

麦克多德太太捂住脸。她瘦削的肩膀痛苦地起伏，呜咽震颤着她的身体。作为一个母亲，她实在承受了太多，神父想。为了取悦读者，报纸竟然把她惨死的女儿说成杀人凶手。她的丈夫从桌前站起身，背对着妻子，望向空荡荡的院子。他用低沉疲惫的声音说：

"那都是些什么人啊？"

神父默默摇了摇头。在这间被耶利米·泰勒的镜头扭曲的厨房里，麦克多德太太尖叫起来。她坐在蓝色餐桌前，嘴唇紧缩，声嘶力竭地尖叫，一声惨似一声。这一次萨林斯神父没有试图安慰她，麦克多德依然凝立在窗前。

隔世之过

一封不期而至的电报。来度周末吧，休伯特在电报里说。我依然记得那时的兴奋之情，因为他是我最好的朋友。我没钱买火车票，只得求助于父亲。"大家手头都不宽裕。"父亲说。他只给了我一点可怜的零花钱，我最终借助拉米纸牌游戏从法院书记员麦卡迪那儿又赚了些钱——他对这种游戏非常痴迷。

那是一九四六年的夏天，暑日漫长绵延，看不到尽头。车窗外乡野的绿色已然褪去，但还未转为枯黄。旅途的最后几英里经过海边，阳光在海浪上闪烁、跳跃。

"有个叫帕梅拉的姑娘，"休伯特接站时没有欢迎的动作，只是淡淡地说，"我之前大概没提过她。"

我们从坦普尔迈尔特火车站出发，渐渐远离海边，步入城郊蜿蜒的街巷。路旁随处可见供游客短租的房屋，休伯特说它们比海滨旅馆更便宜。博彩公司的员工家属就住在这里——"无忧"旅馆、"弗雷斯利亚之家"、科伊斯·纳法雷古旅馆。我们爬上山丘，穿过铁门，门内是坐落在另一座山丘上的花园。我们沿着假山间的小径拾级而上。我抬起头,透过蜀葵和灌木丛可以看见休伯特家的玻璃阳台。

"帕梅拉是谁?"

"她每个夏天都来。我的表妹。"

我们一进屋就听见一个声音说:"休伯特,我想见见你的朋友。"

"好吧。"休伯特嘟囔着。他把我领进一间小屋,焦褐色的百叶窗半掩着,把阳光挡在外面。一位老妇人坐在钢琴前,闻声转过身来。她身着老式的黑色长衫,显得很严肃;花白的头发往上梳起,团成一个整洁的发髻。可以看出她曾经很漂亮,脸上疲惫的皱纹里依然藏着一双年轻的眼睛。

"欢迎你,"她说,"休伯特很少请朋友来。"

"非常感谢,普朗克特太太。"

琴凳又转了回去。琴键上响起施特劳斯的华尔兹音符。我提起行李,跟着休伯特出来。回到大厅,他抬起眼睛,一言不发。我们在沉默中登上台阶。刚踏上二楼的地板,楼下不知从何处传来一个女人的声音:"休伯特,别告诉我你忘了买蜂巢。"

"哦,上帝!"休伯特不耐烦地嘟囔,"放下箱子,我们得回去取那个鬼东西。"

我们走进一个小房间,我把行李箱放在床上。房间里的摆设是为男人准备的。出来之前,休伯特说:

"祖父最近中风了。你不用理他。他从不下楼。"

大厅的桌子上放着一只深色相框,里面嵌着祖父年轻时的照片:严肃、瘦削如刀片的脸,中分的头发整齐地梳到两鬓,夹鼻眼镜,一条表链斜挎过黑色背心的前胸。休伯特在学校里经常提起祖父。

"刚才问蜂巢的人叫莉莉,"休伯特在假山间的小径上说,"算是个女佣。他们快把她这把老骨头累瘫了。"

我们出了花园,走上来时的路。休伯特聊起男校的同学,尤其是奥西·里奇帕特里克、盖尔和弗尼。他知道那三个人的近况:奥西·里奇帕特里克去了医学院,盖尔加入了英国陆军,弗尼在做手帕生意。

"都柏林手帕公司,"休伯特说,"他用公司信笺给我写了封信。"

"他自己做手帕吗?我可没法想象。"

"他只卖手帕。"

奥西·里奇帕特里克、盖尔和弗尼是去年夏天毕业的,而休伯特和我几周前刚刚毕业。现在是八月,等到十月我也会和奥西·里奇帕特里克一样,成为一名大学生,但不是在医学院。休伯特还没决定自己的前途。

"到了。"他说。我们穿过两扇高大的木门,里面似乎是一个泥瓦匠的院子。地上堆着砖,还有一束用绳子捆着的水管,工棚里放着圆锯。"这个女人卖蜂蜜。"休伯特说。

他敲了敲虚掩的门,没多久一个女人走出来,手里拿着一个蜂巢。"我看见你进来,"她说,"还好吗,休伯特?"

"我很好。您好吗,汉拉恩太太?"

"我很好,休伯特。"

她用好奇的眼神打量着我,但休伯特没有费工夫介绍我。他把钱递给她,接过蜂巢。

"我专门挑的蜂巢。里面是上好的蜂蜜。"

"一看就知道。"

"你祖母的身体怎么样?普朗克特先生的病情还稳定吧?"

"他还那样,汉拉恩太太。没有变得更糟。"

女人把肩膀靠在门框上。你看得出她还想多聊几句,假如我不在场的话休伯特或许会多待一会儿。走出院子时他说:"她对汉拉恩干的那些坏事一无所知。汉拉恩死了一段时间了。"

休伯特没再解释汉拉恩到底干了什么坏事。他提议去海边转转。他带着我走进一条散落着细沙的小巷,巷道在民居的屋后花园之间蜿蜒,一直通向海边的沙丘。他握着蜂巢一侧的木框。换作平时,风会把沙子吹到蜂巢上,但今天的海边很平静,午后的阳光照亮辽远的天空。我们在海边漫步,几乎见不着人影。

"你表妹人怎么样?"

"你很快就知道了。"

休伯特天生一张略带忧郁的脸,每当他开怀大笑或是微笑时,瘦削的脸庞会发生戏剧性的变化,每一道皱纹间都洋溢着笑意，双眼如蓝宝石般闪闪发光。他的小麦色头发总是梳得一丝不乱。"他以为自己是个花花公子，对吗？"刻薄的希腊文兼拉丁文老师曾说。

"我在考虑去非洲。"我们准备回家的时候他告诉我。

休伯特的父母在英国的一次车祸中丧生。"那是'二战'前发生的最后一件事。"休伯特向我们复述这桩悲剧时曾戏谑地说。那是一九三九年九月二日，星期六，他们开车离开弗吉尼亚湖边的公路旅馆，不幸与巡回动物园的大卡车迎面相撞。卡车后面装了满满一笼猩猩，车祸之后它们四下逃窜。那时休伯特十岁，在牛津郡郊区上小学。他说那天校长把他叫出来，先铺垫了一番"勇气"和"刚毅"，才把噩耗告诉他。校长的话并没能让他为听到父母的死讯做好心理准备，因为他原以为自己因为再次拖欠学费被退学了。彼时英国已向德国宣战，学校把学生集合起来听了电台广播。"你的人生不会再有更黑暗的日子了，休伯特，"校长在告知他个人的噩耗前说，"至少你可以从中汲取力量。"

我们把蜂巢送进厨房。"莉莉，"休伯特对桌前揉面包的干瘦妇人说，同时也算向我介绍她，"汉拉恩太太说这是上好的蜂蜜。"

她点了点头，又朝我点了点头。她问我旅途是否顺利，我说马马虎虎，她说自己一向不喜欢坐火车。"每次休伯特返校的时候，"她说，"我总会这么说。我一坐火车就难受。"

"你有烟吗，莉莉？"休伯特问。她朝橱柜的方向歪了歪头，上面放着一包玩家牌香烟。"以后再给你钱，"他许诺道，"我拿两根。"

"别忘了你已经从厨房拿了七根烟了。我可不要你的钱。晚饭后买一包回来。"

"我正想问你，莉莉，可以借我一英镑吗？"话没说完，他已经打开了烟盒旁边的绿色钱包，"星期二还你。"

"你每次都说星期二还。你以为厨房是银行吗？"

"假如莉莉年轻几岁的话，"休伯特转头对我说，"我明天就娶她。"

他从钱包里取出一张一英镑钞票，在橱柜表面展平，端详了片刻钞票上拉威利夫人的美丽容颜，举到唇边吻了一下，才小心地插进上衣内侧的口袋。"今晚我们要去跳舞，"他说，"你去过'四省'舞厅吗，莉莉？"

"别烦我。"

我们在休伯特的房里抽了烟。他的房间很整洁，两扇窗之间的墙上贴着达·芬奇的《天使报喜》[①]。休伯特打开唱机，躺在床上。我坐在房间里唯一的椅子上。弗兰克·辛纳屈的歌声飘了起来。

"他们想在非洲种植地豆，"休伯特说，"我觉得自己会

[①]《天使报喜》描绘了天使加百列奉告圣母马利亚她将诞下圣子耶稣的场景。

感兴趣。"

"地豆是什么？"

"一种他们想移植到非洲的坚果。他们应该会替我付路费。"

他没说去非洲的哪个国家，当我追问时，他含糊地说那无关紧要。他听说还有一个安装电话亭的项目，以及一个向优秀非洲学生讲授基础水利工程的项目。"当然，你自己得先上一门课，"休伯特解释说，"我个人更倾向于种坚果。"

他把唱片翻了个面。辛纳屈唱起《开始跳比根舞》。

休伯特说："我们可以赶七点半的火车去，之后搭便车回来。吃晚饭时别磨蹭。"

在学校里，大家都觉得休伯特很"野"，在某种程度上也拜他父亲所赐——后者二十五年前在同一所学校里留下了相同的名声。休伯特的"野"不仅在于屡犯校规，更因为他总是恣意行事。缺零用钱，他就卖掉自己的衣服。在周末外出或是周日傍晚参加弥撒时，我们会穿素色西装，再配一条学校或学院的领带——他把那套衣服拿到都柏林的旧衣店卖掉了。他自己从不在周末外出，弥撒时会穿平时的黑色毛料校服充数。他把自行车以十一先令的价钱卖给了奥西·里奇帕特里克，又把行李箱卖了八便士。"我不明白这是为什么。"在课堂上他总是心直口快，敢于说出我们没有勇气说出的话。他不在乎暴露自己的无知，不在乎和牧师争论神的存在,也不在乎餐厅里学长的呵斥——有时候一顿饭他一口也不动。然而,休伯特最与众不同之处在于,他动辄就会讲起自己与祖父的故事,而两人间的关系远不算融洽。他反复描述普朗克特先生的外貌与严苛的性格——一个爱穿硬翻领衬衫的暴躁老人,总是一本正经,固守着上个世纪的基督教道德观念。普朗克特先生在餐前必念一遍祈祷文,和学校里一样,只是他的祷文更为冗长;他常常吹嘘自己在健力士啤酒厂勤恳一生后攀上的高位。"他一辈子滴酒未沾,你们明白吗?他七岁就决定终生禁酒。小小年纪就活得像个修士。"休伯特很少提到普朗克特太太,对莉莉更是只字未提,让人感觉祖父的家庭生活似乎并不幸福,而是冷冰冰的。每次开学他总是第一个返校,有一次甚至提前了一礼拜,尽管他自己声称看错了开学日期。

"好吧,我们下楼去。"晚餐铃声响起时,他对我说。休伯特一马当先,我们连蹦带跳地下了楼。我看见一扇门打开,一个女孩的身影一闪而过。进了餐厅,休伯特顺手又打了一下铃。

"没必要再打了,"祖母和蔼地责备道,"我们都到齐了。"

女孩朝我微笑,害羞的表情让我也脸红起来。丈夫不在,普朗克特太太念起了祈祷文。我们各自站在桌前,双手搭着椅背。"今天真热闹,"落座时她温和地说,"帕梅拉,把沙拉递给客人。"

"好。"

帕梅拉一开口脸就红了,眼神飞快地朝我这边扫了一下。休伯特在我身旁一言不发,显然很享受帕梅拉的尴尬。我知道他在想什么:老夫人以为我们三个已经认识了,其实并非如此。

"我希望你爱吃沙拉,"普朗克特太太对我微笑,"休伯特就不太爱吃沙拉。我不明白为什么。"

"因为休伯特不喜欢沙拉的味道,"休伯特接话道,"生菜对他来说寡淡无味;西红柿皮会粘在喉咙眼里;韭葱的味道让口气变得难闻;萝卜是些恶心的小玩意儿;其他蔬菜也好不到哪儿去。"

表妹笑了起来。她是个漂亮的姑娘,深色短发、蓝眼睛。那晚我没有留下更多的印象,只记得她穿着浅粉色裙子,前面缀着一排白色扣子。她微笑的时候更美,脸颊上浮现出一个酒窝,鼻翼两侧褶皱微起,令她的面容分外迷人。

"嗯,非常有趣。"当休伯特停止抱怨,普朗克特太太淡淡地说。

除了沙拉,晚餐还有腌牛肉。休伯特抓起了两片黑面包,抹上黄油,自制了一个牛肉三明治。祖母全程都盯着他。她的表情很奇怪,似乎是出于责任感勉强为之。我能看出她的不情愿。我忽然意识到,这是她的丈夫会做的事,她只是在忠实地遵从躺在楼上的丈夫的意愿。休伯特在腌牛肉上抹了芥末，又撒上黑胡椒。普朗克特太太一句话也没说。休伯特执刀的缓慢动作，以及他低声哼唱的弗兰克·辛纳屈的歌，让表妹和我备觉尴尬。帕梅拉不慎把盐罐里的小银勺碰了出来，她的脸唰地红了。

"你可不是在酒吧里，休伯特，"普朗克特太太看见他抓起三明治往嘴里塞的时候忍不住说，"帕梅拉，帮我们倒杯茶。"

休伯特充耳不闻。"别磨蹭，"他提醒我，"如果错过七点半的火车，我们就只能搭便车了，那可不知道要等多久。"

帕梅拉倒了茶。普朗克特太太把自己盘子里的生菜切成精致的细丝。她加上沙拉酱，一丝不苟地把沙拉搅匀。最终她说：

"你们要去都柏林吗？"

"我们去跳舞，"休伯特说，"哈考特街的'四省'舞厅。今晚是肯恩·麦金托什。"

"我没听说过这位麦金托什先生。"

"很有名的，墨点乐队。"

"墨点？"

"他们是唱歌的。"

普朗克特太太的身边放着一只大号的圆形面包板，上面摆了几种面包，她用一把很钝的面包刀缓慢地将面包切片。桌上排着梅子酱、树莓酱，以及我们从汉拉恩太太那里买来的蜂巢。此外还有水果蛋糕、咖啡蛋糕、松饼和黄油酥饼。我们吃完腌牛肉之后，莉莉又端来一盘手指泡芙。她收走了用过的盘子，普朗克特太太对她道谢。

"汉拉恩太太说这是她专门为你挑选的蜂巢。"休伯特说。

"她真是个好人。"

"自从汉拉恩死后，她就孤单得要命。她一见到人就说个不停。"

"可怜的女人。当个泥瓦匠的寡妇不容易啊，"普朗克特太太向我解释说，尽管我已经知晓，"他六周前从房顶上摔了下来。"

"事实上，"休伯特说，"没了他，她过得更好。"

"这是什么意思，休伯特？"

"汉拉恩总是勾引商店里的姑娘。谁都知道。"

"别说这么粗鲁的话，休伯特。"

"我的话吓着帕梅拉了吗？你被吓着了吗，帕梅拉？"

"不，不，完全没有。"在外祖母替她回答之前，帕梅拉慌忙张口。她的脸再次变得绯红，不过局促不安并没有令她失色，反而更显可爱。

"汉拉恩先生是个正派人，"普朗克特太太斩钉截铁地说，"你只是道听途说而已，休伯特。"

"有一个宾奇店里的姑娘，还有一个爱德华兹蛋糕店的。汉拉恩把她们两个都带去了沙丘。你记得汉拉恩吗，帕姆①?"

她摇了摇头。

"他来给水管刷过漆。"

"你们快点儿吃,要不赶不上火车了。"普朗克特太太说。她挽起袖口,看了一眼藏在里面的腕表。她点了点头,确认自己刚说的话。她转头对外孙女说:

"吃不完没关系。"

帕梅拉有些困惑地朝外祖母笑了笑。她动了动嘴唇,又把话咽了下去,只是微微摇头。

"帕梅拉也去都柏林吗?"休伯特说,"你要去看电影吗,帕梅拉?"

"你们不带她一起去?你不想和男孩们跳舞吗,帕梅拉?"

"不想,不想。"她使劲摇着头。她说自己要洗头。

"但你想去跳舞吧,帕梅拉?"

休伯特站起来,手里还拿着半块黄油酥饼。他朝我摆了摆头,暗示我抓紧时间。帕梅拉又说了一遍自己要去洗头。

"上帝!"休伯特在客厅里嘟囔,然后低声笑了笑。"我敢肯定,"穿过花园时他说,"她记得汉拉恩。那家伙还跟她调过情。"

---

① 帕梅拉的昵称。

在火车上我问他帕梅拉是谁，他说是姑姑的女儿。"她家住在罗斯康芒郡的小地方，每个夏天她都来过暑假。"他对我的其他问题都含糊其词，或是不耐烦地皱皱眉。"帕姆无聊透了。"他简短地总结。

"她看起来没那么无聊。"

"老头子把她当成掌上明珠。当年他也是这么宠她妈的。"

我们在"四省"舞厅遇到的姑娘与休伯特的表妹截然不同。休伯特说她们来自贫民窟，但那显然不是事实，因为她们打扮入时，还有钱买软饮和香烟。她们的腿上涂着当时流行的液体丝袜，唇上涂着鲜艳的口红，眼皮上粘着假睫毛。但所有和我跳舞的姑娘要么消瘦，要么臃肿。我想起帕梅拉纤细的身材和美丽的脸庞。她温润的嘴唇犹在眼前。

我们伴着《时光流逝》《秋叶》和《爱上爱情》起舞。唱歌的是墨点乐队。一个舞伴说："你的朋友真英俊，不是吗？"

舞会结束时，休伯特挑了两个姑娘，由我们送她们回家。

肯恩·麦金托什和乐队开始收拾乐器。我们沿着哈考特街走了一段路，然后搭上11路公交车。两个姑娘是护士。我身边的这个很活泼健谈，她问我外省的生活是什么样的，还问我有没有离开的打算。我把上医学院的计划告诉了她。她说:"等你来上学的时候没准我还能遇见你。"但她的声音里并没有太多期待。虽然还是八月,她已经穿上了一件厚厚的绿色羊绒衫。她的脸扁平、苍白,涂着艳俗的口红。她说为了准时赶到医院,清早五点就得起床。护士长是个脾气暴躁的人。

我们来到姑娘们的公寓前,休伯特问是否可以进去喝杯茶,但她们不让我们踏进公寓半步。"我还以为得手了。"他闷闷不乐地嘟囔。换作他的父亲,一定能进去,他说。她们会为他的父亲做一顿饭,并满足他的任何要求。我们走到路口,希望能搭上回坦普尔迈尔特的车。我们足足等了两个小时才有一个货车司机让我们上车。

第二天是周六,休伯特和我去菲尼克斯公园看赛马。我们没吃早饭,又为了赶时间错过了午饭,到达公园的时候第一场赛马已经结束了。"老头子肯定暴跳如雷,"休伯特说,"你知道他对这件事会怎么看吗?"普朗克特太太和帕梅拉会端坐在餐厅里等我们,他说,然后她会叫帕梅拉上楼看看我们是否还在睡觉,之后再亲自上楼查看。"直到她们去问莉莉,她会说我们出门看赛马了。"他的话里多少透着几分得意,脸上却没有一丝笑容。我们离开前,他又向莉莉借了两英镑。

"他会暴跳如雷,因为他觉得我们应该带上帕姆。"

"你为什么不喜欢帕梅拉?"

休伯特没有回答。他说:"要是当时汉拉恩向她求婚就有意思了。"

如果这话是在学校里说的,听起来会很不一样。好色的泥瓦匠勾引休伯特表妹的故事会引得我们哄堂大笑,我可能笑得比谁都大声。故事发生在他的老古板祖父家里,更添了几分喜剧色彩。我们能够想象汉拉恩说"亲一下又何妨",以及休伯特表妹的尴尬表情。我们能够想象老头子始终被蒙在鼓里,因为休伯特的表妹肯定羞于启齿——这也会成为我们的笑料。休伯特总能把故事讲得绘声绘色。

"说不定,"我说,"他并没有勾引她。"

"兄弟,他那种人不会错过任何机会。我准备押'夏季的雨'。"

我们挤在人群中,手里攥着参赛马匹的清单。广播里大声宣布入场马匹的名字,周围的人全部陷入热烈的讨论。男人穿着衬衫,女人和小姑娘穿着夏天的裙子。又一个阳光明媚的夏日。

"'帕蒂的骄傲'不成吗?"我说。

"也没准儿。"不过我们两个都把注押在了"夏季的雨"上,赔率是1赔9。没想到这匹马居然赢了。"喝一杯吧。"休伯特说。他没问我便径直去吧台点了黑啤。

接着我们又押对了"莎拉的小屋",但在"莫哈汗小子"和"世界之王"上输了钱。我们又点了儿瓶黑啤。"可以试试'快乐女孩'。"吧台前的一个男人建议。我们听从了他的建议，又赢了一把。现在我们已经净赚了十七英镑。我们兴奋地关注着最后一场比赛，手里紧握着啤酒杯，高声为一匹名叫"马里诺"的马加油。我们并没有在它身上下注。事实上，这一次我们没为任何一匹马下注，因为休伯特预感到好运气已经用尽了。"马里诺"没有赢。

"我们去吃点东西，然后看电影。"休伯特说。

草地上散落着观众丢弃的马票和宣传单。博彩的庄家正忙着拆除展台。落日的余晖斜斜地落在移动的人群上，人声如潮水般退去。我的脑子里满是仍在坦普尔迈尔特的帕梅拉。此刻普朗克特太太会在餐厅里再次念起祷文，楼上的老头子感觉到我们又缺席了晚餐。

"《月亮和六便士》怎么样？"休伯特看着报纸说。离开赛马场之后，他买了一份《先驱晚报》，"乔治·桑德斯①演的。"

我们在电影院的餐馆里点了两份烧烤，配上茶和蛋糕。我们各自买了烟。《月亮和六便士》散场之后我们去了冰激凌店，随后搭周六的夜班车回到坦普尔迈尔特。我们步行完最后一段路，休伯特又提起了非洲。在进入镇子之前，他说：

"他和我父亲断绝了父子关系，你知道吗？在我父亲决定和我母亲结婚的时候。我母亲是个酒吧侍女，你明

---

① 乔治·桑德斯，英国著名演员，代表作有《月亮和六便士》《蝴蝶梦》等。

白吗？"

我点了点头。这件事我之前就听过。休伯特说：

"直到我父母的葬礼过后我才知道自己有个爷爷。他连葬礼也没参加。"

父母同时过世一定是个巨大的打击，这句话我没说出口。在学校里我们常这么想，也会在休伯特的背后这么说。我们都认为这件事对他的影响至深，或许直接导致了他我行我素的性格。

"假如你在他还能说话的时候见过他就好了。他总是骂我，因为他觉得我就是父亲的翻版。他说上梁不正下梁歪。我的父亲全靠耍小聪明过日子。他就是个骗子，你明白吗？"

休伯特常给我们讲他父亲的事。他的父亲曾当过赛马代理，也做过夜店经理，还在银行干过，但每一份工作都不长久，而且都是被解雇的。要么是工作太差劲，要么是手脚不干净。休伯特在学校里从不讳言父亲的劣迹或是母亲的出身。他反而对父亲的死津津乐道，认为那种死法对得起他早年在学校的名声。惨剧发生后，那一群猩猩从马戏团笼子里跑出来，兴奋地在车祸现场上蹿下跳。父亲看到这个场景会很欣慰，他说。

一轮浅浅的弯月在通往坦普尔迈尔特的路上洒下微光，星星在天幕上闪烁。路上没有车，但即便身后有车灯亮起，我们也不会伸手。我们一支接一支地抽烟，依然沉醉在赌徒的狂喜中。经过这样的一个下午,休伯特自然应当想起他的父母,因为他们都曾是赛马场的常客。

"不用说,出车祸的时候他俩都喝醉了。"

这其实不难想象,但大声附和似乎有些不妥。我微微点头,问:

"你是在英国出生的?"

"我相信我是在电影院的最后一排出生的。"

这件事他没有讲过,但休伯特从不撒谎,使我无从怀疑。大厅里那张照片上祖父的长相和他平时描述的分毫不差,比如几乎连成一线的眉毛,或是衬衫的赛璐珞硬领。

"散场时她已经站不起来了。电影院的人帮忙找来一个大夫。在救护车赶到之前,她已经像母鸡下蛋一样把我生出来了。"

我们悄无声息地进了客厅,然后默默回到各自的房间。我原本希望帕梅拉还没睡,因为我们回来得比昨晚要早些。我甚至预想好了见面时的场景:我们掩上大门,帕梅拉出现在客厅里,她邀我们去厨房里喝茶,休伯特拒绝,而我礼貌地接受了。

"帕姆,想打网球吗?"

休伯特说出这样的话,她和我同样惊讶。她的脸上闪过几分困惑,回答的时候甚至有点结巴。

"我们三个?"她说。

"我们教你三个人怎么打。"

我们刚吃完周日的午餐,整顿饭都很沉闷,因为休伯特和我在普朗克特太太心里的印象已经大打折扣。她用忠实信使的语气告诉我们,她的丈夫对我们很失望,因为我们没有陪帕梅拉和她去教堂。我忙不迭地道歉,休伯特却无动于衷。"我们赌马赢了一大笔钱。"他说。无论老头子在场与否,这句话都是火上浇油。

"我很想打网球。"帕梅拉说。

她说去换衣服。休伯特说他可以借我一双网球鞋。

他似乎一眨眼间就换了个人,我不知是否是午餐时的尴尬和祖父的不满让他良心发现。随后我意识到,星期天下午无聊极了,还不如和帕梅拉打网球。我明白他为什么说三个人也能打:他的网球水平高出我不止一个档次,在学校奥西·里奇帕特里克和我联手也打不过他。一想到帕梅拉和我会站在球网的同一侧,我就欣喜不已。

休伯特的网球鞋不太合脚,但我还是把脚塞了进去。帕梅拉换衣服的时候,我和休伯特没打算换。休伯特拿出几把球拍让我选,然后我们来到屋后的球场。我们架起球网,调好高度,开始热身。

"可能不行了。"帕梅拉说。

她穿着白裙子和网球鞋,还有同样崭新的袜子。她系了一条白色发带,戴着墨镜,但手里没拿球拍。

"什么不行?"休伯特把球击过网,"什么不行,帕姆?"

"我们不能打网球。"

"谁说的？你的'不能'是什么意思？"

"外祖母说的。"

"为什么不让打？"

"因为是星期天，而且你们没去教堂。"

"嗨，别傻了。"

"他问她我们在干什么。她必须如实告诉他。"

"白痴老太太。"

"我不想打球了，休伯特。"

休伯特转身就走。我把球网摇下来，暗自庆幸他没有坚持和我打。

"别生气。"我略带歉意地说。除此之外我不知还能说什么。

"他不会闹的。"她安慰我。事实上，他确实没闹。屋里并未传来我想象中休伯特与祖母的高声争吵。帕梅拉换回原来的衣服。我脱下休伯特的球鞋。下午茶时间，普朗克特太太在客厅里说：

"休伯特又在生闷气，是吗？"

"要我去叫他吗？"帕梅拉问。

"休伯特知道几点喝下午茶，亲爱的。"

莉莉又端来一壶热水。她的嘴唇紧闭，心情似乎也不佳。但看样子她对这种情况已经习以为常。

"这么好的天气，一个人关在房间里真是可惜。"普朗克特太太说。

客厅陷入越发凝重的沉默,直到普朗克特太太起身离开。钢琴上响起施特劳斯的乐曲,穿过墙壁隐隐传来。莉莉进来收拾餐具。

"或许我们可以出去走走。"帕梅拉说。

我们走下假山间的陡坡,经过汉拉恩屋前的院子,最后拐进通往沙丘的小巷,来到沙滩。下午发生的事我们只字未提。

"你还在上学吗?"我问。

"我七月毕业了。"

"你接下来准备做什么?"

"我想学植物学。"

她比我想象的还要羞怯。她说到植物学时欲言又止,似乎这个小小的愿望也过于野心勃勃。

"你准备干什么?"

我告诉了她。我说自己很羡慕休伯特的非洲计划。我强迫自己不停地讲话,以免她觉得我是个无趣的人。我说起休伯特的"地豆"计划。

"非洲?"她说。我走出两步才发觉她停下了脚步,不得不往回走。太晚了,我意识到,自己已经在无意间吐露了休伯特的秘密。

"那只是他的一个想法。"

我试图转移话题,但她似乎没有听见,或是不感兴趣。

我看着她用鞋尖在沙滩上画着某种图案。她抬起脚，以比先前更慢的步伐往前走。

"其实，"我说，"我们原本可以游泳的。"

她没有回答。沙滩上孩子们迎着海浪奔跑、嬉戏。两个男人在划冲浪板，裤子挽到了膝盖上。一个女孩趴在漂浮的气垫床上晒日光浴，双手伸到气垫外对抗着潮水。

"我的游泳衣在房间里，"帕梅拉沉默了一会儿说，"如果你想游泳的话，我可以回去取泳衣。"

"你想游吗？"

她耸了耸肩。不太想，她说。我不知道她是否觉得游泳和网球一样，也是星期日的禁忌。

"我觉得，"她说，"休伯特不会去非洲。"

莉莉来到我坐的帆布躺椅旁，手里握着一小把新摘的薄荷。休伯特依然把自己关在房间里，无所事事的我在花园里游荡，最终在草地的角落找到这张躺椅。"我准备看会儿书。"散步回来帕梅拉对我说。

"他们一直很疼爱帕梅拉，这不难理解，"莉莉说，"她的母亲是个理智的人，和休伯特的父亲不一样。"

她多半看出了我的困惑，才说出这些话。休伯特对待表妹的态度让我震惊。在和帕梅拉从海滩回来的路上，我忍不住想，自己是否被休伯特当作了孤立帕梅拉的工具。当时我觉得有点自作多情，现在又不确定了。

"休伯特对她不好，这也可以理解。你稍微想想就明白了。"

莉莉说完走开了，她指间捻碎的薄荷香气依然徘徊在我面前。"他用拐杖打我。"休伯特在学校里告诉我们。从莉莉的话里，我能隐约感到老人的忧虑：儿子业已走上邪路，孙子绝不能重蹈覆辙。忧心忡忡的祖母自然站在祖父那一边。

"我到处找你，"休伯特走过来，坐在我身边的草地上，"我们去镇上的酒店吧。"

我看着他瘦削的脸，想起帕梅拉用脚尖在沙滩上画画的一幕，她的沉默透露出对休伯特的关切。他是什么时候感觉到她对他的爱意的？一个眼神，还是一句温柔的话？我无从知晓。

休伯特撑着草地站起身。我们出了门，不紧不慢地溜达到火车站旁的酒店。我们坐在吧台前，休伯特径直点了橙汁杜松子酒。网球的话题没有再被提及，我也没有透露与帕梅拉的海边漫步。

"别走了，"休伯特说，"再待几天。"

"我告诉家里人明天回去。"

"给他们发个电报。"

"我不能再待了，休伯特。太打扰你的祖母了。"

"那个姑娘待了三个月。"

我从没喝过杜松子酒。酒里透着橙汁的甜，回味也不算苦,比黑啤好喝。

"这是我父亲的最爱,"休伯特说,"我母亲喜欢'吉姆雷特',"他说,"那是加了酸橙的杜松子酒。他们喝酒跟喝水似的。"

他说自己准备偷偷去英格兰。他对莉莉软磨硬泡,希望能借到一百英镑。他知道她有这笔钱,因为她平时一分钱也舍不得花。一百英镑够他花很长时间,足以做好去非洲的准备。

"我会还她的。一定会还。"

"那是当然。"

"总比都柏林手帕公司强。想想,到了五十岁还在都柏林手帕公司上班!一辈子都在伺候别人擤鼻涕!"

我们坐在吧台前回忆学校的往事:菲茨赫伯特搞来一身女装,把自己打扮成想象中妓女的模样,找到高年级的外语老师法基请求做个采访;金斯米尔兄弟在宴会主桌的汤里悄悄下了泻药;普朗蒂和塔切特趁来访的橄榄球队洗澡的时候偷走了他们的衣服。记得入学的第一天,我和休伯特被分到同一间新生宿舍,宿管范宁小姐觉得我们一定很想家,对我们格外照顾。

"来一杯'大路'。"休伯特用法语说。

他告诉酒吧侍者自己曾在别的酒吧喝过这种酒,还告诉他杜松子酒和橙汁的配比。酒杯边缘应该沾上冰镇的糖霜,他说,非常可口。侍者无动于衷地看着他。

"我今晚就跟莉莉说，"休伯特在回家路上说，"如果她拿不出一百英镑，五十也行。"

我们穿过假山时依然聊得兴高采烈，步入大厅仍兴致不减。普朗克特太太和帕梅拉显然已在餐厅端坐了一段时间。我们进去之后，老人没提我们迟到的事，只是站起身，重复了一遍之前必已念过的祈祷文。她的声音在餐厅里回荡，疲惫的神情凝固在休伯特的脸上。

"我们刚去了酒店，"老人的声音落下时，他说，"喝了橙汁杜松子酒。你去过那间酒店吗，帕姆？"

她摇了摇头，眼睛紧盯着自己盘子里的鸡腿。休伯特说酒店里有个很带劲的小酒吧——换作是我，大概不会用"带劲"这个词。懂行的人都去那儿，他说，虽然那儿的杜松子酒和橙汁的比例偶尔调不准。他假装醉得很厉害。

"多德酒店，龌龊的地方。"普朗克特太太打断他。那必然是她丈夫的看法。

"汉拉恩以前常去那儿，"休伯特说，"我好几次看见他和女人坐在角落里。你好像说你记得去世的汉拉恩，帕姆？"

她说不记得。普朗克特太太端起茶杯和茶碟，帕梅拉为她加了茶。

"汉拉恩来家里漆过水管，"休伯特说，"你还记得吗，帕姆？"

她摇了摇头。我想让他住口。我想提醒他，他已经问过表妹是否记得汉拉恩；我想告诉他，她并非不愉快的周日下午的罪魁祸首；我还想告诉他，她并非我们站在这里聆听冗长祷文的原因。

"你不记得了，这还真让我惊讶，"休伯特说，"我真的很惊讶，帕姆。"

普朗克特太太听不懂他们的对话。她和蔼地朝我微笑，简单地介绍了晚餐的菜式。然后她叉起一块冷盘鸡肉放进嘴里。

"有一次他在多德酒店里提起了你。"休伯特说。他笑了起来，眼睛里闪着得意的光。"他还问你过得怎么样。很随和的男人。"

帕梅拉转开头去，但她无法逃避这个话题，也无从控制自己的情绪。她的脸颊已经热得发烫。她哽咽起来，推开椅子，跑出了餐厅。

"你对她说什么了？"普朗克特太太一脸惊讶地问。

那天夜里我辗转难眠。我不住地想到帕梅拉，想象她在房间里悄然落泪的样子，以及休伯特此刻同样孤独的身影。我想象着休伯特的父亲和帕梅拉的母亲在这栋房子里度过的少年时代，一个坏儿子，一个乖女儿。休伯特曾说过，父亲常因为在学校里的小偷小摸受到责罚，这件事一定给家里每个人的心里蒙上阴影。儿时的劣迹被淡忘，生活翻开新的一页，直到一个替人讨债的恶棍找上门来。家里收到他从英国写来的信,他在信里解释自己遭遇的种种不幸。我闭上眼睛,在半梦半醒间看见哭泣的普朗克特太太,就像帕梅拉那样落泪。她抽泣着,担心着这些信;一两天之后,她好不容易暂时把忧虑抛到脑后,下一封信便到了。"我会写张支票。"那个我未曾谋面的老人面无表情地说。他从口袋里掏出支票本,在早餐桌上刷刷地填好。

我睁开眼睛,低声念着帕梅拉的名字。"帕梅拉。"在我的反复呼唤中,她的脸庞越发地清晰。其实散步时我可以告诉她,休伯特在学校里是女生最倾心的男生,因为他与众不同,因为他独特的魅力。我或许应该对她说,等到她不再爱他的时候,希望她不要因爱生恨。

我坠入梦乡。我们打起网球,休伯特轻松打败了我们俩。一辆车侧翻在路旁,头灯照亮一只破损的笼子,猩猩争先恐后地往外爬。路边血迹斑斑的草地上躺着两张仍在微笑的脸。"你的人生不会再有更黑暗的日子了。"校长的声音承诺道。

早餐过后,我收拾好行李,休伯特默默地抽烟。我去厨房向莉莉道别,然后是普朗克特太太。穿过大厅时我们遇到了帕梅拉。

"再见。"她说。早餐时她似乎已经恢复了平静。此刻她朝我微笑,说很遗憾我要走了。

"再见,帕梅拉。"

休伯特站在敞开的门边,盯着阳光下的花园,对帕梅拉毫不理睬。在去火车站的路上，我们又聊起学校的往事。他还说起我们送回家的那两个护士，还有赛马场上的好运气。"可惜没时间再喝一杯橙汁杜松子酒。"经过酒店的时候他说。

火车慢悠悠地靠近大海，又驶入炙热阳光下日渐枯黄的平原。我知道自己此生不会再见休伯特。友谊已经走到了尽头——过不了多久，他会为这段记忆感到羞耻，因为他知道我不会轻易忘记他如何让表妹成为他与祖父冷战里的炮灰。这种尴尬和休伯特在家的样子，将永远留在我的记忆里。

第三者

两个男人约在巴斯韦尔酒店见面。时间地点是两人当中略年长者决定的，年轻的那个并无异议。十一点半酒吧见。"我想见面时我们应该能认出对方，"年长的那个说，"她应该和你说过我的模样。"

他的个子很高，体态略显臃肿，脸上有醒目的粉棕色晒痕，金色鬈发已经开始花白。约他见面的人比他瘦一些，戴眼镜，穿一件光鲜的黑色大衣，身材比他矮了一大截。矮个子男人姓莱尔德曼，高个子姓博兰。两人都四十出头。

"看来我们都没有迟到，"博兰说，他似乎比对方更紧张，"弗格斯·博兰。你好。"

他们握了握手。博兰掏出钱包。"我准备点一杯尊美醇。你喝什么？"

"啊，我喝水就行了。每天这个时候，弗格斯。柠檬水就行。"

"一杯尊美醇，一杯柠檬水。"博兰说。

"稍等。"侍者说。

两人站在吧台前，博兰掏出一包烟。"抽烟吗？"

莱尔德曼摇了摇头。他用一只胳膊肘撑着吧台，另一只手整理了一下衣服。"我很抱歉。"他说。

侍者把两只玻璃杯放在他们面前，酒店里只有这两位顾客。他们都没打算坐下，因为没这个必要。"一英镑十便士。"侍者说。博兰付了钱。他的格子大衣和灯芯绒裤子都起了褶——早上他从一百多英里外开车过来。

"真的很抱歉，"莱尔德曼继续说，"发生了这种事。"

"干杯。"博兰举起杯。他在威士忌里兑了两倍的水，酒的颜色淡了许多。"我猜你从不在这个时间喝酒？"他的语气里带着一分刻意的礼貌，"很明智。这是很聪明的决定，我完全赞同。"

"我没想到这是个喝酒的场合。"

"今天我必须喝点酒，莱尔德曼。"

"我很抱歉。"

"你把我的妻子抢走了。这可不是每天都会发生的事，你知道。"

"我很抱歉——"

"如果你不反复说这句话，或许会好些。"

莱尔德曼在木材行业工作。他侧了一下头，表示认可对方的话。整件事很让人尴尬，他坦言，前一晚自己彻夜未眠。

"你是个都柏林人，她告诉我，"博兰依然彬彬有礼地说，"你是做木芯板生意的。毫无疑问，这个行当很赚钱。"

这话多少让莱尔德曼有些恼火。她说丈夫虽然是个粗人,却连苍蝇也不曾伤害。见面仅仅五分钟,莱尔德曼已经无法认同这一点。

"我不喜欢都柏林,"博兰说,"老实告诉你。我从来不喜欢都柏林。我是个小地方人,这你应该早知道了。"

他想象妻子告诉情人他是个土包子。她喜欢和别人聊天,一开口就停不下来。博兰在他刚提到的"小地方"继承了一间面包房。它和一家有名的都柏林面包店同名,但两者并没有关系。几年前有人建议他把店名改成"完美糕饼店"或者"新鲜出炉",以免混淆,但他毫不理会。他觉得即使要改名,也该让都柏林那间店改。

"我想谢谢你,"莱尔德曼说,"谢谢你的理解。安娜贝拉都告诉我了。"

"我别无选择。"

莱尔德曼的嘴唇很薄,笑起来似乎毫不费力。此刻他的嘴角浮现出一丝笑容,但他同时摇着头,以免博兰误以为他幸灾乐祸,觉得对方别无选择。他并不像大多数都柏林人那样留着短髭,这让博兰有些意外。

"我以为你一见面就会揍我,"莱尔德曼说,"我是这么和安娜贝拉讲的,但她说你完全不是那种人。"

"没错,我不是那种人。"

"所以我说谢谢你的理解。"

"我只想知道你的计划。她好像对此并不了解。"

"我的计划?"

"我不是在抱怨你抢走了我的妻子,只是想问问你是否准备娶她,是否有这方面的打算。我想问的是,你是否有个像样的地方给她住?你没有结婚,对吧?再来一杯尊美醇。"博兰转头对侍者说。

"是的,我没有结婚。我们希望——如果你同意的话——安娜贝拉可以尽快搬到我家来。我家还算不错,威灵顿路,七个房间的公寓。过段时间我们会买栋房子。"

"谢谢。"博兰对侍者说,并给了小费。

"轮到我请了。"莱尔德曼说,不过话出口得有点晚。

她不会在意吝啬的,博兰想。只有当他开始对她小气起来,她才会意识到,这种事最初并不起眼。

"至于结婚,"他说,"那就不好说了,你知道的,要在爱尔兰娶另一个男人的妻子。"

"我和安娜贝拉总有一天要结婚的。"

"这就是我想问的。你觉得我和她离婚怎么样?如果我猜得没错的话,你不信天主教?"

"是的。"

"我也不再信了。安娜贝拉也一样。但是这改变不了什么。她在离婚这件事上一直犹豫不决。我们已经谈了很久。"

"我很感激。感激你同意见面。"

"我有申请离婚的理由,莱尔德曼,但它对我来说毫无意义。离婚手续要拖很久。"

"如果你有个英国地址的话会快很多。如果能在那边提交申请，没几天就办好了。"

"可我没有英国地址。"

"我只是这么一说，弗格斯。"

"所以她说你想娶她的时候，并没有夸大其词。"

"我从没见过安娜贝拉夸大其词。"莱尔德曼淡淡地说。

那你还没有真正了解她，博兰自信地想——她总是不由自主地说谎，这就是我所说的"夸大其词"。事实上，他觉得自己的妻子厌恶事实，这样的人并不多见。

"你从没结过婚，这让我很意外。"他说。他的惊讶是实实在在的，因为在他眼里，这种小个子的傲慢男人往往会有个漂亮的女人。他不知道妻子的情人是不是个鳏夫——安娜贝拉在这方面自然不会讲实话。

"我认识你的妻子很久了。"莱尔德曼不动声色地反击。博兰看出他在竭力掩饰嘴角的微笑。"自从我见到安娜贝拉的第一眼起，我就认定非她不娶。"

博兰盯着手中的威士忌。他必须小心自己的措辞。一旦他控制不住火气，很可能一切都毁了。他最不愿见到的结局就是让面前这个男人改变主意。他点了一支烟，再次把烟盒递到莱尔德曼的面前，后者摇了摇头。博兰用酒友间聊天的语气说：

"莱尔德曼这个姓很少见的——她告诉我的时候，这是我的第一反应。"

"不是爱尔兰名字。或许来自胡格诺派①,多少有些关系。"

"我还以为是犹太名字。"

"嗯,听起来确实很像。"

"你知道那种好奇心吗——当你得知妻子出轨的时候。'他叫什么名字?'其实这并不重要,一点也不重要。但你还是忍不住要问。"

"没错。我能理解。"

当她说他叫莱尔德曼时,博兰想起学生时代曾听过这个名字。之前他就隐约感觉那个第三者是个不太熟悉的同学。一旦知晓这个名字,他在酒吧里一眼就认出了他。

"'你在哪儿遇见他的?'这也不重要。但你还是想问。"

"安娜贝拉和我——"

"我知道,我知道。"

莱尔德曼曾因学校里的一次恶作剧出了名:有人把他的头摁进马桶,用马桶刷刷他的头。肇事的是罗奇和"死神"史密斯。只要他们看谁不顺眼,就会找他的麻烦。他俩是当时的校园恶霸,专门欺负夏冬而非秋季学期入学的新生,或是长相让他们看不惯的孩子。莱尔德曼的"罪状"是他抹在头发上的头油,它的香味让"死神"史密斯很反感。

"我想我们上的是同一所小学。"博兰说。

莱尔德曼差点跳了起来,这次轮到博兰掩饰自己的笑

---

① 胡格诺派,十六世纪至十七世纪法国基督教新教的一个教派。

容。妻子应该不记得那个名字，至少没有特别的印象。显然那次恶作剧没有传进她的耳朵。

"我不记得有个叫博兰的同学。"莱尔德曼说。

"我比你大几届。"博兰故意用抱歉的语气说，"她一提起你的名字，我就猜到是你。我当时住校。我从乡下来的，你知道的，那种鬼地方。"

当时学校有近一百个男生，只有十三个住校。走读生每天骑着自行车，叮叮当当地沿着一条不长的郊区公路骑到学校，放学后再原路骑回家。住校生羡慕走读生，因为后者每晚能回到温暖舒适的家，桌上有可口的晚餐等着他们，每个周一还能谈论在萨沃伊或者阿德尔菲度过的周末，有时甚至还能去"水晶"舞厅。到了隆冬，住校生会找一间教室围着暖气片取暖；到了夏天，他们会三三两两地围着操场散步。女舍监波特太太同时兼任厨娘，她隔三岔五会把早餐的粥或是晚餐的大麦汤煮糊。助理舍监是个高年级男生，普通宿舍的门前有一段光秃秃的楼梯通向他的房间。但他似乎并没有因为这个身份获得任何特权或优待。他同样坐在教室的暖气片前，也同样抱怨着波特太太的厨艺。校长是个单身汉，年轻时当过拳击手，他在拳台上的绰号是"腰带伯爵"——没人说得清这个绰号的由来，却都这么叫他。他常穿绿色西装，酷似萨沃纳罗拉①，是个有

---

① 萨沃纳罗拉，十五世纪后期意大利宗教改革家，佛罗伦萨神权共和国的领袖，最终被教皇与美第奇家族以火刑处死。

暴力倾向的狠角色。

"哦，我还挺喜欢那个地方的。"莱尔德曼说。

"你是个走读生。"

"我猜走读生的日子好过一些。"

"那还用说。"

博兰第一次对眼前这个人感到厌恶。他没想到她的情人不仅刻薄，还是个蠢货。说什么英国的地址，还说要卖了七个房间的公寓——但凡他有一点脑子，就该明白不能为安娜贝拉这种女人买房子，因为无论她说什么，你都不能当真。

"其实我常想，那所学校的教育质量还不错。"莱尔德曼说。

一个不知所云的法国教师，上历史课只顾埋头写信而让学生自己看书的奥莱利-佛洛德，一个自己出的题也算不对的数学老师。在"腰带伯爵"肮脏的实验室里，他会用镊子捅你的耳朵，直到你大叫起来。

"嗯，那地方不错，"博兰点点头，"很好的学校。"

"我们可能会把孩子送去那里上学。如果是男孩的话。"

"孩子？"

"你不会反对吧？哦，上帝啊，你怎么会呢？很抱歉，我问了个蠢问题。"

"再来一杯威士忌，"博兰对侍者说，"你再来一杯矿泉水吗？"

"不用了,谢谢。"

这次莱尔德曼没说轮到自己请客,连一点表示也没有。他转开头,仿佛想和这个还不到中午就猛灌威士忌的酒鬼划清界限。博兰又点了一支烟。看来她还没告诉他?她把这个可怜的白痴蒙在鼓里,让他以为一旦她摆脱了乡巴佬丈夫,就会给他生一屋子孩子,连威灵顿路那套七个房间的公寓也装不下。难怪他们希望他尽快离婚,因为谁也不想要一窝私生子,无论是在七个房间的公寓还是别的地方。

"谢谢,伙计。"他从侍者手中接过威士忌。如果喝得太多,他很可能得留在酒店过夜。从目前的情况来看,这事很有可能发生。不过时候还早,等中午一顿饱餐之后,没准酒就醒了。

"我很抱歉,"莱尔德曼再次为自己的蠢话道歉,"我真不知道自己在想什么。"

"啊,看在老天的分上,兄弟!"

博兰轻拍了一下他的肩膀,似乎告诉他没关系。他仿佛听到她告诉莱尔德曼:她与前夫的婚姻里注定不会有孩子。"可怜的老东西。"她多半会用这种口气说。她与博兰结婚前就知道自己无法生育,婚后多年的一次争吵中她才承认隐瞒了真相。

"正常来讲,"莱尔德曼淡淡地说,"我们会要孩子。"

"那是自然。"

"很抱歉你在那方面不太顺利。"

"我自己也很遗憾。"

"现在的问题是,弗格斯,你对离婚有意见吗?"

"你想让我承认是过错方?"

"这件事已经显而易见了。"

"显而易见?"

"如果你难以接受的话——"

"完全不会,当然不会。我可以承认是过错方,细节我们再商量。"

"太好了,弗格斯。"

他说话的口气,博兰想,更像喝了酒。有些人只需和酒徒坐在一起,话就自然多起来,还带着几分醉意。他听别人讲过但从来不信。只要闻一下酒杯,别人告诉他,只需要一点沾了酒精的空气。

"你还记得'煤叔'吗?麦克阿德尔。"

"在哪儿,弗格斯?"

"学校里的。"

莱尔德曼摇了摇头。他不记得麦克阿德尔,他说。他不确定听过这个名字。"煤叔?"他问,"那是什么人?我从没听过这个词。"

"就是看炉子的。我们管他叫'煤叔'。"

"我完全不记得了。"

几个人先后走进酒吧。一个穿工作服的高个儿男人打开《爱尔兰时报》,侍者没问他就倒了一杯黑啤。一个老妇人和两个像是她儿子的男人。还有一位牧师，进来看了几眼就转身离开了。

"你不知道麦克阿德尔，因为你没住校，"博兰说，"当你整个周末都待在一个地方，你会注意到更多东西。"

"很抱歉我对你没有印象。"

"这很正常。"

她此刻应该正在揣测他们两人的对话，博兰忽然意识到。见面的地点是她提议的，似乎她觉得这间酒吧很适合这次谈话。"我想去城里找一趟菲莉丝。"她偶尔会说，后来这句话说得越来越频繁。菲莉丝是她在泰伦努尔区的女友，据说她的婚姻不太顺遂，身体也不好。当然了，菲莉丝无非是她的借口，最多是个愿意为她打掩护的朋友。说不定菲莉丝从没结过婚，说不定她的身体结实得像头牛。"给我打电话。"他会说。妻子顺从地点点头。她在电话里告诉他在都柏林的见闻以及菲莉丝的近况。毫无疑问，那时她就坐在威灵顿路那套有七个房间的公寓的床边。

"感谢你这么远开车过来，"莱尔德曼用道别的语气说，暗示这次见面即将结束，"我非常感激。下午我会给安娜贝拉打电话，告诉她我们都说好了。你不会介意吧，弗格斯？"

"完全不会。"

博兰经常无意打断他们两人的通话。他走进客厅，发现她蜷着腿坐在楼梯的第二级台阶上，话筒线从栏杆之间穿过。她若无其事地用她标志性的尖嗓子说话,朝他招招手,随即压低声音,用手拢住话筒。他常想,她是否真的以为他毫不知情,还是这段半遮半掩的地下情给她带来了特殊的满足感。安娜贝拉的问题在于,她早晚会厌倦世界上的一切。"我想听你讲,"她早晚会对莱尔德曼说,"早晨你出门后发生的一切。"那个可怜的家伙会从搭巴士讲起,说自己如何走进木芯板厂的大门,向打字员道早安,听工长抱怨一个不称职的员工,十一点整他就着咖啡吃了一个甜甜圈,味道不如昨日。之后当两人吵起架来,她会把这事翻出来,说有谁想听他讲甜甜圈的破事。她会冲他大嚷,双手十指张开,以便刚涂好的深红色指甲油能干得均匀。她喜欢在做指甲的时候吵架,因为前者让她觉得烦躁,需要别的事来分散注意力。如果指甲涂得不均匀,或者妆没有化好,或者头发不合心意,她都会觉得没法见人。

"我可以告诉她,"莱尔德曼略带得意地说,"你我之间一句气话也没讲。她会很满意的。"

博兰微笑着点点头。他想象不出妻子满意的样子,因为她几乎从不知足。他不明白莱尔德曼有什么好。他问过她,她说情人很风趣。他喜欢出国旅行,喜欢美食和绘画,他拥有一种让人"无法抗拒"的幽默感。她没有提过他在性方面的表现,那种话她说不出口。"你可以把猫带走吗?"博兰问她,"我不想它们留下来。"她的情人会给这两只暹罗猫找个住处,她说。两只猫的名字都是"哈罗"。博兰不确定莱尔德曼是否知晓它们的存在。

"我想知道，"他说，"罗奇和'死神'史密斯现在怎么样了？"

他不知道自己为何要说这句话，其实两人的对话已经接近尾声。他本应和莱尔德曼握手道别，或许添上一句"祝你好运"。他再也不用见这个男人。当他偶尔想到他的时候，他只会可怜他。

"'死神'史密斯？"莱尔德曼问。

"一个大块头的恶棍，眼睛长得很奇怪。另外有个叫罗奇的律师，我常想会不会就是当年那个人。"

"这两个人我一个也不记得了。"

"罗奇经常穿着蓝色条纹西装走来走去。看起来像个大师。"

莱尔德曼摇了摇头。"我想我该走了，弗格斯。再次感谢你。"

"他们就是在马桶里给你洗头的混蛋。"

博兰在心里对自己说了很多遍：莱尔德曼把她带走是件好事。他已经开始憧憬未来的单身生活，过去十二年被她的任性与谎言填满的房子终将恢复平静，仿佛进入一场安睡。他会逐步清除她的印记，因为她是绝不会自己动手的。成堆的杂志，空药瓶，丢弃的衣服，扔在柜子角落里的化妆品，被猫挠坏的窗帘和椅垫。他会叫臭罗伊把房间重新粉刷一遍。他会自己做饭，考格兰太太依然每天早晨来打扫卫生。她对于安娜贝拉的离开不会感到遗憾。

"我不知道为什么,"莱尔德曼说,"你老是提起上学的时候。"

"在你走之前,让我请你喝杯酒。给我们来两杯带劲的。"他朝侍者喊道,后者正在吧台远端听穿工装的男人聊天。

"不用了,说真的,"莱尔德曼摇手道,"真的不用。"

"来吧,兄弟。我们都需要再喝一杯。"

莱尔德曼已经扣上了黑色大衣的纽扣,也戴上了黑色皮手套。他把手套一根手指一根手指地摘下来。博兰看得出他的心思:为了心爱的女人,他甘愿再忍受她的前夫几分钟。

"这种事让你无法平静,"博兰说,"尤其是感情上的事。祝你好运。"

他们一起喝了一杯。听了他的话,莱尔德曼有些手足无措。他打扮得像个牧师,博兰想,他的黑色服装和穿搭方式。他想象他和她出国旅行,两人在一间法国餐厅里坐下,莱尔德曼用挑剔的眼光看着面前的食物,对它们的品相吹毛求疵。什么"让人无法抗拒的幽默感",一派胡言。

"我总说起上学的时候,"博兰说,"是因为那是我俩唯一的共同点。"

"事实上,现在我是那间学校的董事。"

"啊,真的?"

"所以我说或许会送孩子去那儿上学。"

"真没想到!"

"我很乐意担任学校董事。他们找到我的时候,我立刻就答应了。"

"当然了,谁都会答应。"

虽然这家伙有时很蠢,博兰暗想,但他刚才还算机灵,懂得如何绕开罗奇和"死神"史密斯的话题。要想在都柏林立足,你必须有点机灵劲儿。城里人都机灵得跟黄鼠狼一样。

"你不记得那件事了?"他不依不饶地问。

"哪件事?"

"厕所那件事。"

"听着,博兰——"

"是我说错话了。我不是故意想让你难堪的。"

"没关系,你没说错话。我只是觉得没必要扯到那事。"

"那我们聊点别的。"

"其实我刚才就该走了。"

莱尔德曼重新戴上手套,把黑色大衣的纽扣又检查了一遍。他忽然想起应该最后握个手,只得再次摘下右手的手套。

"非常感谢。"他说。

博兰再次惊讶地发现自己无法平静地结束这一切。他不知是不是威士忌的作用——他空着肚子一路开到这里,然后一杯又一杯地灌威士忌。早餐桌上空空如也，一片面包也找不到。"我会下楼给你做点炒蛋，再煎几片火腿，"昨晚她曾说，"你出发前肚子里得垫点东西。"

"我有点好奇，你说想把孩子送去那所学校，"他听见自己说，"你说的是你和安娜贝拉的孩子吗？"

莱尔德曼用不可思议的眼神看着他。他的薄嘴唇微微张开，满是疑惑。博兰不知他是想笑，还是面部痉挛。

"还能是谁的孩子？"莱尔德曼满头雾水地摇了摇头。他伸出手，但博兰没有握。

"我以为你或许在说别的孩子。"他说。

"我不明白你在说什么。"

"她生不了孩子，莱尔德曼。"

"啊，听着——"

"这是医院的诊断结果。那个可怜的女人生不出孩子。"

"你是不是喝醉了。你一杯接一杯地喝。刚才你对学校的事喋喋不休的时候，我就觉得你醉了。安娜贝拉对我无话不谈，你知道。"

"她没有告诉你她会带两只猫去你家。她没有告诉你她生不出孩子。她没有告诉你她无聊的时候会脸色煞白。你在自己找罪受，莱尔德曼。这是过来人的经验。"

"她告诉我你没有一刻是清醒的。她告诉我爱尔兰的每个赛马场都禁止你入内。"

"我从不赌马，莱尔德曼。而且除了今天这种场合，我很少喝酒，至少远不及我们那位共同的朋友。这一点我可以保证。"

"安娜贝拉是因为你才生不出孩子。她为你感到遗憾，但她并不怪你。"

"安娜贝拉这一辈子从没为谁感到遗憾。"

"听着，博兰——"

"听我说，兄弟。我和那个女人生活了十二年。我随时可以把位置让给你。但是我们没必要讨论离婚，莱尔德曼，无论在英国还是别的地方。我可以向你保证。她会搬进你那套七个房间的公寓，或是你要为她买的大房子，她会和你一起生活，但是就算你等到天国降临，也等不来一个孩子。你得到的只有两只会把你的皮挠下来的暹罗猫。"

"你太恶毒了，博兰。"

"我说的都是实话。"

"你大概没想到安娜贝拉和我早就讨论过了。她预料到你无法接受。她知道你会心生怨恨。这我完全理解。所以我一直在道歉。"

"你只是个刻薄的卖木芯板的矮子，莱尔德曼。你的头就该被摁进马桶里。他们放开你之后，你是自己把头发拧干的吗？我可真想看看那一幕，莱尔德曼。"

"你他妈能不能小声点？你是想吵架吗？我心平气和地来跟你谈。我知道这件事没那么简单，而且我也不是个圣人。但我不会站在这儿让你侮辱。我也不想听见你侮辱安娜贝拉。"

"我听说'死神'史密斯后来做了兽医。"

"我才不管他做了什么。"

一眨眼的工夫,莱尔德曼就不见了。博兰没有回头,也没有做任何道别的手势。他盯着吧台后面的一排酒瓶,又点了一支烟。

他在原地站了半个小时,他的替代者的气息依然徘徊不去。他的脑海里反复出现当年莱尔德曼的模样,那个因为一场恶作剧而无人不识的男孩。"煤叔"麦克阿德尔常把这件事当作笑料。有时教室的暖气太过微弱,住校生们会去楼下麦克阿德尔的锅炉房里取暖。他喜欢给他们讲荤段子,故事的主角全是舍监与厨娘,偶尔他也讲起莱尔德曼的事。莱尔德曼的形象在博兰的脑海里越发清晰:几乎毫无变化的五官,一张让人讨厌的嘴,外套口袋里总插着一支自动铅笔和一支钢笔。他有一辆自行车,博兰还记得,先是一辆旧车,后来换成了崭新的"金鹰"。"我们是在菲莉丝家的一次聚会上认识的。"她虽这么说,谁也不知道她的话里有多少水分。

博兰在酒店的餐厅里吃午饭,身边全是不认识的人,看样子他们是这里的常客。他决定不再喝酒,但女侍者压根没问他这个问题。桌上放了一只玻璃水壶,他想自己应该可以开车回家。

"鳕鱼,"他对侍者说,"嗯,来份鳕鱼。奶油芹菜汤。"

他记得学校主楼外有一间废弃多年的小屋，有一次十三个住校生一起砸碎了一扇窗玻璃。其实大多数玻璃已经破损，屋顶也早已塌陷，一堵墙开裂得很厉害，离垮塌已经不远了。孩子们都被禁止进入那间摇摇欲坠的小屋，住校生也不敢冒险。他们站在二十米开外，像玩打靶游戏一样朝残存的窗玻璃扔石头。他们并非存心破坏，但没想到这么间小破屋也算历史遗迹。第二天早晨，"腰带伯爵"煞有介事地在全校学生的面前杖责了他们。莱尔德曼大概也目睹了那一幕，博兰喝汤时想。莱尔德曼刚才完全可以提起此事，但那显然不符合他的性格。莱尔德曼自认为风度翩翩，在他骑"金鹰"自行车的年龄即是如此。

博兰把面包捏碎了放在侧面的餐盘上，喝一口汤，吃几口面包。他看见在未来的某一天自己走进寂静的家。他看见一个夏天的傍晚自己推开客厅落地窗，步入花园，穿行在金钟花丛与苹果树间。他在这栋房子里住了一辈子，事实上他是在这里出生的。房子坐落在奥康纳车厂的对面，位于小镇的最边缘，外观平淡无奇，墙壁老旧发黄，但他依然钟爱它。

"您点的是鱼吗，先生？"女侍者问。

"是的，没错。"

他的婚礼是在都柏林举行的，因为岳父是都柏林的红酒商人。她的双亲如今仍然在世。"你娶了个大麻烦。"岳父半开玩笑地对他说，但那时的安娜贝拉是个讨人喜欢的麻烦。博兰不知道现在他们如何看待自己的女儿。

"盘子很烫，先生。"侍者提醒他。

"谢谢。"

当他带她回家时，亲朋好友都为他高兴。他们在街上拦住他，说他是个幸运儿。在他们眼中，他从都柏林带回了一顶宝石王冠。现在同样一群人会很乐意看见她离开。无法生育的不幸给她带来无限的痛苦，足以把美丽化为恶毒。这就是他婚姻的全部，仅此而已。

他慢慢咀嚼浇了欧芹汁的鳕鱼、白菜和土豆。谁也不会对他说什么，他们明白发生了什么，他们会对彼此说：也许有一天他会再婚。他不知道那是否会发生。虽然他若无其事地和莱尔德曼谈起离婚，但实际上他对爱尔兰的离婚手续一无所知。他隐隐觉得婚姻应该慢慢枯萎，应该腐烂、死亡，它不该像癌细胞那样被一刀切掉。

他点了奶油苹果挞，随后咖啡也上来了。终于结束了，他长出了一口气。他来都柏林就是为了给过去的一切画上句号，在刚才两人的对话中，这个句号已经隐约浮现。一切尘埃落定，他接受了真相——除了他的妻子，他还需要其他人证实。最初她告诉他的时候，他以为那只是她编造的谎言，后来他依然心存侥幸。即使当他在巴斯韦尔酒吧等待时，他依然告诉自己，他很可能在等一个不存在的人。

去停车场的路上，他遇到了两个乞讨的流浪儿。他知道他们想要的不是零钱，而是他的钱包或是他们的小手能抓到的任何东西。一个流浪儿捧着纸箱，另一个的手上罩着毯子，朝他靠近。他见过这种把戏，没想到都柏林也沦落至此。"滚开，你们两个。"他用最凶狠的嗓音喊道。

他开车穿行在拥堵的街道。他想：一切的根源都是她的无所事事。从第一天起她就不属于这个小镇。一个没有孩子的小镇女人有穷无尽的时间来感受小镇的界限。她重新布置家具，更换全新的壁纸——直到暹罗猫把纸撕得稀烂。但她拒绝参加桥牌或网球俱乐部，常常抱怨没有影院和咖啡馆。他以为自己能够理解她。作为一个乡下孩子，他自己也曾屡屡碰壁，因此深知他把她带入了一个乏善可陈的世界。在她进城找菲莉丝之前，他也经常开车带她去都柏林。他早就感觉到她并不快乐，但他从未怀疑过她会出轨，直到她告诉他的那一天。

他在穆林加尔停车喝了杯茶。都柏林的晚报已经到了。《先驱报》上说，意大利政府在阿奇尔·劳罗事件之后已重新组阁，美元汇率再次下跌，科克市的肉类加工厂即将关闭。他把报纸翻来覆去，不想就这样回家。莱尔德曼应该已经给她打过电话了。"你干脆下午就开车来都柏林吧？"他也许会说。没准她一早就收拾好了行李，因为她觉得两个男人的见面只是走个过场。"他不会阻挠这件事，"莱尔德曼也许会说，"他甚至还愿意帮忙。"再没有什么可以挽留她了，这一点三个人都心知肚明。一旦她确定甩掉了他，她会第一时间离开——她就是那样的人。

咖啡馆里燃着一膛炉火。这些日子已经很少有商户如此慷慨了,他对接待他的妇人说。他拉了一把椅子到壁炉旁。"再来一杯茶。"他说。

他为她买的白色小型大众汽车此刻应该在去往都柏林的路上。她不会留下纸条,因为她觉得那是多此一举。如果她此刻恰好经过咖啡馆,她将不会在路上遇见他,这会让她有些纳闷。但她肯定不会注意到他停在咖啡馆外的车。

"这种天气你需要生火,"妇人给他端来热茶,"这个月的雾气真能把人冻死。"

"没错。"

他喝了三杯茶才上路,之后一路都在留意那辆大众车。当她看见他的时候,她会按喇叭吗?或者他会按喇叭?他不知道自己会怎么做。到时候再说吧。

他开了五十英里也没见到妻子的车。她显然不会今天下午就走,他想,那只是自己的一厢情愿。她的东西是不可能在一天之内收拾好的。他开始猜想她到底会如何离开。莱尔德曼会开车来帮她吗?两人见面时并没提到这一点;假如莱尔德曼提出这个要求,他会断然拒绝。或是菲莉丝会来帮她?他倒不会介意她的出现。他越想越觉得安娜贝拉不可能自己搬走。每当遇到困难的事,她总会想办法找人帮忙。他想象她坐在楼梯的第二级台阶上,对着电话说,"你能不能……"当她有求于人时总会这样开口。

汽车头灯照亮了一个熟悉的路牌,上面用英语和爱尔兰语标明下个出口就是他的小镇。他打开收音机。"在黑暗中起舞……"一个性感的女声吟唱道——这让他想到妻子和莱尔德曼栖身的那个世界。如歌中所唱：禁忌之爱的震颤，两情相悦的舞蹈。"可怜的安娜贝拉。"他在歌声中大声说。可怜的姑娘，委身于乡下糕饼店主的儿子。傲慢的小个子莱尔德曼也算对她的某种补偿。歌声继续，他想象他们在空旷的街道上奔向彼此，如同电影里的情侣。他想象他们的拥抱，微笑照亮了彼此的双眼，然后是再一次拥抱。作为黯淡的第二者，画面中再没有他的位置，哪怕只是一个反派的角色。

然而，当博兰进入小镇，驶过前几栋房子的时候，他意识到自己想错了。那辆白色大众今天没有把她送到莱尔德曼的身边，明天或者后天也不会，下周也不会。下个月不会，圣诞节后不会，二月不会，春天不会，永远也不会。莱尔德曼并不在乎他提起学生时代的恶作剧，也不在乎他提醒他说她是个骗子或者骂他刻薄——那不过是这种场合下可以预见的侮辱，是几杯尊美醇下肚后的正当发泄。真正致命的是：莱尔德曼这种小男人一定想要孩子。"那是个彻头彻尾的谎言。"她会在电话里说，而莱尔德曼会轻声安慰她。但安慰对于双方来说都只是徒劳。

博兰关掉收音机。他把车停在多诺万酒吧外，在车里坐了片刻，看着钥匙在拇指与食指间摇晃。最终他走进酒吧，点了一瓶加酸橙的史密斯威克啤酒。他与吧台前的熟人打招呼，坐到他们中间，听他们谈论赛马和政治。几轮酒过后，身边的人渐渐少了，博兰独自坐了良久。他一遍又一遍问自己，为什么无法让莱尔德曼将她带走。

爱上阿里阿德涅

在斑驳错落的碎片中渐渐浮现出一幅幅拼图。巴尼最初的记忆是一只倒扣的黄油盒,尤其是它上大下小的形状。花园角落里的草很茂盛,花床边缘的石缝间长出罂粟花和粉红石竹。一条狗喘着气,在草坪上舒展脚爪,舌头伸得老长。巴尼摘下几朵石竹,插在狗的花斑毛皮上。"哈,你的胆子还挺大!"蓝色的裙摆,黑色的皮鞋。巴尼扔掉的帽子又被扣回了他的头上。他有一根手指形状的棍子,中间像指节一样弯曲。棍子又硬又亮,这让他很满意。炙热的阳光落在他的身上,稚嫩的皮肤上沁出大滴的汗珠。

巴尼的母亲在他三岁那年就去世了,但他的童年并非不幸福。在里斯科里亚的花园里,查理·雷蒙德会和他说话,还有厨娘努拉。门厅墙上挂着一块黄铜名牌,上面写着"G.T. 普伦德维尔医生"。巴尼的父亲为人耐心谦和,深受邻里尊敬。他块头很大,常穿粗花呢西装,花白头发往后梳得一丝不苟,他的前额晒得黝黑,怀表的链子斜挎过马甲。查理·雷蒙德爱写打油诗,他每天去厨房喝两次茶,顺便留下一篮豌豆、甜菜,或是别的应季蔬菜。他的诗里脏字连篇，努拉在背地里说他是个讨厌鬼。

里斯科里亚别墅坐落在公路旁，外墙上覆满了弗吉尼亚爬山虎。别墅的一侧是田野，另一侧是特姆帕里克家的平房。特姆帕里克家隔壁是艾迪家，与艾迪家隔着一道铁门的是沃尔什酒吧。酒吧也是平房，与民居相仿，墙壁同样粉刷成白色。公路对面矗立着一座方形塔楼遗迹，断壁残垣里长满了黑莓灌木。往西一英里是天主教堂，外面围着白色栏杆，门内供奉着一座圣母马利亚的神龛。里斯科里亚别墅的房间全都又长又窄，每间房里贴着不同纹样的花卉壁纸。大门与客厅的楼梯之间置了一排长椅，病人们安静地坐在长椅上等候普伦德维尔医生。有时会有人赶着马车或骑自行车来，焦急地按响门铃。"一定要仔细听他们说的每一句话，"普伦德维尔医生叮嘱努拉，"如果我不在家，就拿张便条写下来。"

巴尼七岁开始去巴利纳德拉上小学。每天早晨他搭基罗伊的送奶车去巴利纳德拉乳制品厂，下午再搭送面包的车回来。日复一日，直到他可以骑着父亲那辆旧 B.S.A. 牌自行车上学——父亲专门把车座和把手都降了下来。"在云雾缭绕的高山上。"博恩小姐清脆的声音飘荡在教室里。她面色苍白，五官娇小，手指上总沾着红色墨水印渍。博恩小姐来了，查理·雷蒙德在打油诗里写道，她总是形单影只。博恩小姐是个心地善良的人，据说她爱上了已婚的校长加尔冈先生。加尔冈先生习惯用低沉沙哑的声音说："证明完毕。"

在巴尼第一次骑车上学前的那个星期天,他发现父亲在起居室里听收音机。父亲从不在星期天早上听收音机。努拉闻声也走到门口,手里还拿着一块抹布。要多买些茶叶,她说,听说物资会短缺。父亲说晚上要拉好窗帘,以免房子成为轰炸目标。几天前查理·雷蒙德告诉巴尼,德国人很难对付。德国人和意大利人是一伙儿的,后者喜欢吃丝带一样的东西。查理还说,德·瓦莱拉①会确保爱尔兰的安全。

战争打响了,一直持续到巴尼毕业。如努拉所料,里斯科里亚饱受物资短缺的困扰,而德·瓦莱拉也始终在捍卫爱尔兰的和平。在这些年里,巴尼决定继承祖父和父亲的衣钵,成为里斯科里亚的下一位医生。

"住的地方怎么样?""红毛"梅德利克特问。波兰人斯洛文斯基又向女侍者扬了扬眉毛——他并非想点咖啡,只是因为她长得漂亮。

"糟透了,"巴尼说,"我准备搬出来。"

开学时他来到都柏林,发现学校没给自己分配宿舍,只得暂住在郊区的邓莱里镇。那栋房子的台阶上挤满了猎犬,常常神经质地一通乱吠。其中两条狗盘踞在餐桌下面,

---

① 即埃蒙·德·瓦莱拉,"二战"期间任爱尔兰总理。

冷冰冰的鼻子总在巴尼裸露的脚踝上嗅个不停。"红毛"梅德利克特和斯洛文斯基是大学宿舍室友，天黑以后他们常去奥康纳大街寻找艳遇，尤其是在电影院或冰激凌店门口落单的女孩。

"她怎么不理我？"斯洛文斯基又向女侍者挥了挥手，恼火地问。

"因为你太他妈丑了。"梅德利克特回答。

咖啡馆里渐渐挤满了学生。他们隔着盛有糖霜面包的盘子打招呼，教科书就放在椅子旁边的地板上，大衣更是随手乱扔。戴黑白相间长围巾的是热衷交际的游船俱乐部会员。书呆子的特征是专注到近乎木讷的眼神。公费生的标志是瘪瘪的钱包。尼日利亚人不爱和外人说话。咖啡桌边坐满了未来的工程师、医生，还有植物学家、历史学家、语言学家、地质学家，以及热情洋溢的神学家。"红毛"梅德利克特和斯洛文斯基是退伍军人，比普通学生大几岁。退伍军人中还有美国大兵、加拿大人、捷克人、几个苏格兰人、一个埃及人，以及喜欢谈论塞西尔·夏普[①]、爱打桥牌的秃顶英国人。

在斯洛文斯基持续不断的挥手之后，女侍者终于走过来。"咱俩今晚见面吧，"他用不容拒绝的语气说，"今晚怎么样？"

---

① 塞西尔·夏普，二十世纪初英国民谣复兴运动的奠基人。

"今晚，先生？"

"我们去弗林酒吧吃生蚝。"

"上帝啊，先生，您开什么玩笑！"女侍者怒斥道，随即转身离开。

巴尼是在生物课上认识斯洛文斯基和"红毛"梅德利克特的。他并不真把他俩当作朋友，但结伴外出还是不错的。

梅德利克特的绰号来源于他的红色头发，他的前额上也懒懒地耷拉着一缕红发。他喜欢鲜艳的衣着，常穿绿色丝绒西装马甲，搭配绿衬衫和宽大的绿领带。他脚下蹬一双浅色的软质小羊皮鞋。他是英国人，相貌英俊出众。斯洛文斯基矮小、秃顶，穿一身褪色的蓝军装——据梅德利克特说，那是在失物招领处买的。斯洛文斯基的绝活儿是用大拇指的指甲在牙齿上弹奏贝多芬的第五交响曲。

"我听说，"梅德利克特说，"动物园旁边有一间房出租。本来有个荷兰人想租，但他决定回国了。"

巴尼就这样在不经意间听说了戈加蒂街。当天傍晚他去看了那处住所。开门的是一个脸上涂着粉、留着波浪黑发的女人。她的嘴唇上胡乱涂了一层口红，眼睛大概由于近视眯缝着，眼皮上依稀有眼影的痕迹。她身披一件花卉图案的外衣，一进门厅就脱了下来。外衣下面是米色衬衣和海军蓝裙子，衬衣上别着一只猎狐犬胸针。她把外衣叠好放在门厅的衣帽架上。她与母亲、女儿住在这里，她解释道，一般情况下她不接纳寄宿生，但这栋房子对她们来说太大了，房间白白空着太可惜。另一方面，在她中意的街区里又找不到小一点的房子。她带他顺楼梯而上，一边介绍房子的情况。"勒内汉家族在这里已经住了三代，"她说，"这是我无法离开的另一个原因。"

二楼有个房间开着门。"有点儿潮气。"勒内汉太太走进屋，径直打开窗户。床很窄，配了铁质雕花床架。床边立着一只带瓷盆的盥洗架，上方的墙上挂着剃须镜。屋里还有衣柜、抽屉柜、两幅圣像和一把椅子。地板中央是带花纹的油地毡，已有几分磨损，周围是一圈漆成深色的地板。窗前挂着纱帘和百叶窗。

"浴室和厕所在两层楼之间。"勒内汉太太说。在她的孩提时代，房子里曾有两个女佣和一个厨子；到她成年之后，至少还雇着一个女佣，以及每两周上门擦洗一次的妇人。现在别说忠仆了，就算花钱也请不到用人。她注意到巴尼的目光落在用红纸装饰的壁炉上。她说过去每天早晨炉膛里就会生火，到了晚上红通通的炭火还烧着。如今这种事自然是不必想了。"每星期三十先令怎么样？含早餐和六点的下午茶，星期天还有一顿正餐。"

巴尼说三十先令很合理。

"每星期五晚付房租，普伦德维尔先生。最好是预付。"
"没问题。"
"我喜欢把丑话说在前面，免得今后产生误会。"

两天后巴尼搬了进来。放好行李后，他在房间里等待勒内汉太太之前告诉他六点会听到的开饭铃声。这时响起了敲门声。"我叫阿里阿德涅。"勒内汉太太的女儿说。她站在门外，手里拿着一条黄色肥皂。"妈妈让我给你。"她一头黑发，岁数与巴尼相仿。她身穿镶黑边的淡紫色长裙，脖子上挂着几圈雪白的珠链。她的唇上涂了口红，一双手纤纤如玉。她那褐色的大眼睛好奇地望着巴尼。

"非常感谢。"他从她的手里接过肥皂。

她若有若无地点点头，似乎对他不再感兴趣，缓缓合上门。他听见她的脚步落在楼梯上。轻得像柳絮，他对自己说。他感到莫名的欢喜，头皮一阵酥麻。女孩为房间带来一丝淡淡的香水味，离开后香味依然流连不去。巴尼想关上窗户将它留住，但他又想伫立在原地。

一阵铃声把他从幻想中惊醒。他从未在意过女孩或是女人的容貌，尤其是梅德利克特和斯洛文斯基在咖啡馆里或街上品头论足的女人。阿里阿德涅与她们不一样。她的身上散发着难得一见的古典美人气息。巴尼觉得她异常动人。

"我姓芬内蒂。"在餐厅里，一个精神矍铄的矮小老妇说。她的头顶很平，长着粗硬整齐的白发，圆溜溜的小眼睛盯着巴尼。"我姓芬内蒂，"她重复道，"我是勒内汉太太的母亲。"

巴尼也介绍了自己。他那间房的上一个租客在克莱里百货的床上用品部上班,她说,一个来自卡洛郡的年轻人,名叫康·马洛。现在巴尼来了,房子又住满了。以前康·马洛交房租总是拖拖拉拉。"勒内汉太太最不能容忍的就是拖欠房租。"老妇人警告道。

一个五十多岁的男人走进餐厅。他穿一件系腰带的海军蓝长大衣,戴着棕色手套。"你还好吗,希伊先生?"芬内蒂太太问。

那人把大衣和手套脱下来放在门边的椅子上,回答说自己不太好。他的下巴很短,像被削掉了一块,五官也给人同样的印象。他的头发剃得很短,看不出颜色。他穿着棕色细条纹西装,胸前口袋里探出一角手帕。左侧衣领上别了一枚不起眼的徽章,表明了禁酒主义者的身份,那也是"圣心先锋禁酒协会"的标志。

"我有一笔坏账。"希伊先生在餐桌前坐下。芬内蒂太太从壁炉旁一张塌陷的扶手椅上站起身,来到桌前自己的座位。阿里阿德涅端着满满的托盘走进来,在三人面前摆好油炸食品。芬内蒂太太说约克郡浓酱前一天晚上就没了。当阿里阿德涅再次回到餐厅时,托盘里除了金属茶壶,还有一瓶约克郡浓酱。她和母亲都不在餐厅用餐。

"你认识马蒂·希金斯吗?"希伊先生问芬内蒂太太。他开口说话时总是刻意用嘴唇包住牙齿,似乎羞于露齿。"我卖给他一部收音机。三英镑十五先令。我们已经谈好价了,可是我送货上门的时候,他手里只有一张五英镑的整钞。'我今晚就去把它破开,'他说,'你明早再来吧。'谁知那天晚上他就死在床上了。"

老妇人飞快地在胸前画了个十字。"你太不走运了。"她说。

"我早晨八点到他家,发现那地方已经被他的五个大块头女儿接管了。我一提收音机的事,她们恨不得把我生吞活剥了。一台上好的派伊牌收音机就这么打了水漂。"

芬内蒂太太一边咀嚼,一边朝墙角架子上的收音机望了一眼。"勒内汉太太的收音机也是派伊牌的吧?"

"是的。"

"我听说派伊是最好的牌子。"

"我也是这么跟那几个女人说的。我卖给他的那台只有几处轻微的焦痕。她们五个居然笑话我。"

"我见过那种女人。"

"五只肥秃鹫。想想,她们的老爹还尸骨未寒呢。"

"几个婊子。"

大家陷入了沉默,直到阿里阿德涅进来收拾餐桌。"我忘了告诉你,"她对巴尼说,"你房间的上半扇窗户打不开。"

他说没关系,他注意到她的母亲只推开了下半扇窗。不碍事的,他说。

"被漆皮卡住了。"阿里阿德涅说。

芬内蒂太太回到壁炉旁的扶手椅上。希伊先生重新披上海军蓝大衣，戴上手套，坐在门边的椅子上。芬内蒂太太在炉旁拿起一瓶烘暖了的黑啤酒，斜着酒杯熟练地倒满。她邀请巴尼也喝上一杯，说黑啤有助消化。巴尼不知如何拒绝，便在壁炉前的另一张扶手椅上坐下。芬内蒂太太点了一支烟。她和希伊先生一样，也是租客，她说。虽然她是勒内汉太太的母亲，也得每星期付房租。所以她才会和另外两个租客一同进餐。

"你在道丁大学念书？"她说的是一所开授会计与记账课程的商科大学，专收想去银行或啤酒厂上班的学生。

"不是。我不在道丁。"他解释说自己是个医学生。

"医生会埋葬自己的错误。你听过这句话吗？"芬内蒂太太尖声笑道。巴尼礼貌地笑笑。希伊先生依然坐在门边，对壁炉旁的对话无动于衷。巴尼不明白他为何要穿着大衣坐在那里。

"在地下六英尺，没人会问你问题。"芬内蒂太太说着又大笑起来。

勒内汉太太穿着外出的衣服走进餐厅，巴尼这才明白希伊先生古怪举动的原因。希伊先生与勒内汉太太结伴出门后，芬内蒂太太说：

"他们两个在约会。每晚他们都会散步到麦基兵营。希伊花的每一分钱都要有回报。他们走到麦基兵营，然后从警卫岗哨绕回来。之后他会和她一起去厨房。这才是内德·希伊的真面目。"

巴尼点点头,其实他对希伊先生与勒内汉太太的绯闻并没有兴趣。然而这个话题还在继续。"内德·希伊在希伯尼安保险公司上班。他趁工作之便把收音机卖给顾客。他经常上门拜访顾客。"

"原来如此。"

"他热衷于房产买卖。他真正感兴趣的是我们这栋房子,而不是勒内汉太太。"

"哦,我想——"

"如果你在都柏林能找出一个比内德·希伊更懂房子的人,就算我看走了眼。"

巴尼说自己想不出这么一个人,她说那是当然。内德·希伊其实是个精明人,她说,虽然看起来呆头呆脑的。

"她的第一次婚姻是个错误,她会一错再错。她太容易上当了,就像房顶上的铁公鸡[①],被风吹得溜溜转。"

阿里阿德涅走进来,把《先驱晚报》递给外祖母。巴尼朝她微笑,但她没有察觉。芬内蒂太太专心读起报纸。巴尼上了楼。

没多久楼上传来脚步声,他知道那是阿里阿德涅。脚步声穿过房间,停在窗前。百叶窗被放下。随后脚步声又起,在地板上徘徊。他知道她何时脱了鞋。

---

① 指房顶上公鸡形风标。

门卫室外的绿色告示板上贴着琳琅满目的手写字条：情书、简短的回绝、分手声明、出轨控诉、陌生人的倾慕。有个信封已经在固定的位置待了几个月，收信人是"R.R.伍德利"，但这位伍德利先生要么根本不存在，要么早已毕业了。我深陷孤独，终日忧愁，却无人倾诉：一颗心就这样赤裸裸地装在落灰的信封里，其痛苦袒露在众多猎奇的目光之下。其他字条多是从练习本上撕下的半页纸，它们来去匆匆，只在绿色告示板上停留数小时便不知去向。

门卫们住在生火的小屋里，他们是一个特殊的群体，在其权利范围内拥有绝对的权威。他们头戴黑丝绒骑师帽，节庆日子里其中一人还会手握权杖。他们守在高耸的拱门边，监督学生们推着自行车经过。女生只能在规定时间里出入，必要时还要在访客本上签字。门卫在拱门内侧贴上舞会与戏剧的宣传单。知名学者的到访通知以及社团账目也张贴于此，甚至还有在非洲传教的报道。

拱门内是铺着卵石的广场，四周环绕着阴郁的学院外墙。几片修剪整齐的草坪用铁链围了起来。教堂漠然注视着考试大厅的廊柱。餐厅挂钟的金色数字映衬着蓝色钟面。一座钟楼煞有介事地矗立在广场一侧。

巴尼选了博瑞·麦格斯提、麦斯平–格林教授和年迈的波塞博士的课。波塞博士早在巴尼父亲上学的时候就在医学院了。博瑞·麦格斯提是个讲话啰嗦的青年讲师，麦斯平–格林教授则以严厉和暴躁著称，尤其对斯洛文斯基上课时看《每日小品》感到愤怒。巴尼的同龄人会认真地听课做笔记，但逐年增多的退役军人把学习气氛拖得涣散下来。"听。"斯洛文斯基在麦格斯提讲解胆管功能时对身边的人说，一面用手指在牙齿上弹起贝多芬来。

医学生们偏爱某几间酒吧：国际酒吧、杜克街的瑞恩酒吧，还有麦克法登酒吧。每晚喝过酒，他们会去"水晶"舞厅跳舞，或是去格林电影院外的咖啡馆喝一壶茶，议论一下导师的私生活——当然以讽刺为主。这种时候，斯洛文斯基会聊起战时的若干情人，梅德利克特会详细描述克劳迪娅·里格太太的惊人胃口——她是伯恩茅斯一位面包师的寡妇。多年以后，巴尼生命中的这段时光也将以碎片的形式存留在记忆里，一如在里斯科里亚的孩提时代。这段记忆的中心，永远是戈加蒂街的勒内汉家。

"你或许从没见过阿里阿德涅这个名字。"一天早晨勒内汉太太在门厅里说。她是在《模范主妇》杂志里看到这个名字的。假如生的是男孩，她会给他取名保罗，那也是她的娘家姓。当她第一眼看见"阿里阿德涅"的时候，她就认定了这个名字。

巴尼也喜欢这个名字，觉得它很适合勒内汉太太的女儿。他发觉自己越来越常想她，尤其在麦格斯提和麦斯平-格林教授的课上。没多久他就发现，除了家务以外，阿里阿德涅并没有一份真正的工作，每当他想起她，背景总是戈加蒂街的那栋房子。她打扫房间，准备餐食，洗碗收拾。她常常拿着扫帚和簸箕出现在楼梯上，或是在前门擦拭黄铜把手。每天清晨她去餐厅生火，傍晚时分再次把火点燃。每隔一段时间，她会和母亲一起擦拭窗户。

勒内汉太太干家务活的时候偶尔会唱歌，阿里阿德涅却从不作声。她的表情里没有一丝不乐意，唯有一种淡然。那是圣徒的表情——有一天巴尼忽然意识到，之后那个念头再也挥之不去。他总是最后一个吃完早餐，还会在餐桌前流连片刻。阿里阿德涅端着托盘进来，如果他还没走，她会不紧不慢地用湿煤渣把火扑灭，然后一一擦拭壁炉上的饰物。她优雅的双手和手中的瓷器一样精美，她的衣着却始终如一：同样色调的淡紫色搭配肃穆的黑色。"晚上好，普伦德维尔先生。"有时她会在暮色笼罩的门厅里低声说。说话时她刚从一扇门里走出，话音未落已消失在另一扇门后。

搬来一个月后，巴尼已经对楼上房间里的各种声响了然于胸。如果阿里阿德涅走出房间几分钟不回来，他告诉自己她去洗头了。他想象她的头上裹着一条毛巾，就像努拉当年那样。然后她会垂下湿润的长发，电炉丝的红光映在发丝上。他的目光穿透灰暗的天花板，侵入她的世界，每一次声响都会引发无限遐思。她会像努拉那样在晚上缝补、刺绣吗？在里斯科里亚，努拉让查理·雷蒙德从花圃带来三色堇和报春花，她会把花朵夹在餐厅的医学百科全书里。巴尼不知道阿里阿德涅是否也有类似的爱好。他揣测她上床的时间,自己也同时间躺下,在黑暗中伴着她入眠。

他从未向"红毛"梅德利克特、斯洛文斯基或是其他人说起阿里阿德涅。在给父亲的信里,他提到了勒内汉太太、芬内蒂太太以及希伊先生,但阿里阿德涅从未出现。在喧闹的咖啡馆和课堂上,他的眼前总是不自觉地浮现出她的身影。他希望每一刻都在她的身边。每天早晨他恋恋不舍地走出戈加蒂街的房子,傍晚又迫不及待地赶回去。

"阿里阿德涅。"

那是一个星期天的午后,他站在一楼的楼梯口低声唤道。两人仿佛昏暗的光线里的一对剪影。"阿里阿德涅。"他再次呼唤她的名字,心中充满了喜悦。

"是的,普伦德维尔先生?"

每个星期天下午,勒内汉太太和希伊先生会陪着芬内蒂太太在餐厅里收听广播里的爱尔兰曲棍球或是盖尔球赛①直播。收音机只在这种时候打开。球赛结束后,希伊先生和勒内汉太太会一同走进厨房。

"想去散散步吗,阿里阿德涅?"

她没有立刻回答。他望向她,期待捕捉到微光中的一

---

① 爱尔兰的一种足球比赛,两队各 15 人,将球踢进球门或越过门梁得分。

丝笑容。餐厅里隐约传来播音员充满激情的解说。阿里阿德涅的脸上没有笑容。她说：

"现在吗，普伦德维尔先生？"

"如果你有空的话。"

"等我去穿上大衣。"

等待的时间里他想到了她的母亲和希伊先生。他不清楚麦基兵营和警卫岗哨的方向，但他绝不想撞见他们，哪怕只是远远地看见。"我好了。"阿里阿德涅不到一分钟就回来了。巴尼轻轻推开前门，然后在两人身后轻轻地关上门。秋日潮湿的落叶铺满了人行道，又被风吹成了堆。一阵风拂过，更多的秋叶从树枝上滑落，在空中翩翩起舞。阿里阿德涅的外套也是浅紫色调，与围巾的颜色融为一体。其实他们不必悄悄离开房子，但两人默契地没有发出一点响动。他们甚至没有看对方的眼睛。

"我喜欢星期天。"阿里阿德涅说。

他说自己也喜欢星期天。他给她讲在里斯科里亚的那些星期天，因为他不知道还有什么事会让她感兴趣。冬日的午后，他和父亲坐在客厅里读书；夏天他们会换到花园里。努拉为他们端来下午茶，还有前一天做好的蛋糕。父亲通过邮寄从都柏林的一间图书馆借书——A.E.W. 梅森、E. 菲利普斯·奥本海默以及桑普尔的小说。有一天当他读完一本小说，准备放回邮寄箱的时候，他改变了主意。他把书递给巴尼。"读读这本书。"他说。从此以后，两人共同阅读图书馆寄来的书。那时巴尼大概十四五岁。

"您的母亲不在,普伦德维尔先生?"

"她去世了。"

他向她描述里斯科里亚:长而窄的房间,花园里查理·雷蒙德的身影——自从巴尼记事起他就在那儿劳作,还有大厅里的病人。他讲起里斯科里亚毗邻的民宅、沃尔什酒吧,以及卧室窗户正对着的塔楼遗迹。他背诵了一首查理·雷蒙德的打油诗,说起他那张与真实年龄不相称的布满皱纹的脸,以及努拉的农妇打扮。他讲到巴利纳德拉的学校,小时候自己搭送奶车上学,搭送面包车回家,长大后改成骑父亲的旧B.S.A自行车。她从没听说过巴利纳德拉那样的小镇,阿里阿德涅说,她从小到大只知道都柏林。

"其实不值一提。"他说,但她依然想听他讲。于是他努力为她描绘小镇的景象:唯一的街道和广场,奥凯文五金店,兼营酒吧的杂货铺,马修神父雕像。

"听起来是个很安静的地方。"阿里阿德涅说。

"啊,安静得像坟墓。"

她庄重地点了点头。她可以看见那栋房子,她说。她知道弗吉尼亚爬山虎的样子。她可以很清楚地想象他父亲的模样。

"如果我没请你出来散步,你会做什么?"

"待在房间里。"

"什么也不做,阿里阿德涅?"他半开玩笑地说。她的表情依然严肃,不见一丝笑容。或许会收拾抽屉,她说。当她再次称呼他"普伦德维尔先生"时,他说:"你可以叫我巴尼。"

"只是巴尼?"

"巴尼·格雷戈里。"

她再次点头。他们在沉默中前行。他说:"你一直在家帮母亲料理家务?"

"我还能做什么?"

他不知该如何回答。他想说,她可以找一份更合适的工作。即使在商店打工也比在家扫地端盘子强,但他没有这么说。"比如护士。"

"我胆子太小,当不了护士。"

"我敢肯定你会胜任的,阿里阿德涅。"

她会是一个充满爱心的护士。她温柔的触摸会是一种恩赐。她的美丽会给病痛中的灵魂带来欢乐。

"修女更适合做护士。"她说。

"你去过修道院吗,阿里阿德涅?"

她点了点头,似乎陷入了回忆。当她再次开口时,声音里第一次透出了渴望。"你想去修道院看看吗,巴尼?离这里不远。"

"如果你想去的话。"

"我们在普鲁士街右转。"

路上见不到一个行人。路两旁的门紧闭着,围出一片与世隔绝的天地。他们的脚步悄无声息地落在潮湿的落叶上。

"我喜欢你衣服的颜色。"他说。

"是亲戚留给我的。"

"亲戚?"

"我的姑奶奶洛蕾塔。一半还是全新的。她喜欢这个颜色。"

"它很适合你。"

"她也这么说。"

这就是她的裙子和身上这件大衣都显长的原因。正是这些衣服带给她那种古典的气息。她没有属于自己的衣服?他想问,但没有开口。

修道院是一栋水泥建筑,前面围着银色栏杆。几扇窗前垂着百叶窗,其他的挂着蕾丝窗帘。修道院侧面有一道绿色的门,黄铜门环与信箱闪着光。

"你每天上午都来这儿?"他问。

"小时候爸爸总带我来。修道院在他上班的路上。"

她打开了话匣子,他在脑海里渐渐拼出她童年的影像,正如半小时前他带她走入自己的童年时光。他看见她牵着父亲的手在清晨的街道上穿行。她的父亲在复活节大街的马奎尔煤炭公司上班。有时他会在路边的商店里买上半盎司老伙计牌烟丝。

117

过街的时候他想挽起她的胳膊，但最终没有鼓起勇气。他们可以走到某个公交车站，他建议，然后乘车去奥康纳大街。他们可以找个星期天开门的影院咖啡馆，坐下来喝杯茶。她摇了摇头。她必须回去了，她说。

于是他们原路折返，再次穿过静谧的街道。雨丝飘落，两人一路无言。

"上帝啊，真有你的！"在"水晶"舞厅里，梅德利克特一边扫视着站在墙边的姑娘们，一边赞叹道——斯洛文斯基偕着一个说不清年龄的婀娜女人走进舞池，几分钟后两人双双消失，再也没回来。墙边的几个姑娘向梅德利克特递着眼神，显然被他的帅气所吸引。他走向一个身材苗条的姑娘。她头发的颜色仿佛新擦过的黄铜，巴尼觉得她一点也不美。

巴尼对于舞步一窍不通，他的舞伴常在一两分钟后便借故走开。"你是干什么的？"一个不太挑剔的胖女孩问他。他说自己在干洗店上班，因为斯洛文斯基告诫他别说自己是学生，否则会把姑娘吓跑。"你不会跳舞。"胖女孩很快就看出来，然后开始教他舞步。

晚场快结束的时候她依然在教他。梅德利克特依然黏着那个苗条姑娘，他说两个人很"合得来"。在舞厅外，巴尼听见他夸奖她的眼睛。这让他有几分尴尬，因为他不想惺惺作态地告诉胖女孩，她也有一双迷人的眼睛。于是他问她叫什么名字。"梅。"她回答。

梅德利克特说城里的酒吧都关门了，不如搭计程车去南郊的山羊镇。他说那里有大片的田野，他们可以先喝上几杯，然后在月光下的田野漫步。但梅说，回家太晚的话父亲会剥了她的皮。她挽起巴尼的胳膊。父亲的脾气很暴躁，她告诉他。

苗条姑娘也不想去山羊镇，梅德利克特便拉着她进了一条窄巷。他们在巷口接吻，巴尼和梅远远地站在一旁。一旦父亲发起脾气，梅说，谁也拉不住。"好吧。"巴尼听见苗条姑娘说。

在小巷的远端停了一辆破旧的福特车，旁边是一辆装着建筑垃圾的翻斗车。梅德利克特和女伴朝巷尾走去，后者的金色高跟鞋跟一步一晃。梅德利克特拉开福特后侧的车门。"上车吧，亲爱的。"他说。

巴尼不知该对梅说些什么，于是他沉默着。她说起自己的兄弟姐妹；恍惚间他开始想象阿里阿德涅出现在里斯科利亚。他想象自己与她订婚，他在厨房里把她介绍给努拉，在花园里把她介绍给查理·雷蒙德。他看见自己陪她走在街上，坐在教堂外等她聆听弥撒。他带她去巴利纳德拉，让她亲眼看看小镇商铺，还有广场上的马修神父雕像。

他往福特车的方向瞟了一眼，看见后车窗里的黄铜色头发。他会把她介绍给心地善良的博恩小姐。他想象博恩小姐在奥凯文五金店门前从自行车上下来。"欢迎来巴利纳德拉，阿里阿德涅。"她用温柔的声音说。

三个男人进了窄巷，没多久就传来争吵声。一扇车门被猛地拉开，几件衣服被扔出来。一只金色高跟鞋在小巷的地面上弹了几下，落在翻斗车旁。"让这个婊子从我的车里滚下去。"一个声音愤怒地喊道。

面对着眼前正在发生的一切，巴尼依然无法从自己的幻想中抽离。他与阿里阿德涅手挽着手，从小镇一路走回里斯科里亚。在路上，他指给她看拉肯斯农场，以及黑棕部队曾在里面杀害一对父子的茅草屋，还有长街尽头的一间破屋，里面住着精神失常的博伊斯太太，他上学的时候每天会在破屋门口等回程的送面包车。路边的荒草地里开满了野花，那一定是个夏日。

"从我的车里滚出来！"

地上的衣服和鞋都被扔进了翻斗车。梅德利克特的声音模糊不清，但听起来颇有几分喜剧色彩。"你想让我扭断你的脖子吗？"刚才那个声音冲着他大嚷，"滚出我的地盘。"

"我要回家了。"梅说。巴尼陪她走到公交车站。她说一个那么容易跟人上车的姑娘一定不会有好结果，巴尼心不在焉地听着。"下次我再来'水晶'舞厅找你。"她临走时说。

在回戈加蒂街的路上，一种梦呓般的感觉如影随形，梅丰满的身体似乎依然在他身旁，她的乳房贴着他的胸，一只膝盖触碰着他的膝盖,她掌心湿润的温热。他从未将这种肉体上的亲密与阿里阿德涅联系在一起,但当他一步步靠近戈加蒂街时,他知道自己今夜必须看见她的脸,必须感觉到她的存在,哪怕只是短短的一瞬。

回到勒内汉家,他先来到二楼自己的门前,然后沿着楼梯继续往上走。灯随时可能亮起来,他想,他随时可能暴露在灯光下,那时他会假装自己走错了楼层。然而黑暗依旧浓重,他没有打开廊灯。他轻轻地拧开楼上房间的门把手,在身后关上门。眼前一片黑暗,但两人心照不宣的默契让他期待着来自她的呼唤。没有呼唤声,甚至听不见呼吸声。他站在原地,等待百叶窗间的光线洒落——无论多久,他都愿等下去。他注视着想象中床的位置,暗夜的微光证实了他的猜想。他等待着,等待她的倩影浮现。他压抑着内心的渴望,用全世界的耐心等待。只用看一眼,他就转身离开。在未来的某个日子,他会幸福地告诉阿里阿德涅今晚发生的一幕。

房间里的一切逐渐清晰起来——衣柜、床、盥洗架、抽屉柜——在他看清家具的轮廓之前,他已经知道房间里只有自己孤身一人。他的耐心并没能换来安睡的容颜,枕头上也不见黑色的秀发。百叶窗并没有拉下。床铺得很整齐,床罩也没有掀开。房间异常整洁,仿佛已被遗弃。

第二天早晨,在麦斯平-格林教授登上讲台之前,昨晚窄巷里的一幕以及斯洛文斯基从舞池里带走婀娜女人的故事已经传开了。大家都可怜巴尼，觉得他没把握住机会。"红毛"梅德利克特、斯洛文斯基和几个退役军人向他传授了如何更进一步的秘诀。没人注意到他恍惚的神情。

当天傍晚，老妇人透露了事情的原委。当他询问阿里阿德涅为何不在餐厅时，老人说勒内汉太太正准备雇用一个名叫比蒂的女佣，将来她会接替阿里阿德涅的工作。他问阿里阿德涅去哪儿了，老人说她一直向往教会。

"教会？"

"阿里阿德涅去修道院的厨房工作了。"

希伊先生走进餐厅，脱下海军蓝大衣和皮手套。几分钟后，勒内汉太太把晚餐放上餐桌，又沏了一壶茶。希伊先生聊起白天作为希伯尼安保险公司专员造访过的房子。勒内汉太太为母亲在火炉旁温了一瓶黑啤。

"阿里阿德涅再也不回来了？"希伊先生和勒内汉太太出门后，巴尼问芬内蒂太太。

"我想她会一直待在修道院。阿里阿德涅喜欢修道院。"

"这我知道。"

芬内蒂太太点燃了餐后的香烟。她早就预见到了，她说，没什么奇怪的。

"您知道她会去修道院？"

"在你叫她出去之后，巴尼。你明白我在说什么吗？"

他说自己不明白。她点了点头，似乎在赞同自己的话。

她倒了一杯黑啤。她此前从没叫过他"巴尼"。

"那叫'约会',巴尼。即使什么事也没有发生。"

"是的,但那和她去修道院有什么关系?"

"她没给你讲勒内汉先生的事?她没有说起她的父亲吗,巴尼?"

"她提到了。"

"她没有告诉你他自杀了吗?"老人在胸前画了一个十字,动作一如往常地迅速。然后她继续贴着杯壁娴熟地倒黑啤。

"没有,她没说。"

"阿里阿德涅十岁那年,她的父亲在楼上的房间自杀了。"

"他为什么要那么做,芬内蒂太太?"

"我向来不喜欢那个人,"她说完顿了一下,似乎在回忆那个自己不甚中意的女婿,"阿里阿德涅始终心怀愧疚。"

"愧疚?"

"你还记得自己十岁时的事吗,巴尼?"

他点了点头。他俩在这方面有共同的经历,他曾对阿里阿德涅说,两人都在单亲家庭长大。没有孩子不爱自己的父亲,芬内蒂太太说。

"勒内汉先生为什么要自杀?"

芬内蒂太太没有回答。她喝了一小口酒,盯着壁炉里的火苗,把烟头扔了进去。她说勒内汉先生害怕被捕。

"被捕?"他惶恐地重复道。

"电车上的一场意外。"老人又在胸前画了个十字。她的神情凝重起来。她说起第一晚见到巴尼时说过的话:她的女儿在男人面前就是个傻瓜。"那段时间路上的人总会盯着阿里阿德涅。教会学校里的女孩们都不理睬她,只有修女对她好。她一直记在心里。"

"到底是什么意外,芬内蒂太太?"

"车上的一个孩子。对这种事情有专门的说法。我都不想知道那些词。"

他坐在火炉旁,浑身冰冷。似乎他刚被告知的不是阿里阿德涅父亲的死,而是她自己的死。他希望两人外出时他挽起了她的手。他希望当他提议去影院咖啡馆喝茶的时候她点头应允。不久前他还不知道她的存在,而此刻他已无法想象不再爱她。

"没用的,巴尼。"

他问这话是什么意思,她没有回答。其实他心里早已明了。阿里阿德涅身上那份不同寻常的气质其实源自羞愧对她的折磨。没用的。她感到了他的爱意,但恐惧随之而来,或许还有厌恶。即使他挽起她的手,拉着她起舞——就像和梅那样——她只会憎恶他。

"阿里阿德涅会一直待在那儿。"老人又啜了一口黑啤。她轻轻将啤酒沫从唇边拭去。在修道院的厨房里,至少还会有修女对她好。这多少是一种慰藉。

"假如我没有搬进来的话,她现在还在这里。"

"你碰巧是第一个搬进来的年轻人,巴尼。这不是你的错。"

下个学期当巴尼从里斯科里亚重返都柏林的时候,他意外地发现学校给他分配了宿舍。他把这个消息带回戈加蒂街,勒内汉太太说那也是无可奈何的事。"我和希伊先生快结婚了。"她在大厅里回头说。

巴尼道了声恭喜,其实他并不觉得这是件坏事。希伊先生觊觎这个女人的财产,而勒内汉太太需要一个不只会陪她散步的男人。勒内汉太太挺过了上一段伤痕累累的婚姻,这一次她选择与希伊先生共度余生。

他在餐厅里向芬内蒂太太道别。内德·希伊有个年轻同事在找房,她说。他会搬进那个房间,它不会空太久的。一个叫布劳德的学生一周前搬进了阿里阿德涅的房间。那间房也没有空太久。

那晚下起了雪。大片的雪花落在巴尼的大衣上。他独自穿过寂静的街道,走向修道院。自从阿里阿德涅离开以后,他一次又一次在修道院外徘徊,但修道院的窗户里总是空空荡荡,一如那个星期天的午后。今夜绿色的侧门上点亮了一盏小灯,当他环视灰色外墙时,没有窗帘的晃动,栏杆外也没有脚步声响起。这座丑陋建筑的深处藏着他曾目睹过的超凡的美好。有那么一刻,他读懂了自己心底残存的热情，那是一种想要改变现实的无谓期许。

在他搬出勒内汉家之前，他曾幻想自己或许可以拯救阿里阿德涅。那是一种浪漫的冲动，它持续燃烧直至爱情化作遗憾。他幻想自己按响修道院的门铃，再次见到阿里阿德涅的脸。他幻想自己用全部的温柔向她微笑，再次走近她。当时间静止下来，他会告诉她，爱依然是一种可能。"你会忘了她的。"假期里父亲曾对他说——他猜到儿子大概为情所困。

一辆公交车在雪中缓缓驶来：多年后在巴尼的脑海里，这个画面也将成为记忆的碎片。与它交叠在一起的，是草丛中倒扣的黄油盒、狗毛上的粉色石竹、"红毛"梅德利克特和斯洛文斯基、戴骑师帽的门卫，还有餐厅挂钟的蓝色钟面。一个孤独的身影凝望着修道院外模糊的夜，痛恨那份将他的踯躅脚步带走的理智。

特雷莫尔的蜜月

他们入住的旅店名叫圣阿格尼丝,老板娘叫赫尔利太太。开门时她说:"我一眼就看出来了!"她的目光落在大卫沾着彩纸的海军蓝西装翻领上,又在姬蒂隆起的腹部稍作停留。那是一九四八年的夏天,七月一个温暖的午后。

赫尔利太太约莫四五十岁,披着褐色外套。她说很抱歉穿着长筒靴,因为自己正在打扫院子。她的指甲涂成了亮粉色,头发用蓝色发网精心包裹,恰到好处地遮住别针和卷发纸。他们会在圣阿格尼丝度过一段愉快的时光,她说,不会有外人叨扰,这栋房子就是他们两人的家。在他们把两个行李箱搬上二楼的时候,她说婚姻是上帝的恩赐,又说自己的丈夫每天早晨在去郡议会的路上都会参加教堂的早祷。"早上六点我会准时把热茶放在餐桌上。"她说。

关上房门,两人拥在一起。他把手探进妻子的裙底,抚摸丝袜上方的温润肌肤。"上帝啊,你太坏了。"她在他耳边呢喃——早先在巴士上,他把身体紧贴上来,她也说过同样的话。她的身体汗津津的,既因为她的身体状况,也因为七月的暑热。她的脸上沾着汗珠,腋下的衣衫上渗出小片汗迹。"上帝啊,"她再次低语,"啊,上帝,等会儿。"

他再也等不下去了。此刻他们已远离农场,远离她的父亲、叔叔和婶婶。他只是在行使丈夫的权利。

"那个女人会听见的。"她呢喃道。其实让她听见了也没关系。即便她推门进来也没关系。她在床上扭着身子躲闪,说他太坏了。她咯咯地笑,身下的床也咯咯地响。卧室里弥漫着苍蝇的味道,似乎很久没开窗了。"上帝啊,你太美了,姬蒂。"他的嗓音低沉下来。

他今年三十三岁,比姬蒂小两岁。十五岁那年,姬蒂的父亲和叔叔把他从科克孤儿院领回家。当时他们告诉郊区的霍兰神父自己的农场上缺个小伙子,并托后者转告孤儿院的莱纳姆神父。"大卫·托姆是个好小伙儿。"莱纳姆神父回答。他还向霍兰神父保证:这个小伙儿身强体壮,干农活不成问题。几周后,有人把一块写着他名字的牌子挂在大卫的脖子上,把他送上了火车。姬蒂的叔叔内德·威兰在火车站接他,然后两人登上去农场的马车。"你从没干过农活?"内德在晃晃悠悠的马车里问。小大卫从没见过长在玉米秆上的玉米,更别说下地干活了。"我想,"内德在杜林酒吧喝了一小时闷酒后说,"我们多半买了一件赝品。"到家之后,内德在厨房里重复了自己的判断。他的妻子和姬蒂的父亲上下打量着大卫,嘴上没说什么,心里都清楚这个孩子远不如神父说的那么强壮。"上帝啊,能不能先把那块牌子摘下来?"他的妻子说。她和蔼地问大卫叫什么名字。她说自己从没听过托姆①这个姓。他告诉他们,名字是自己被送进孤儿院的时候一位神父取的,那位神父热衷于给小孩取名字。"大卫"是为了纪念圣大卫,而"托姆"指代"坟墓"。"他的脑子是不是有毛病?"后来他听见姬蒂的爸爸问内德叔叔。叔叔回答,听他说起"坟墓"的语气,那并非不可能。

"上帝啊,你能不能放开我!"姬蒂在圣阿格尼丝的房间里不耐烦地说,"让我把帽子摘下来。"

她推开他,叫他打开窗户。周末来特雷莫尔度一个短暂的蜜月是她的主意——她听说这个地方很美,有一小片动人的海滩。婶婶常说,姬蒂清楚自己想要什么,一旦她打定了主意,旁人再也难以改变。"你愿意陪我去一趟科克吗?"四个月前她问他,"我对那儿不熟,大卫。"自从来到农场,他就再没回过科克,况且科克对他来说不过是个模糊的影子。随后他发现,姬蒂从没去过科克。"我们找个周六去吧。"她说。在去往科克的巴士上,他骄傲地坐在她的身边。这是他雇主的女儿,一个散发着成熟魅力的姑娘,他暗自期待能在大街上碰到孤儿院的朋友。一路上她大多时间望向窗外,很少与他交谈,她的脸上泛起一阵阵红晕。她的美貌令他倾倒,她比弥撒上所有的女孩都漂亮,比起

---

① 英文为 Toome,与 Tomb(坟墓)同音。

补锅匠家的那几个野姑娘更不知强了多少倍——有一次他撞见她们在地里偷萝卜，她们隔着篱笆朝他大喊，说要把妹妹嫁给他。姬蒂的头发乌黑秀美，仿佛一层萦绕着脸庞的薄雾。他曾听婶婶埋怨姬蒂总是闷闷不乐，可他不这么认为，即便她的脸上时常浮现出漠然的神色。她的三个兄弟都在胎里落下了毛病，先后夭折。那是大卫来农场之前的事，从没人和他说起，直到秋收时节一个临时雇工无意间提起。她的母亲在最后一次分娩中过世。

"亲爱的，你还好吗？"姬蒂说，一边把口红放在梳妆台上，"终于是我们的二人世界了。"

他背靠窗框望着她，同时望着梳妆镜中她的影子。那天在去科克的巴士上，她最终开口，说自己要去麦克亨利街见一位米诺格先生，他是个药剂师。

"我很好。"他在窗边回答。

"窗边能听见海浪吗？"

他摇了摇头。他们在麦克亨利街问了几次路才找到药剂店。如果她的母亲还活着，她会陪她来的——姬蒂自言自语地说。她说自己不敢一个人进去，声音也变得不自然。她说腿像灌了铅一样不听使唤，然后她告诉他，自己的身子有了麻烦。婶婶找到了药剂师的地址，但她不愿意陪她来。"让托姆陪你去吧。"她说。

"我们下楼吧，亲爱的。"

他走到梳妆台前，伸出双臂搂住她。他的手刚一碰她，她就警告说，别把刚化好的妆弄花了。她的粉底撒落在梳妆镜上沿，浅桃红色，和她的脸颊一样。他闻到她刚洒上的香水味，那是一股浓烈的甜香，让他期待再次抱紧她。不过她已经穿过房间，站在门口。她拉开门，两人一前一后下了楼。

"我专门为你们做了黑布丁。"赫尔利太太在餐厅里说。她摆好餐盘，里面有煎香肠、煎蛋和她的招牌黑布丁切片。

"太棒了，我最爱黑布丁了。"姬蒂说。他把自己那份也递给她。在孤儿院的童年让他对这种猪血和内脏的混合物心有余悸。正如赫尔利太太保证的那样，除他们之外餐桌前再没有别人。他隔着桌子对自己的新娘微笑。下楼时她不住地说，这是两人作为夫妻的第一顿饭。她把这件事讲得郑重其事，落座之后又重复了一遍。餐厅与厨房间的出餐口里传来赫尔利太太洪亮的嗓音，她正在谈论一条猎狗。

"你饿了吗，亲爱的？"

不饿，他摇了摇头。

"你知道我有多饿吗？"姬蒂一边切苏打面包一边说，"如果你把一匹马牵到我的面前，我能把它的整个头吞下去。"

厨房里传来一阵低声反驳，他猜想那多半是赫尔利太太的丈夫。"哈，你到底有没有脑子？"老板娘迫不及待地打断他，"怎么可能有那么蠢的畜生，一次又一次地往水泥搅拌机里钻?"

姬蒂咯咯笑起来。她说,婚礼上基尔菲德太太亲吻她的时候,她差点激动得晕过去。"她的丈夫倒有一点好处,"她添了一句,"就是他的手从不乱摸。"

一个穿衬衣的男人走进餐厅。他问候他们,介绍自己是赫尔利先生。他问是否需要加一壶茶,话音未落就端起铁茶壶往厨房的出餐口送。在圣阿格尼丝度假会很放松,他说,方圆几英里内都没有孩子。出餐口开了,露出赫尔利太太那张被炉火烘得通红的脸。她的发网已经摘了,精心定型的蓬松头发里隐约显出红褐色。"黄油够吃吗?"她用此前评论猎狗的语气高声问丈夫。"上等的乡下黄油,"她朝两位客人高喊,"和雏菊一样新鲜。"

"足够了,"姬蒂回答,"黄油确实很棒,赫尔利太太。"

灌满的茶壶被递出来,放回餐桌上。"今晚特雷莫尔有一场盛大的演出,"赫尔利先生说,"你们听说过卡莫迪斯杂技团吗?"

他们摇了摇头。他告诉他们,据说卡莫迪斯的"飞车走壁"①十分精彩,值得一看。他转身离开后,姬蒂说自己从没看过"飞车走壁"。"你觉得香肠好吃吗,亲爱的?"

他点了点头,端起茶杯让她加茶。餐桌下面,两人的脚踝紧贴在一起。

---

① 原文为"Wall of Death",指由杂技演员驾驶摩托车或自行车沿桶形表演台的侧壁高速疾驰的表演。

"有一次科迪·唐纳根想带我去,可我说没兴趣。"

"或许这次咱们也不用看。"

"只要和你在一起,我什么都愿意看,大卫。或许我们还能去海边走走。"

他又点了点头。她凑过来说自己感觉好多了——最近她的胃里总是一阵阵地恶心。她建议看完"飞车走壁"、散完步之后再去喝几杯酒,免得回房太早,显得急不可耐。她朝他眨了眨眼,又在桌下用膝盖碰了碰他。他把手放在她轻薄的丝袜上。"上帝啊,把手拿开。"她低语道。

不是科迪·唐纳根干的,她在麦克亨利街的药剂店门前告诉他。她永远也不可能爱上科迪·唐纳根。她永远也不可能爱上任何人,直到那件事发生。一个男人牵住她的手,科迪·唐纳根就算过一百万年也不可能那么温柔。那是托兰神父的一个堂弟,他也准备出任神职。他是来度暑假的。她甘愿把生命献给他,她说。"假如他知道了,他一定会娶我的,大卫。他会放弃神职的,但我不会告诉他。"

他们吃完赫尔利太太准备的晚餐。"我上楼一小会儿,"她说,"很快就下来,亲爱的。"

大卫来到门厅,打量起四壁的挂画。一幅圣母子像,画前点着灯;几幅维多利亚时期油画的复制品,有卖火柴的小贩,还有围着披肩、手提薰衣草花篮的女人。他低下头,药剂师的脸悄然浮现:刚刮过的下巴隐隐发青、疙疙瘩瘩的;眼睛藏在厚厚的镜片后面,显得格外的大;整张脸毫无血色，和他身上的白大褂浑然一体。"进来吧。"米诺格先生招呼他们进店，虽然他们没开口，他已经心照不宣。等到下午关店之后，他默默把他们领进一个里间，房间里没有椅子，只有一张铺着胶皮的桌子。"我冒着极大的风险。"米诺格先生开门见山地说，严肃的面孔似乎在为这种"极大的风险"作证。"我为你们提供的服务完全出于人道主义。但是这种风险需要某种补偿，你们明白吧？并不是我个人想收取这笔费用。"说这话的时候，他灯泡一样的眼珠始终盯着他们，把她上下打量了一番之后，目光又移到他的身上。"知道多少钱吗？"他问。姬蒂把一沓钞票递到他面前，他低下留着花白短发的脑袋，细细数起来。"没错，就是这个数。"他抬头对大卫说，显然认定他就是那个多余孩子的父亲，钱自然也是他出的。他从裤子后面掏出钱包，把钞票塞进去，然后朝大卫摆了一下头，示意他去外面等。他还没来得及挪动脚步，姬蒂就毫无征兆地号啕大哭，把他和药剂师都吓了一跳。她会被投入地狱的火海，她歇斯底里地大喊，这件事她永远无法忏悔，也永远得不到救赎。"我宁愿去死，大夫。"她对米诺格先生说，话没说完就呜咽起来，涨红的圆润脸颊上涕泪横流。那位自诩"人道"的药剂师僵在原地，一只手仍放在钱包上。"万福马利亚，万能的圣母啊！"姬蒂又哀号起来，"亲爱的圣母，不要抛弃我！"钞票被塞回她的手中，谁也没有再说话。米诺格先生脱下白大褂，把他们领到药店门口，在贴着肠胃药广告的玻璃前左右张望了一下，才拉开门。街上空荡荡的。他们来时没有问候，离开时也没有道别。

"我们出发吧？"姬蒂从二楼下来。

他拉开大门，两人步入暮色中。圣阿格尼丝位于一条里巷的最深处，小巷两侧竖立着连排的小屋，空气温暖恬静。门外依然听不到海的声音，姬蒂说大海此刻一定很平静。"对不起。"那天她在药剂店门外说，声音里还带着一丝哽咽。之后他们在科克的街上不知走了多久，最终进了一间咖啡店。那时她已经平静下来。她从没想过自己会在最后一刻退缩，她说，但当她把钱递给米诺格先生的时候，罪恶感仿佛房间里一个实实在在的活物，就站在他们的身旁。"我向上帝发誓，大卫。"他说他懂得她的感受，但其实他不懂。那天发生了太多事，他的心里一团乱麻——她身体里的"麻烦"，那次外出的真实目的，以及与米诺格先生的短暂交集。他不过是个庄稼汉，只懂得下地干活，被她叫来科克已经出乎意料。她喝了两杯茶，说自己好多了。她又吃了一个葡萄干面包，而他没有胃口。他把她带到孤儿院墙外看了看。"上帝啊，大卫，现在我该怎么办？"她在孤儿院外突然哭起来，像在药剂店里一样猝不及防。

"往前走，在海边。"一个男人为他们指了去"飞车走壁"的路。没多久他们就听到音乐声和摩托车的轰鸣。"愿再次看见克拉拉的月光……"一个男高音吟唱着，悠扬的歌声中夹杂着唱机探针的刮擦声，"再次看见夕阳落入戈尔韦湾……"他们买了门票，沿着摇摇晃晃的简易楼梯登上圆形木制桶壁的顶端。上面搭了一圈看台，内侧围着护栏，以免拥挤的观众不慎跌落。"上帝啊，太棒了。"姬蒂压着场内的噪音大喊，大卫轻轻捏了一下她的手臂。场地中央停着一辆嗡嗡作响的摩托车，一个干瘦的矮个男人跨上车。他穿着黑色皮衣皮裤，红色绑腿，脖子上系着红色斑点领巾。他驱车前行，开上侧壁边的斜坡，渐渐过渡到侧壁上。每转一圈，车身的角度就会多斜一点，最后车几乎开到了观众面前的护栏上，车身也接近水平。木制侧壁和看台不住地震颤，引擎的轰鸣震耳欲聋。表演者在头顶挥了挥手，沿原路一圈圈往下盘。观众掌声雷动，纷纷往场地里扔硬币。"你还好吗？"大卫朝姬蒂大喊——她兴奋地闭紧了双眼。摩托车回到场地中央，男人面对满地的硬币向观众鞠躬致谢。然后他猛地做出一个戏剧化的手势，一个同样红黑穿着的女人登场，跳上摩托车的后座。当摩托车到达侧壁中央时，她慢慢爬到男人的背上。她踩着他的肩膀站起身，齿间咬着他脖子上那条斑点领巾。姬蒂大叫着再次闭上眼睛。更多的硬币飞进场地。

"她是他的妻子吗，大卫？"散场时姬蒂问。

"我猜是的。"

"如果她失足掉下去怎么办？"

"我觉得她不会失足的。"

"上帝啊，我真喜欢海风的味道，大卫。"

要不是穿着丝袜，她说，她会蹚蹚海水。他告诉她，孤儿院曾带他们去过一次考特麦克谢里的海滩。在回城的路上，他给她讲那次旅行。然后他们开始找酒吧。最终他们来到一间像圣阿格尼丝一样安静的酒吧，里面一片昏暗，不过姬蒂说感觉很舒服。吧台前两个老头沉默着相对啜饮。酒吧老板正把成袋的面粉往酒吧旁边的杂货铺里搬。大卫叫住他，点了两瓶黑啤。

"孤儿院的日子是不是很难挨？"他端着酒瓶回到餐桌时，姬蒂问，"你是不是每天都想着离开？"

他说并非如此。没有她想的那么糟。在去农场之前，他还没在孤儿院以外的地方待过。"天哪，看上去像一座监狱。"她站在街对面仰望孤儿院的时候说。

"无家可归的感觉一定很糟，"她端着啤酒说，"我从小没了妈，也算半个孤儿。"

"时间长了就习惯了。"

科克之行一周以后，婶婶在院子里对大卫说，如果他向姬蒂求婚的话，她会答应的。婶婶站在清晨的阳光下，膀大腰圆，一袭黑衣。她比丈夫、弟弟，甚至姬蒂本人都更清楚：自从大卫挂着名牌来到农场的那一天起，他就爱上了姬蒂。婶婶的直觉比谁都敏锐，眼珠像她的衣服一样黑，什么也逃不出她的眼睛。家人一同用餐的时候，她注意到他总在偷瞄餐桌对面的姬蒂。他忍不住抬头看她，每每被婶婶发现总是很尴尬。不知婶婶是否也猜到，他每晚躺在床上幻想姬蒂与他双唇相触,幻想她白皙柔美的肌肤?她没有明说的是,整座农场都会是他俩的——这件事不言自明,因为姬蒂是唯一的继承人。一旦他娶了她,他便不再是农场上最苦最累的劳力。"我会向她求婚。"他说。有了科克那天的经历,他更容易鼓起勇气。此前姬蒂跟爸爸、叔叔一样,习惯了对他呼来喝去,动不动就让他去晒干草或者搬土豆。他从未记恨过她。相比之下,更让他受不了的是科迪·唐纳根那辆生锈的沃克斯豪尔轿车——每次唐纳根来接姬蒂时总把车停在院子里,当他听见她"嗒嗒嗒"的高跟鞋声时,他会以大卫极其厌恶的姿态推开副驾的车门。托兰神父的堂弟从没来过农场,他本身就是个谜。

"这儿有吃的吗,亲爱的?他们有饼干吗?"

他去吧台又点了两瓶黑啤,顺便问有没有饼干。老板说有姜饼,然后去杂货铺称了半磅。

"啊,太棒了。"姬蒂掰了一块塞进嘴里。他把黑啤倒进酒杯。婶婶在院子里和他说话的前一天,他注意到弥撒结束后姬蒂找了科迪·唐纳根。后者愤然离开,似乎两人间发生了争吵。考虑到姬蒂与托兰神父的堂弟间的"友情",唐纳根的反应也在情理之中。此后科迪·唐纳根的沃克斯豪尔轿车再也没在农场出现过。

"我们永远也忘不了这次蜜月,"姬蒂说,"我希望有一部相机,能留住特雷莫尔的美景。"

他明白她此刻的心情。两人今后的日子都会在农场上度过，每天早晚各挤一次奶，把奶桶运到乳品厂，无休止地犁地、播种、浇灌。无论你多么勤恳，时间总是不够用，每星期只能剩下几个小时去参加弥撒。他每周日骑自行车去教堂，下午会顺路去一趟老火车站旁的杜林酒吧。如今已经没有火车经过了。杜林酒吧旁新铺了一条路，每逢周日下午酒吧窗外就停满了自行车，而酒吧里总是那十几张熟悉的面孔。"听说你要娶农场主女儿了。"在姬蒂答应他的那个周日，一个酒友对他说。无论在杜林酒吧还是别处，都没有人因为他的好运气而不悦。托兰神父专程来到农场，一路穿过甜菜地与他握手道贺。就连一向出言不逊的内德·威兰叔叔也赞许地朝他点头。

"我喜欢姜饼配黑啤，"姬蒂说，"你知道姜饼是我的最爱吗？"

"店里只有姜饼。"

她忽然问他是否快乐。她又问了一遍，问他是否发自内心地快乐。他说是的。

"你会一直记得我们去科克的那一天吗，大卫？"

听她的声音，他还以为她醉了，她的身体状况让她比平时更不胜酒力。她望着他咯咯直笑。她凑过来说那天她在巴士上曾经想过，自己并不介意嫁给他。

"那天你对我很好，大卫，你知道吗？"

"我一直很喜欢你，姬蒂。"

"我直到那天才意识到，亲爱的。那天是我第一次感觉到。"

他又去吧台点了两瓶黑啤。他不知道杜林酒吧的男人们是否了解她的身体状况。或许他们以为那是他的孩子？或许她的父亲、叔叔，甚至托兰神父，都这样认为。他不知道他们是否谈论过这件事。

"最终这个结果还不错，不是吗？"他端着啤酒回来时她说。她还想要些姜饼，于是他折回吧台又买了四分之一磅。回来时她问："你嫉妒过科迪吗，亲爱的？"

他点了点头，把啤酒倒进酒杯。她看出他的尴尬，放声大笑。他扭开脸，希望她刚才没有提起科迪·唐纳根。他回过头，略显笨拙地亲吻她，却发现她的嘴唇上沾满了姜饼屑。

"啊，科迪还算个浪漫的情人！他至少有十次或十一次说要娶我。"

他皱了皱眉，隐约觉得哪里不对劲，一时又想不明白。

"我告诉过你可怜的科迪哭了吗？"她说，"在我告诉他我要和你结婚的那一天。"

她此后的话更让他云里雾里。姬蒂再次说起婚礼上基尔菲德太太的拥抱如何让她大吃一惊。她历数婚礼的客人，自信那一定是多年来最盛大的婚礼。父亲为此变卖了两头小公牛。"你看到老费赫的那身打扮了吗？不仅没打领带，连衬衣也没穿。"她把当日的客人逐个点评了一番，品评他们的穿着，或是猜测为什么有些女人没有拥抱自己，"要不要打包几瓶？"她用胳膊肘碰了碰他，眨着眼说。"嗨！"她向酒吧老板喊道，"打包一打黑啤，先生。"

大卫付了账，两人离开酒吧。姬蒂说起一个名叫罗斯的女孩，她曾是姬蒂在教会女校的同学，现在不知流落何处。她挽着他的胳膊，他心不在焉地听着。拐进圣阿格尼丝的小巷时，他们遇上正在遛狗的赫尔利先生。他牵着一条无精打采的猎犬，但他说那条狗值一大笔钱。"这就是那条喜欢往水泥搅拌机里钻的狗吗？"姬蒂问。赫尔利先生解释说，它不过碰巧钻进去一回。

姬蒂开怀大笑。这个习惯的坏处——她说——在于没准哪天它就变成一座水泥雕塑了。"赫尔利先生，您喝黑啤吗？我们买了几瓶回来。"

赫尔利先生立即跟上了他们的脚步。他把他们领回旅店，顺便把猎犬关进了笼子。"坐、坐。"他在厨房里说。他的妻子端出酒杯，说很少有客人把酒带回圣阿格尼丝，不过又有何妨？"祝你们好运！"赫尔利先生说。

姬蒂讲起了"飞车走壁"，然后是他们的婚礼——基尔菲德太太出人意料的拥抱，姬蒂父亲演唱的那首《拉古纳的百合》，还有没穿衬衣没打领带的老费赫。"可怜的科迪·唐纳根难过得没有出现，"姬蒂说，"他在屠宰场干活，赫尔利先生。我和可怜的科迪约会了二年。"

"他们总是难舍旧情。"赫尔利太太点头道。

"他哭了，可怜的科迪。"

"我也遇到过一个这样的男人。他叫奥戈尔曼。"

"爱钻空子的家伙，"赫尔利先生用低沉的声音说，"一个大滑头。"

"奥戈尔曼的美貌让树叶都情不自禁地落下来。有人说他是特雷莫尔最英俊的男人。"

"有人说，"赫尔利先生再次压低嗓子说，"他从修女的身上摸走了一个十字架。"

"'我此生永不结婚，'当我告诉科迪的时候他说，'我的人只属于你，姬蒂。'"

"他这样有什么用？"赫尔利太太忍不住问，"可怜的科迪是不是脑子有毛病？"

"那只是他的表达方式，赫尔利太太。"

四个人花了一个钟头喝光了一打黑啤，其间赫尔利先生向大卫吐露了不少赌马的秘诀。然后他谈论起有名的猎犬，他的狗还与其中某些名犬配种，但大卫更关心的还是两个女人间的对话。他竖起耳朵，听见姬蒂说，她的新婚丈夫愿意为她做任何事。他看见她凑到赫尔利太太的耳边，轻声提起托兰神父的堂弟。"啊，什么，你是认真的吗？"赫尔利太太惊呼，然后斜瞟了他一眼。他立刻明白姬蒂说了什么——神父那位堂弟的一个小失误成就了他的今天，而上帝是最终的赢家。

"整个夏天都别下注，"赫尔利先生继续说，"把你的每一分钱都压在这匹马身上。"

大卫点头同意,尽管他这辈子还没赌过马,也从没听过赫尔利先生推荐的这匹马的名字。姬蒂摇摇晃晃地站起来,目光有几分迷离。"我或许不该吃姜饼。"她有些担忧地喃喃道。赫尔利太太说吃些姜饼没有任何坏处。赫尔利先生又说起另一匹马,大卫频频点头。

"你是个好男人。"大卫经过老板娘身边时,她耳语道。他一手环着姬蒂的腰,摇了摇头,不去理会赫尔利太太不乏戏谑的赞扬。

"你还好吗?"他在楼梯上问姬蒂,她没有作声。进了卧室,她说想吐。他把盥洗架上的脸盆清空,等她吐完了,再把脸盆端进卧室对面的洗手间。

"上帝啊,太抱歉了,亲爱的。"她斜躺到床上,话音未落就沉沉睡去。

虽然他知道她听不见,他依然告诉她没关系。他此前从没想过,如果托兰神父的堂弟真的来过教区,他一定会参加星期天的弥撒,然而他从未露过面。除了姬蒂,再没人见过他。在她的口中,那是一个圣徒般的年轻人,他如今已成为神父。即使在酒醉之际,她也想让赫尔利太太知晓他的存在。她想让赫尔利太太知道,没有任何龌龊的事情发生,比如她和科迪·唐纳根滚倒在沾有血渍的沃克斯豪尔车的后座。

"没关系,姬蒂。"他坐在床边低头看着她的脸,大声说。卧室里弥漫着呕吐的酸臭味。他帮她脱下外套,她的呼吸里也充斥着同样的气味。他再次低头凝视她的脸。他明白她为什么要编造这个谎言。那天弥撒结束后她去找科迪·唐纳根的时候,他可能反咬一口,说她是为了套牢他才故意怀孕的。

大卫站起身,缓缓脱掉衣服。她与科迪·唐纳根的恋情给他带来了好运,若非如此,今晚她就不会睡在他的婚床上。他再次低头望着她:十八年来,她在他的眼中一直像个皇后,但现在,他获得了亲吻她的权利。他把她的手脚摆正,让她躺得舒服些。然后他小心翼翼地拉起被单、关上灯,在她身边躺下,在黑暗中抚摸她的身体。到农场的第一天,他的脖子上挂着一个名牌。他是个出身卑微的小子,和孤儿院的其他弃婴一样,不过是廊沿墙角的野草。此前他的身份是雇工,但从今往后他成了她的丈夫。人们也会这样称呼他。多年以后,就算她再次提起科迪·唐纳根,或是压低声音说起神父的堂弟,都没有关系。那是她的权利,这很自然,因为在两人的婚姻里,比起他的所得,她是失意的那一方。

版画师

在夏洛特宽敞的工作室里，她把刚印好的版画挂起来晾干，就像在绳上晾晒衣物。一头奶牛的腿和肚子勾勒出画面的边界，它的乳房下方休憩着三只乌鸦。屋子里悬挂着数张同样的黑白画面，唯有底色微微泛绿。

她曾在法国邂逅画上的风景，那已是多年以前的事了。这个画面深深地印在夏洛特的脑海里，尽管她已记不清具体的时间地点。人近中年，她依然难以忘却当时从卧室窗口或是车窗往外眺望的感觉。"这也是朗之万家的土地。"朗之万先生用英语告诉她。那是他第一次开着白色雪铁龙送她去圣塞拉斯，第一次驶过那段十五英里的路。她转头望向右侧平淡的田野，没有一棵树，只有吃草的牛群。或许那片草地上也有三只乌鸦。

夏洛特细心检视每一幅画，每七到八张里会有一张被淘汰。她纤细柔弱的手指松开绳上的彩色小夹子，次品一张接一张飘落到粗糙的木地板上。夏洛特在潜心工作时脚步悄无声息，仿佛一个漂浮在她所创造的无数相同影像中的魅影。她今年三十九岁，比以往更消瘦了，几乎到了皮包骨头的程度。她依然拥有一张年轻女孩的纤瘦脸庞,明亮的湛蓝双眸依然焕发光彩。她的容颜似乎躲过了时光的侵蚀,但细看之下仍有两处岁月的印记:曾经玉米般金黄的头发里爬进了几缕银灰,手背上也显出日晒雨淋的痕迹。

她把散落的次品一张张捡起来,撕成两半,塞进用作废纸篓的木盒里。然后她举起一张依然悬挂的版画,透过光看看是否干透了。确认满意之后,她把画摘下来,用切纸机裁剪,然后签上名,用铅笔标注"1/50",再放进一个浅绿色文件夹里。她重复着这一过程,直到处理好全部画页,最后松松地系上文件夹破旧的丝带。

"那是圣塞拉斯教堂。"在那个星期三的下午,朗之万先生把车停在和平广场,指着教堂对她说。除此之外小镇再无亮点,他说。报社旁的小公园,几间茶馆,几间咖啡店,一间小旅馆。不过教堂很值得一看。"至少教堂正面很美。"朗之万先生补充道。

夏洛特来到教堂前,欣赏正面的浮雕与纹饰,然后步入教堂。大厅里弥漫着蜡油的气味,还飘着若有若无的熏香。那一年夏洛特十七岁,父亲安排她来法国过暑假——他始终认为"流利的法语"是一项不可或缺的技能。他的某个熟人认识朗之万夫人的亲戚,于是辗转安排夏洛特来此寄宿。"你喜欢画画,我一直很宽容,"父亲以家长的口吻说,"作为回报,我只希望你学好法语。"父亲对她的绘画天赋并不看好。身为商人,他期望自己唯一的孩子能在国际大公司任职，流利的法语将助她一臂之力。父亲对孩子怀有近乎神圣的责任感。工作之外，他期待她最终能收获一份美满的婚姻。他是个很传统的人。

在圣塞拉斯教堂里，她从忏悔室前走过，又经过耶稣受难像。十七岁的她对这一切都心不在焉，只希望父亲当初没送自己来马斯苏里。每星期三下午朗之万太太会带着孩子们去骑车，夏洛特可以自行安排。周日下午也是她的空闲时间，还有每天傍晚孩子们上床后的几个小时。话又说回来，周日下午她除了去树林里散步，还能干什么呢？而且每晚她如果不和朗之万一家待在一起，他们会很惊讶。朗之万家有五个孩子，最小的还是个婴儿。其中有一对双胞胎，很淘气，才六岁就懂得怎么捉弄人。科莱特总是一副闷闷不乐的样子。盖伊十岁，长着深色头发，他是夏洛特最喜欢的一个。

夏洛特的手提袋里夹着一封没写完的信，信里详细描述了朗之万一家：闷闷不乐的，爱搞怪的，讨人喜欢的，尚在襁褓中的。母亲能从字里行间读出她的忧郁，而父亲只会跳着看个大概。朗之万太太的妹妹来家里做客。她个子很高，无精打采的样子，一根接一根地抽烟。她总是浓妆艳抹，打扮得很漂亮。朗之万太太则不同，她的穿着大方得体，人也漂亮，但她更善良，更在乎身边人的感受。她的脸上时常挂着微笑，总在替别人担心。朗之万先生不爱说话。

她坐在广场咖啡店的露天座椅上继续写信，写几句停一会儿，希望消磨更多的时间。那时正值七月，她坐在荫凉处。来法国以后，天空中还没出现过一片云。她封上信封，写好地址。她端着柠檬茶，看广场上的行人走过。午后暑气正盛，人很少——一个戴墨镜、穿蓝裙子、牵着贵宾犬的女人，一个骑自行车的孩子，一个开货车送鞋盒的男人。夏洛特在小卖部买了一张邮票，然后走进报社旁边的小公园。椅子上落了灰，点缀着白色的鸟粪，但这里浓荫蔽日，至少是个凉爽安静的地方。她掏出随身携带的《美与孽》。

二十二年后，夏洛特依然能看见那时的自己，依然记得那本小说的封面——夹着香烟的女郎，身着晚礼服的男子。朗之万太太总是有意识地和我讲法语，她在信中写道，而朗之万先生更喜欢和我练英语。那时的夏洛特还很羞怯，也缺乏情感上的经历。在童年时代，她懂得嫉妒，也时刻能感受到对父母的爱，但她还不了解内心深处正在苏醒的情愫，也不知晓它将把她带向何处。初到马斯苏里，她忧虑的仅有孤独而已。

在工作室里，夏洛特从衣架上取下一件罗登呢大衣，然后开始翻找手套，圣塞拉斯教堂边的小公园依然历历在目。那天下午自己或许在寂静的公园里哭了，她相信如此。过了一小时，她去了小镇的博物馆，发现关门了。于是她回到和平广场，在那座代表永恒和平的华丽女性雕像下等待回马斯苏里庄园的巴士。

"给我讲讲英格兰，"那天晚上朗之万太太的妹妹操着英语问她，"给我讲讲你家的房子。英国的食物不尽如人意，对吗？"

夏洛特用法语回答，那个高挑、时髦的女人立刻打断了她。她想听纯正的英语，权当一种消遣。她打了个呵欠。乡下很无聊，不过七月的巴黎也好不到哪儿去。

于是夏洛特说起自家的房子，她的母亲和父亲。接着她讲了英国人如何烤面包片——朗之万太太的妹妹对此尤为好奇——还有英国屠夫如何悬挂牛肉。她对肉铺不太了解，也不清楚牛的各个部位叫什么，但她尽力解释着。朗之万太太的妹妹斜倚在沙发上，手里捏着一只黑色烟托，绿色的丝绸长裙松松地搭在腿上。

"我听说杰克逊牌红茶不错。"她说。

夏洛特没听说过。她说自己家没有用人。她承认自己对英国皇室知之甚少。

"皮姆一号①，"朗之万太太的妹妹不依不饶地问，"到底是什么？"

马斯苏里庄园很大。庭院之外是大片草地，上面有羊群游荡；草地之外是大片种植园，长着不足一英尺高的树苗；更远的山坡上生长着茂密的杉树，有时林中终日回荡

---

① 一种源自英国的以琴酒为基酒的水果鸡尾酒。

着电锯的轰鸣，让夏洛特头疼不已。

每天清晨，园丁会清除宅邸前碎石地上的杂草。一个老人和一个男孩各持一把耙子（夏洛特从没见过那么宽的耙子），仔仔细细耙上一个钟头。他们把刚冒尖的杂草尽数除去，同时抹平前一天的车辙。男孩在午餐前一小时还会送来蔬菜，傍晚时分再送一次。

马斯苏里宅邸的前门两侧列着大理石女神像。门前是装饰着华丽扶手的马蹄形阶梯，左右两侧阶梯盘旋而上，在门前合二为一。宅邸的外墙是浅灰棕色石材，窗户配了绿色板条式百叶窗。马斯苏里庄园内外的一切都打理得井井有条。银器、家具、烛台、狩猎图案的挂毯、气派的门厅里棋盘图案的大理石地砖，都跟门前的碎石地一样有专人维护。修长的楼梯栏杆与配套的黄铜扶手会定期抛光，主会客厅里的钢琴会定期调音，餐厅里的珐琅孔雀从不会暗淡失色。然而，如此富丽堂皇的宅邸只有一部电话。一楼有个小房间专门用作电话间，房间的四壁贴着红蓝条纹的墙纸，色调与天花板的装饰画相呼应。电话桌上亮着一盏蓝色台灯，桌前置了一把椅子，桌上准备了记录留言的纸笔。朗之万太太的妹妹常敞着门坐在电话间里，和巴黎的朋友一聊就是几个小时。不少朋友和她一样，也离开巴黎到乡下消夏。

"我的上帝！"有时朗之万先生经过电话间时会感叹。朗之万先生已经两鬓花白。他中等身材，脸刮得很干净，褐色眼睛。每当他看到自己的孩子，眼神里就充满了喜悦和溺爱。孩子们享受父亲的宠爱，却同样喜欢自己的母亲，尽管犯错时总是母亲来惩罚他们。有一天双胞胎把猫塞进了烟囱；有一天杏树的枝条在他俩的重压下断折；还有一天早晨老皮埃尔的鞋全部不翼而飞，一双也找不到。有时科莱特会拒绝和任何人讲话，尤其是夏洛特。她会躺在床上，默默地抠壁纸。那种时候朗之万先生会很恼火，猫被塞进烟囱那回也一样，但最终还是朗之万太太决定给闯祸的孩子施以何种处罚。

朗之万太太的妹妹正在经历一段婚外情。她的丈夫每周四晚上来马斯苏里，到达时已接近午夜。他从巴黎乘火车来，到周日晚上再搭夜班车回去。他性格开朗，个子没有妻子高，脸色红润，留黑色短髭。他第一次造访之后，朗之万太太告诉夏洛特，妹夫的出身配不上妹妹。她的语气依然很柔和，似乎只是在陈述一个简单事实。朗之万太太从不说别人的坏话，也不会揭谁的伤疤——她不是那种女人。提到妹妹的婚外情时，她只是耸耸肩。在妹妹的婚礼上她就预感会有这一天：对一些人来说，出轨只是早晚的事。"人生啊。"朗之万太太说。她的口气既非责备妹妹，也非讥笑戴绿帽的妹夫。

夏洛特关上公寓门，沿着昏暗的楼梯下到街面，腋下夹着绿色文件夹。十二月清晨的寒意渗入房子的每个角落。

她竖起罗登呢大衣的衣领，用一条黑围巾把脖子裹得严严实实。是否在每个人的生命里，她想，都有那么一件事，会影响今后的整个人生？五岁那年她得了一场重病，她依然清晰地记得当时的挣扎，记得死亡临近的感觉——当时自己几近放弃，但那次经历却并没有伴随她之后的人生。那种感觉被封冻在那段特定的时间地点，而她本人得以轻装前行。后来她还有过类似的遭遇，当时以为注定将成为挥之不去的阴影，没想到却随风而逝。唯有马斯苏里的那个夏天一直如影随形，在她的心底扎下根来，成为她自身的一部分。

"这是汝拉山①的黄葡萄酒，"朗之万先生依旧用英语说，"和法国其他产区的酒都不一样。"

从马斯苏里庄园的窗户望出去，你能看到绵延的汝拉山脉。春天和初夏，山间吹来的风还带着寒意。他们说汝拉山因此成为人们时常谈论的话题。

"手边有医生吗？"②朗之万太太的妹妹捧着丈夫从巴黎带来的英语会话手册问，"'手边'是什么意思？可以用手拿起来的医生？真不可思议！"她百无聊赖地从烟盒里挑出一支香烟，插在了烟托上。

"她的情人是个年轻人，"朗之万太太用法语不紧不慢

---

① 法国和瑞士的边境上一条东北—西南走向的山脉，长360公里，海拔约1000米。
② 英语原文为"Is there a doctor at hand？"，"手边"实为"附近"之意。

地说,"一个医师助理。他总有一天要结婚的,到时候事情自然就结束了。"

每天清晨当我睁开眼睛,首先会闻到从窗口飘进来的咖啡香味。那大约是仆人的早餐时间。到了八点半,仆人会在花园的凉亭里为我们备好早餐。午餐也在凉亭里,但即便在和暖的日子,晚餐也不会安排在户外。星期天朗之万先生的母亲会开着小汽车过来,她的驾驶技术实在不敢恭维。她独居在三十公里外的村子,只是定期有人上门打扫。她身材矮小,却很有威严,从不和我打招呼。有个男人偶尔陪着她,那是一位名叫奥格的大胡子先生。他向我详细介绍自己的健康状况,之后我会在字典里查不懂的生词。星期天还有其他亲戚朋友到访,比如朗之万太太在索尔地的表妹和表妹夫,还有一位将军的遗孀。

"二战"期间,当马斯苏里只剩下女人和孩子时,她们发现了一个德国兵。他躲在没人的角落,靠庄园丢弃的剩饭维生。要不是有一天他饿得发慌偷了储藏室里的奶酪和面包,人们也不会发现他。最初的一周里,女人们知晓他的存在,晚上偶尔还会看见他,却不知该怎么办。她们猜测他是个逃兵,但他也完全可能只是迷了路。最终,她们开始担心他是专门来监视她们的,于是开枪杀了他,把他埋在花园里。"就在这儿。"朗之万太太指着巨大的椭圆形玫瑰花床的中央说。"是我。"她补充道,回答了夏洛特没有说出口的问题。在一个潮湿的夜晚,她和自己的婆婆以及一个女仆躲在屋外,等德国兵现身。她的前两枪打偏了,他径直朝她们走过来。她的第三枪让他的身子一晃,然后她把两筒子弹全都射入了他的身体。那时她刚结婚没几个月,比现在的夏洛特大不了多少。她看起来温柔而优雅,夏洛特写道,你无法想象那个场景。

八月十四日,星期三,一个日后将铭刻在夏洛特心里的日子。和每个星期三下午一样,朗之万先生开车送夏洛特去镇上。然而在到达和平广场之后,他并没有拉开车门让夏洛特下车。他说:"今天下午我没事。"

这一次他讲的是法语。他微微一笑,说自己和她一样,也有几个小时的闲暇。她这才意识到,他今天是特意送她来圣塞拉斯的。前几次他只是顺路,而今天他似乎已把这件事当作自己的责任。

"我其实可以坐公交车来的。"她说。

他又笑了。"那就太遗憾了,夏洛特。"

这是他第一次吐露对她的好感。她不知该如何回应。她有些迷茫,同时意识到自己脸红了。他是个极具魅力的人,她曾在信里写道,朗之万先生和太太都是极具魅力的人。这样形容他们再合适不过。

"我开车带你转转吧,夏洛特。这里太无聊了。"

她摇了摇头,说自己要买些东西,然后她会像往常一样坐公交车回去。她一个人没有问题。

"你留在这儿能做什么,夏洛特?再看一遍教堂的外墙？博物馆也没什么意思。喝杯咖啡也就几分钟的时间。"

父亲期待的"流利法语"还远没达到流利的程度。她结结巴巴地回答，自己很享受一个人的下午。话没出口，她就意识到自己享受星期三下午的真正原因在于和朗之万先生在车上共度的时光。此前她的潜意识从不允许自己往那个方向想，此刻这个念头却像水一样汩汩往外冒。

"我在这儿等你，"朗之万先生说，"你先去买东西吧。"

她回来之后，他开车带她去了五十公里以外的一间乡村旅馆。旅馆临河而建，外墙上爬满了常青藤，庭院里落着鸽子，房前一条小溪流过。他们在山毛榉下的餐桌前坐下，并没有侍者出来。庭院似乎荒废已久，整间旅馆看上去无人问津。大家都在午睡，朗之万先生说。

"你在马斯苏里过得开心吗，夏洛特？"

尽管她坐在一米以外，依然能感到爱意的临近。一种眩晕的感觉。她的肌肤微微刺痛，仿佛他的指尖已经触到她的手臂，在她的身体里激起一圈圈涟漪。然而他并没有触碰她。她试图去想他的孩子，在脑海里召唤科莱特和双胞胎最恼人的模样。她试着想象朗之万太太，回忆她柔和温婉的声音。依然没有任何事发生。她的面前只有这个男人，停在远处的白色轿车，以及两人面前的这张小圆桌。一个骗局正在发生，这骗局由他们共谋。

"嗯，我现在过得很开心。"

"刚来的时候不开心？"

"那时有些孤独。"

夏洛特夹着文件夹,快步走在十二月灰蒙蒙的街道上。很久以前,她还绘制过这样一幅版画:一张白色圆桌,桌前坐着两个面孔模糊的人。还有一幅是大雨中的三个女人,雕像般站在滴水的灌木丛间。还有一幅斑驳阳光下的马斯苏里,一幅玩耍中的孩子,一幅空无一人的白色雪铁龙。

"大家都喜欢你,夏洛特。特别是盖伊。"

"我也喜欢他们。"

他们聊了一会儿,然后起身向车走去。也许只过了一小时——后来她回想,大概是一小时。侍者始终没有出现。

"大家还在午睡。"他说。

他是如何将她揽入怀中的?他们穿过草地的时候是否停下了脚步?当她回想时,她意识到当时一定停下来了。在记忆里的那个瞬间,她的口中喃喃抗议,双手按住他的胸膛。他没有吻她,但亲吻的那种激情已将她萦绕。这也是她日后才体会到的。

"亲爱的夏洛特。"他说。然后他说:"请原谅我。"

她几乎要晕过去了。他似乎也意识到了,于是伸出手,用手指轻托住她的手肘,就像街上一个陌生人会做的那样。回庄园的路上,他给她讲了自己在马斯苏里的童年。老园丁那时就在了,多年来房子几乎没有变化。战后有一片山毛榉树被砍了卖钱,后来栽上了新树苗。如今盛开着向日葵的土地曾是一片麦田。他记得小时候的马车，还有公牛。

白色雪铁龙驶入庄园大门，在两排梧桐树间的车道上缓行，车胎轻压着碎石。房前曾有一棵橡树，枝干过于茂密，只能砍倒，他指着橡树曾经的位置说。他们并肩走上阶梯，步入大厅。

那天晚上，朗之万太太的妹妹又新学了一句英语。"我和朋友想去剧院看戏。"她一边重复，一边让夏洛特纠正发音和重音。过去几个星期三下午夏洛特都是乘公交车回来的，而今天她是坐朗之万先生的车回来的——谁也没有提起这件事。没有人注意，也没有人感兴趣。只是那么一瞬间，她对自己说，实在不值一提。他请求她原谅时，她没有作声。他甚至没有拉起她的手。

到了星期天，朗之万先生的母亲和酷爱谈论自己健康状况的奥格先生都来了，还有将军的遗孀。那个蒙在鼓里的丈夫心情格外好。晚上他去火车站之后，朗之万太太的妹妹对着电话低声说："亲爱的，太难熬了。"

又到了星期三，朗之万太太问夏洛特能否乘公交车去圣塞拉斯，她的丈夫今天不顺路。自从有了这个先例，此后的星期三大家都默认她会乘公交车出门。是不是朗之万太太察觉到什么？从她的举止中看不出端倪，但夏洛特想起她第一次提到妹妹婚外情时那种波澜不惊的语气。当时她真正惊讶的是朗之万太太面对一切的淡然。

星期三下午她在广场咖啡厅的孤独身影成了一道固定

的风景。夏洛特试图说服自己,这样的安排让她免于陷入两难的境地。然而,如果他再次提议开车带她出游,她真的能开口拒绝吗?或许她最终还是无法鼓起勇气。只身坐在咖啡厅外的夏洛特摇了摇头。如果他再次邀请,她心中的渴望会再次淹没理智,淹没她微不足道的勇气。

那天下午她又去了博物馆,然后在落灰的公园里坐下。她临摹了长椅边一个被遗弃的摇摇马。那个骗局还在,虽然他已经改变了心意。没有什么能将那个骗局从他们的心里抹去。

"你看上去很难过,"晚上盖伊在她道晚安的时候说,"你为什么难过,夏洛特?"她在马斯苏里的时间只剩下三周——这是她难过的原因,她说。在某种程度上,她并没有说谎。"但你还会回来的。"盖伊安慰她。她也相信自己会回来。她很难接受和马斯苏里永远说再见。

那人赞许地点了点头。他知道自己要的是什么,也深知客户的需求。在迷你酒水吧或是电视上方挂这样一幅浅色框风景画会让他的室内装饰服务增色不少。时尚酒店的卧室里,公司董事的会议室和餐厅里,工业巨子的办公室里,都会挂上马斯苏里那个夏天的剪影。

当买主翻看她今天带来的新作时,她看见自己漫步在马斯苏里的林间,一个孤独又不起眼的身影。是什么让一个深谙世故的男人爱上了她?她拥有一份属于自己的美丽,她猜想，但她常常表现得很笨拙，在对话中显得无知、天真又轻信。她不过是个不懂得打扮的英国女生，对于化妆一窍不通，有时甚至懒得化妆。吸引他的是否正是她的纯真？那天他说在车里等她，她不知所措的神情是否让他会心一笑？现在回过头看，夏洛特相信，从到马斯苏里的第一天起自己就觉察到了他的目光。他略带笑意的目光中透出一分温情，那时的她还不懂，也没想过去揣摩。然而，就在他允许两人之间进出火星的那一刻，在他用动作和语言点燃萌动的激情的那一刻，她意识到和他在一起的意义远不同于朗之万太太的陪伴，尽管此前她从未将两者区分开来。回想起来，夏洛特相信自己之所以会爱上朗之万先生，是因为他的风度与克制。但她也深知，早在她意识到他的这些品质之前，她作为少女的初恋已然萌发，又在懵懂中被匆匆埋葬。

离开马斯苏里的那一天，朗之万太太的妹妹亲切地拥抱她。"再见。"她用英语说，然后问她这么说是否得体。孩子们纷纷送了礼物。朗之万先生对她说谢谢。他的双手搭在科莱特的肩膀上，一只手短暂地抬起来和夏洛特握了手。送她去火车站的是朗之万太太。夏洛特在车里回首时，她从朗之万先生的眼神中看到了忧伤，那种忧伤也曾是他们共度的那个下午的底色。他的手依然放在女儿的肩头，但即便如此，她似乎听到了他刚才没有说出口而此刻依然想对她说的话。在火车站，朗之万太太拥抱了她，像她妹妹一样。

火车在九月末的阳光下疾驰，夏洛特蜷缩在车厢角落里哭泣。他尊重自己的妻子，不愿像妻子的妹妹那样背叛自己选择的伴侣。作为一个男人，他同样不愿为了一己私欲而让孩子遭受痛苦。这些她都懂，也因此而尊重他。在火车上，她陷入了深深的忧郁，最终时间抚平了悲伤的棱角。

"你又走神了，夏洛特。"后来她身边的小伙子们会笑着说。她会说抱歉，但思绪早已飞回了马斯苏里。当小伙子们的聊天声响起时，她再次走下宽阔的阶梯，步入林间。当某个小伙子鲁莽地拉起她的手，或是亲吻她的时候，这些记忆会带给她平静。每当有人求婚时，她心里默默期待的依然是和平广场上等待她的白色轿车；她会略带歉意地拒绝那个误以为她的心里还能走进另一个人的年轻人。

"这些画让人眼前一亮。"新版画的买主说。每当商务会议室或是酒店卧室重新粉刷时，他总喜欢换上全新的窗帘和装饰画，这也是客户所期待的。六个月后，他说，或许他会需要下一批画。"记着这事儿吧，亲爱的。"他总喜欢这么叫她。他长着一头微卷的红褐色头发，下巴上的胡茬和脖子上的汗毛都很浅，几乎用不上剃须刀。"我们会给你寄张支票。"他说。

夏洛特谢了他。她已经积累了这样一批主顾——其中也有女主顾——每当他们需要不落俗套又能给人惊喜的装饰画时，总会想起她。他们比夏洛特自己更欣赏她的作品。对她而言，那些画只是记忆的碎片，她更珍视的是隐藏在画面中的执念：她坚信时间没能冲淡她与爱人之间沉睡的激情，对她如此，对他亦如此。多年以来，她相信他也以同样的方式爱着她。作为这份爱情的囚徒，她很早就认定它是个谜，倏忽而至，又无可藏匿。虽然世事无从改变，她依然忍不住想问：为何两个注定无法在一起的人要爱得如此心碎？

阳光刺透不了十二月的阴霾。雾气弥漫在街道上，润湿了人行道。会议室里忙于谈判和交易的商人们或许从未留意到墙上的版画。"真美啊！"酒店房间里某个衣衫不整的女人或许会赞叹——她刚刚和情人度过一个匆忙的午后或是用谎言遮掩的周末。

夏洛特走进一间酒吧，在角落里坐了一会儿，绿色的空文件袋躺在一旁。这时候酒吧里还没有客人，只有两个侍者。她细细品味侍者端来的红酒。她点了一支烟，把燃尽的火柴慢慢放进褪色的塑料烟灰缸。在文件袋的封面上，她漫不经心地画下这样的场景：一排送葬的人群肃穆地行进在两行梧桐之间。当红褐色头发的男人看到这幅画时，他不会追问细节，他从没有这方面的好奇心；在那些悬挂这幅画的房间里，也不会有人追问。

她喝完杯中的残酒，看了高个儿侍者一眼。他又为她端来一杯红酒。她记得父亲发火的模样，还有母亲皱起眉头迷惑的表情。她从未吐露自己的秘密。父亲很恼火，说她没有事业心，也埋怨她把追求者拒之门外。"你太孤独了。"母亲忧伤地说。夏洛特没有试图解释。那些拥有幸福婚姻的人怎能理解，如此短暂的瞬间会成为一个人一生的珍藏？和她所拥有的相比，事业上的雄心壮志，或是期待成为她未来丈夫的年轻人，都如同梦幻泡影。

她从未见过朗之万先生的笔迹，但在她的想象中，他的字大方、倾斜，类似盖伊的字。她知道自己此生不会见到。有个念头曾在她的脑海里反复浮现，但她最终没有留给自己任何幻想：她不会收到那么一封信，告诉她朗之万太太一个月前从马上摔了下来。夏洛特曾在不能自已时幻想过那个场景。如今那个葬礼不再是期望，它仅仅是她的版画素材中的又一个场景。难道合乎道德的骗局一定要以情爱收场？囿于道德的付出并不总需有回报。

对她来说，他们的爱情故事永远定格在那个夏天。那里有朗之万一家，有她常去的小镇，盖伊说她还会回来，耙子划过碎石，清晨咖啡飘香。对朗之万先生来说，欺骗日日年年，痛苦眨眼而逝，话咽进肚里。对于他们来说，那个午后的瞬间决定了两人的余生。人世间这样的邂逅并不常有，她的爱人在又一次无声的交谈中告诉她。和她一样，他也心怀感念。

与奥利弗的一杯咖啡

那是德博拉,奥利弗心想,我的女儿来看我了。但他依然坐在人行道上的咖啡桌前,一动不动,甚至没有微笑。毕竟他的眼角里闪过的只是一个瘦小女孩的身影——黄裙子、金发、墨镜。那完全可以是另一个女人。

但奥利弗努力说服自己:你对这种事是有预感的。自己的亲骨肉,你应当能感觉到。再说了,如果德博拉不是专程来看他,她来佩鲁贾做什么?女孩孤身一人。她急匆匆地走进咖啡馆旁的酒店,似乎有公务在身,不太像游客。

奥利弗是个四十七岁的英俊男人,头发有些花白,五官端正,面相和善。今天早晨来佩鲁贾,他的穿着一如往常:乳白色亚麻正装,绿条纹白衬衫,配上英国公学风格的领带。他的棕色皮鞋擦得锃亮,与正装搭配的乳白色袜子紧紧地裹住脚踝。

"小姐!"①

他唤来刚给邻桌的客人结完账的女侍者,又点了一杯卡布奇诺。这个女孩会在十一点交班,接班的侍者只会收他一杯卡布奇诺的钱。这很公平,奥利弗为自己辩解,他是咖啡馆的常客，远比普通游客的消费要高。

"好的，先生，请稍等。"②

在那个走进酒店的女孩身上，他看到了安杰莉卡的影子——身材同样苗条，也长着金发，脸庞娇小，步伐小但走路快。如果女孩停下来并由于某种原因摘下墨镜，他会立刻认出她母亲那双深陷的黑眼睛，那会是一个温情与伤感交织的瞬间。若非她的长相酷似安杰莉卡，他也不会如此笃定。女儿长大以后，他只在照片上见过她。

最好不要贸然相认，他想，让德博拉按照自己的想法来。倘若按照他的想法，他会去酒店前台联系她，在大堂等她，然后两人共进午餐；他会带她逛逛这座小城，她参观画廊的时候他会坐在街边咖啡馆；之后他们还能去酒吧喝上一杯——但那不是德博拉的想法，这么做对她不公平。况且一天下来花销不菲。尽管德博拉住的是高档酒店，她手里也不见得有闲钱。她的母亲并不是个大方的人。奥利弗今天来佩鲁贾是去意大利信贷银行确认安杰莉卡按月汇来的钱已经到账。他在银行兑现了一张支票，那是未来一个月的生活费。

"您的咖啡，先生。"③女侍者把卡布奇诺放到他面前，并更换了烟灰缸。

他微笑着道谢，轻轻吹了吹卡布奇诺上的奶沫，抿了

———————
①②③ 本篇原文为意大利语的文字，均排成仿宋。下同。

一小口。然后他点了一支烟。你可以在这儿坐上一整天,他想,看着这些红头发的佩鲁贾人走过。三三两两的小伙子、语言学校里的外国学生,还有从停车场走来的满头大汗的游客。像他这样优哉游哉,思考一下人生,还真是惬意。

最终奥利弗付了咖啡钱,起身离开。或许他应该买点肉,说不定女儿会在晚餐时间去他家。肉对他来讲是一种奢侈品,他心血来潮时才会买一包熟火鸡肉片,然后吃上好几个月。在普廖里路上有一家他经常路过的肉铺,早晨摊位前挤满了妇人,争先恐后地向摊主喊话。奥利弗受不了那种喧闹,也没耐心排队。贝托纳村里也有一家肉铺,他坐十二点零五分的那班公交车回去,肉铺应该还没关门。最好到那时再说,这么热的天,肉很快会变质。

他从市中心出发,抄一条下陡坡的近路,来到他常去的公交站。在这一站上车能省一点路费,虽然他不常来佩鲁贾,但毕竟积少成多。德博拉竟然来佩鲁贾了,太惊喜了!奥利弗站在阳光下微笑。最美好的事总是不期而至。

在德博拉的记忆里,父亲只出现过一次。那是一个星期天的午后,他来到公寓门口,当时她站在两层楼之间的一小段楼梯上方。虽然不知他是谁,但她觉察到异样的气氛,因而盯着他看,听着他说话。男人微笑着站在门前,他说她母亲的气色很不错。他希望她不要介意。母亲很生气。那一年德博拉五岁。

"你知道我介意。"她听见母亲回答。

"我只是路过。不打个招呼太不礼貌了。我们不至于永远不说话吧,安杰莉卡。"

母亲的声音低了下去。她又说了几句话,德博拉一个字也没听清。

"好吧,我走了,"他说,"不打扰了。"

之后德博拉问起时,母亲告诉她那个男人的身份。母亲是个坦诚的人,从不对她说谎。如果两个人不合适,她说,就没有必要做样子给别人看。

两人在门口说话时,他点了一根烟。他轻声打断她的母亲,问能不能进屋说话。母亲没有同意。

"我的出生也是个错误,对吗?"多年后在与母亲的一次争吵中,德博拉毫不留情地大喊。每当母亲提起自己的婚姻,总会淡淡地说:那是当年两个人犯下的错误,最好把它忘了。

奥利弗栖身于贝托纳村外山上的一栋不起眼的石头房子里。它曾被用作冬季的羊圈——羊群挤在楼下,羊倌待在二楼唯一的房间里,两层之间由一段近似木梯的笨重台阶相连。房子是多年前安杰莉卡买下的。她对它做了一定程度的改造:从村里接来电线,楼下装了厨房和带淋浴的洗手间。但从装修的痕迹能看出,她对这项工程渐渐失去了兴趣。离婚的时候,她把这栋破房子给了他。她自己只来过一次,离婚手续启动后她便停止了改造。当奥利弗只身搬来时,瓦楞状铁皮屋顶还在漏雨,洗手间和淋浴喷头都不出水,厨房里没有台盆也没有炉子,粪坑也没挖。那时他背着衣物和四幅乌木框挂画从英格兰赶来。"好吧,至少有个住的地方。"他环顾楼下散发着水泥味道的四壁,自言自语道。他看了一眼自己那双算不上灵巧的手,叹了口气。

如今这个小窝里多少添了几件家具。楼下摆了两张折叠式花园椅,一张浅黄褐色塑料桌,还有一个松木书架。水泥地面上铺着褪色的地毯,只有个别地方袒露出来。四幅厚框的萨福克郡风景画为粗粝的石墙增添了些许精致。角落里还置了一台电视。

粪坑直到现在还没挖,不过除此之外,奥利弗的运气还不错。有一次他在去意大利信贷银行的路上遇到一个不懂意大利语的英国同胞,奥利弗帮他解决了一个意大利语的问题。为了表示感激,那人坚持要请他喝杯咖啡。奥利弗预感那人或许会对自己有用,便建议他开车带自己回贝托纳村。最终奥利弗为那人提供了一个夏天的住宿(在水泥地上铺了一个睡袋),而那人帮他修好了铁皮屋顶,接好了洗手间和淋浴喷头的水管,安装了厨房台盆,还把一个捡来的老式煤气炉改造成了液化气炉。他说自己正处在事业的低谷,很乐意手头有点事情做。每当奥利弗谈起自己的婚姻，那人就会找个机会接过话头，回忆起自己曾干得风生水起最后却不幸破产的事业。奥利弗很反感他的插话，干脆不听他说话。每天傍晚六点，那人会步行去村里买一升红酒和一些食物。奥利弗声明，那些东西他一个人的时候是不会买的，因此不该他出钱。但他已经为客人提供了住宿，公平起见，他偶尔白吃一个鸡蛋或者喝一杯红酒也不算过分。

"安杰莉卡可不好对付，"又一个晚上，奥利弗继续聊起自己的婚姻，"她很爱吃醋。"此外，他还自信地宣称，自己在贝托纳山上蜗居的日子不会太久了。他常在画廊里或是酒店旁的咖啡店里与单身的英国女人搭讪，希望借此摆脱眼下的窘境——不过他觉得这些事无关紧要，不必向住客提及。他竭力把安杰莉卡的故事讲得绘声绘色，甚至为自己的口才洋洋得意。没过多久，一次无关紧要的争吵迅速结束了他们短暂的友情。除了免费住宿，住客还向他索要一笔事先承诺过的酬劳。奥利弗承认曾讨论过这笔费用，却坚决否认自己同意支付这笔钱。最终两人不欢而散。

两年前安杰莉卡去世时，德博拉二十岁。母亲的离去并不意外——她已在日益加剧的病痛中煎熬了数月，死亡近乎一种解脱。尽管如此，德博拉依然心如刀绞。在青春期她虽与母亲时有争吵，母亲的陪伴却是无可取代的。死亡到来的那一刻，德博拉才体会到长久以来母亲对自己的包容与关爱。母亲是个很开朗的人，常为一些小事开怀大笑，逗得德博拉也忍俊不禁。沉浸在悲伤中的她从没想过，那个曾在某个周日下午到访的男人或许会在葬礼上出现。事实上，他并未出现。

"你的事我都安排好了。"安杰莉卡死前说。她指的是德博拉本科毕业后念研究生的费用。"不用担心，亲爱的。"

德博拉握着母亲的手，想起多年前母亲太频繁地提到自己的婚姻是个错误，她就很烦躁。后来母亲再没说过类似的话。想到这里，愧疚之情涌上心头。

"我是个不孝的女儿，"德博拉在母亲的病榻前痛哭，"我简直是个小恶魔。"

"亲爱的，你是个好女儿。"

在葬礼上，人人都称赞她的母亲，夸她待人和善。他们邀请德博拉去家里做客，说她心情低落的时候随时可以登门。

奥利弗在村口的公交车站下了车。肉铺还开着，但他最终决定不买肉。他在车上一直在想要不要买一块猪排，虽然要花上两万意大利里拉，但一块肉排切成两小块也很方便。可是话又说回来，万一根本不用请德博拉吃晚饭呢？说不定她下午就到了——那并非不可能。最终他买了自己需要的面包，还有 包汤料和香烟。

他猜测德博拉或许是来带个口信，没准安杰莉卡想让他搬回广场边的那套公寓——那并非不可能。他不知道安杰莉卡已经去世了。奥利弗沿着斜坡走向石头房子,各种愉快的想法在他的脑子里冒出来。"德博拉,我需要考虑一下。"他看见自己和德博拉坐在石头房子的"露台"上——那不过是屋前的空地,之前的住客不知从哪个垃圾堆里捡来两个汽车座椅,又在水泥底座上摆了一张旧桌面权当茶几。"看情况吧。"他听见自己不置可否地回答。

他脱下外套搭在胳膊上。"真是热疯了!"卖面包的妇人抱怨道。在贝托纳村只有酷暑和严寒才会让人们谈论天气。奥利弗的额头和后颈都挂着豆大的汗滴。他感到衬衫下面也濡湿起来。德博拉的到来让他满心欢喜,无论她为何而来,有人陪伴总是件好事。

奥利弗回到二楼的卧室,脱下正装挂在铁丝衣架上,然后解下领带搭在上衣的肩上。他换了件衬衣,穿了条旧灯芯绒长裤——虽然有点厚,却是他最好的裤子。他在厨房泡了壶茶,和刚买的面包及香烟一起端上露台。他坐下来,等待女儿的到来。

安杰莉卡死后,德博拉觉得自己成了孤儿。她有个舅舅,从小没见过几次面。舅舅和舅妈出于同情,会不时关心她。母亲的朋友们也是一样。其实德博拉有自己的圈子,不需要专门的照顾。她继承了母亲在伦敦的公寓,放假时就回家住。她去诺福克郡的舅舅家度过一次周末,之后再没去过。舅舅从头到脚都和母亲不一样,他是个笨手笨脚的中年男人,穿一身单调无趣的灰色正装,叼着烟斗,眼镜腿上挂着链子;舅妈面无血色,有些笨嘴拙舌。他们把招待德博拉当成一项责任。当他们发现她是个独立的姑娘时,两人都着实松了口气。

整理母亲的遗物时,德博拉没有发现任何来自父亲的照片或者信件。她不知道的是,母亲每隔几年就会寄给父亲一张女儿的近照,作为她成长的见证,但除此之外,她不会在信里附上只言片语。至于多年前父母双方达成的财务协议,德博拉也毫不知情。因此她从没想过,或许没人把母亲的死讯告诉那个曾在周日到访的男人,更没想过要自己去告诉他。那个曾微笑着点燃香烟的男人早已被时间冲淡,成为一个稀薄的影子,一如她躺在坟墓里的母亲。

她对他的事没有一丝兴趣,舅舅也从未提起过他。当安杰莉卡的朋友偶尔请德博拉吃午饭或是喝酒时,他们也从未说起那个人。有一次陌生人问起她的父亲,她说他大概已经死了。她心中念念不忘的始终是与母亲共度的幸福时光,以及对自己年幼无知的悔恨。

下午三点暑热达到顶点,之后热度却迟迟不退。奥利弗家露台上的混凝土块、汽车座椅的金属框架、发烫的皮面以及房子的石材本身,纷纷释放出积聚了一天的热量,彻底抵消了日光的衰退。到了五点半,空气里终于透出一丝凉意；七点，凉意弥漫开来；八点半，人们可以愉快地纳凉了。

也许他做出了错误的决定，奥利弗后来想，自己应该主动和那个女孩搭讪。有时深思熟虑反而误事。如果她想等凉快了再出门，她会错过最后一班来贝托纳的公交车，而出租车又贵得离谱。换作安杰莉卡，奥利弗想，她会毫不犹豫地叫一辆出租车——尽管她在别的方面都锱铢必较。

那天晚上德博拉没有出现，第二天没来，第三天还是没来。于是奥利弗又专程去了一趟佩鲁贾。唯一的解释是那个姑娘不是德博拉。但他依然相信自己的直觉，并为她迟迟不出现感到疑惑。他甚至想，女儿是不是她母亲派来的，此刻正躲在暗处监视他。

"有什么能帮您的，先生？"酒店前台的店员微笑着问他。奥利弗慢慢地用意大利语说出自己的问题。他在一张纸上写下德博拉的名字，以免有任何误解。他记得上次来咖啡馆的日期，并依据女儿的照片描述她的相貌。

"稍等，先生。"店员转身走进侧面的小间，几分钟后拿回一张登记表。上面有德博拉的名字和签名，还有伦敦那套公寓的地址。她只在这间酒店住了一晚。

"学生，"和店员一道出来的女孩说，"她想在佩鲁贾租一间房子。"

"租房子？"

"她是这么问我的,"女孩耸了耸肩,"我们这儿满房了。"

"谢谢。"奥利弗朝两人分别笑笑。在他离开前,店员用意大利语把他叫住。那女孩当时给德博拉介绍了一家帮学生租房的中介,和酒店只隔二十米。"谢谢。"奥利弗再次道谢,但他没有记下那家中介的名字。他走到酒店外的咖啡馆里,点了一杯卡布奇诺。

德博拉大概注册了一门课程——语言类、文化类,或者两者兼有。佩鲁贾在这方面很有名,全世界的学生慕名而来。有时他们会待上一年或者更久,这都取决于课程的内容。奥利弗对这些很熟悉,因为他时常会碰上一两个学生。他向他们介绍佩鲁贾,而他们请他喝一杯咖啡或者白兰地作为感谢。有一次他遇上一个有钱的伊朗学生,他显然很感激奥利弗的热心肠,还请他共进了午餐。

"您的咖啡,先生!"十一点交班的女侍者把一杯咖啡放到他的面前。

"谢谢。"

"不客气,先生。"

他点了一支烟。他曾有一只打火机和一个银质烟盒,那是他在这里的卡尔杜奇花园遇到的一位道格史密斯太太送的。恍惚间他似乎又看到了那只纤细精致的雕花烟盒,以及打火机左下角如藤蔓般纠缠的首字母。这两件东西他在几年前都卖了。

酒店里走出一个女人，她站在路旁，漫不经心地望向街边的咖啡桌。她个子比道格史密斯太太高，而且苗条得多。这是个寡妇或者离了婚的女人，奥利弗想。然而一个男人走出酒店，拉起她的手。

"你母亲为你付出了那么多，"他的脑海里毫无征兆地响起安杰莉卡恼火的声音，"你居然偷她的东西。"

他感到有人擅闯了自己的私人领地，唤醒了这些不愉快的陈年记忆。这都是因为德博拉，她的到来把他带回了有安杰莉卡的世界。不过随之而来的也有愉快的记忆——他想起女儿的名字是他起的。"德博拉。"当时他建议道，安杰莉卡没有反对。

为了躲避脑海里的安杰莉卡的身影，他盯着一只在人行道上踱步的鸽子，一边倾听邻座一对意大利男女的对话。男的穿深色正装，女的穿红色条纹裙。他们在谈论泳装，男人似乎在经营一间时尚服饰店。一群年轻人结伴走过，奥利弗飞快地扫视每一张面孔，女儿不在其中。还有十分钟，早班的女侍者就下班了，他点了第二杯卡布奇诺。

安杰莉卡说他偷母亲的东西，那完全是她的臆断。母亲到了晚年越发糊涂，没有谁比他更难过了。他看着她一步步丧失记忆，又眼睁睁地看她把自己的财产捐给了巴拿度儿童之家[①]。安杰莉卡是后来才出现的，她并不了解他的

[①] "巴拿度儿童之家"是一家英国慈善机构，由托马斯·约翰·巴拿度于1866年创立，致力于照顾弱势儿童。

母亲。

奥利弗又点了一支烟，不紧不慢地抽起来，消磨着侍者交班前的这一段时间。等到新的女侍者接班了，他把第一杯咖啡的小票攥进手心，只把第二杯的钱留在桌上。不过这一次他没能蒙混过关，刚走出几米侍者就追了上来，说着急促的意大利语。他微笑着摇了摇头。她抬起手，手里是他刚付的钱。

"哦！真抱歉！"他说完，付了另一杯咖啡的钱。

"德博拉。"

她听见有人喊自己的名字，回过头来。一个中年男子正朝她微笑。她笑了笑，心想这大概是某位不甚熟悉的老师。

"你不记得我了，德博拉？"

两人站在广场中央。他原本坐在用于公众集会的木制平台一角。和德博拉同行的两个女孩已经走出了几步。

"亲爱的。"男人说。他上一次出现在德博拉眼前还是那个周日的下午。那已是十七年前的事了，她早已忘了他的相貌和声音。"真的是你！"男人说。

德博拉疑惑地摇了摇头。

"我是奥利弗，"他说，"你的父亲。"

他们在最近的露天咖啡馆坐下。她依然戴着墨镜。她让两个女伴先走,然后告诉奥利弗,她两点有课。

"至少有时间喝杯咖啡。"奥利弗说。

他从她的脸上看到了自己的影子,尽管她更像安杰莉卡。原来她不是专程来看他的,她出现在佩鲁贾只是一个巧合。他不免有些失望。

"你应该知道吧?"他说,"你有我的地址?"

她摇了摇头。她完全被蒙在鼓里。她甚至不知道他离开了英国。

"但是,德博拉,安杰莉卡一定——"

"她没有,从来没有。"

咖啡来了。一个年轻的男侍者,蓄着短髭,穿着便装,不同于酒店旁边咖啡馆里穿制服的女孩。他的目光在德博拉的脸上略作停留。奥利弗似乎听到他的唇间发出轻微的口哨声。

"我常常想起你和你的母亲,想起那套公寓。"

德博拉意识到他还不知道安杰莉卡已经死了。她犹豫了许久才结结巴巴说出口。

"上帝啊!"他说。

德博拉把一根手指伸进咖啡的泡沫里。这次偶遇对她来说并非惊喜,她宁愿这件事没有发生。她不愿和一个她不认识也不想认识的男人坐在这里。"看来他是我的父亲。"刚才她对女伴说。那句话乍一听很酷,但之后免不了被她

176

们刨根问底。

"可怜的安杰莉卡!"他说。

德博拉不知道为什么没人事先提醒她。她那个整天穿着灰色正装的舅舅,还有安杰莉卡的众多朋友,为什么没有一个人告诉她要避开这座意大利城市?为什么母亲也从未提过?

没人提醒她,或许因为他们都不知情。母亲从来不愿提起他的名字。她不是那种会在背后说人坏话的人。

"她每年夏天都会寄来一张你的照片,"他说,"最近两年没有照片寄来,我不知为什么。没想到世事无常。"

她木然地点了点头。

"你为什么要学意大利语,德博拉?"

"我本科学的艺术史。我需要提高意大利语水平。"

"你在学艺术史?"

"是的。"

"你能来这儿太好了。"

"嗯。"

她选择佩鲁贾,是因为这里的课程比佛罗伦萨或是罗马的更好。假如她能预见今天的偶遇,她一定不选佩鲁贾。

"这不是纯粹的巧合,"他柔声说,"这种事都是冥冥之中注定的。"

德博拉感到心头的无名火升起。如果不是母亲滥做好人,对前夫心存善念,也不至于发生今天的事。她既然把自己的婚姻视为一个错误，为什么不快刀斩乱麻？不过德博拉的埋怨一闪即逝——怨恨死者是不敬的。

"你住的地方远吗？"她问，心里期待着肯定的回答。

奥利弗从支票本上撕下一页存根，写上自己的住址，然后又撕下一页画了一幅地图，并在上面标明去贝托纳村的公交车。

"你能来太好了。"他把两张存根递给女儿，又感慨了一番。他的心底涌起一阵激动。如果那天早晨他没坐在酒店外面，他大概永远不会知道她来过佩鲁贾。她无声无息地来了又走，而他一无所知。安杰莉卡去世之后，一家人只剩下他们两个。如果没遇上德博拉，他连这个事实也不会知晓。

"如果你不介意的话，"他听见自己的女儿说，似乎在重复一句他之前没有听懂的话，"我不想去你家。"

"大概是别人对你讲了我的坏话，德博拉。"

"没有，一点也没有。"

"我们可以有话直说。"

安杰莉卡也是这副脾气，他早已深受其苦。她对他立下了严苛的规矩，坚信那是他罪有应得。她给了他那套改造了一半的房子，再加上每个月的生活费，条件是他再也不能到她的公寓来，也不能住在英国。他对这个安排颇有怨念，但既然她坚持如此，他还是同意了。至少在那个女人死后，每个月的汇款还是如期而至。奥利弗笑了笑，这对他来说是一种胜利。

"安杰莉卡是个容易嫉妒的人。嫉妒毁了一切。"

"我从没发现她是个爱嫉妒的人。"

他又笑了笑。没人比他更了解安杰莉卡。只有上帝知道安杰莉卡对这个女孩讲了什么，不过这些不再重要，因为此刻他坐在她面前，而安杰莉卡已经不在了。

"你不去贝托纳看看，真是太遗憾了。虽说公交车费不便宜，你在佩鲁贾的这段时间我还是会经常过来。"

"嗯，说实话，我更希望我们不再见面。"德博拉的语气淡漠而坚决。她的言语中透出一丝烦躁，竟让奥利弗想起他的母亲，而非妻子。

"我平时每月来一次。"他从自己的 MS 牌香烟盒里抽出一支烟，"安杰莉卡想把我们分开，"他说，"这些年一直如此。这都是她精心安排的。"

德博拉从手提包深处掏出自己的香烟和火柴。奥利弗说早知道她也抽烟的话，刚才就递给她一支。她说没关系。

"我不想再有任何麻烦。"她说。

"麻烦，德博拉？不过是偶尔喝杯咖啡——"

"说实话，连咖啡我也不想喝。"

奥利弗笑了。没有争论的必要。他从没跟安杰莉卡争论过。她总是那个挑起话头的人，然后一个人越说越激动，仿佛在和她自己争吵。其实德博拉可以睡在楼下的客厅，每天搭早班公交车去佩鲁贾。他们可以分摊日常花销,他之前与那个破产的男人就相处得十分愉快。

"抱歉。"德博拉说。在奥利弗听来,她的口气太过随意。她吐了口烟,往一侧扭过头去,看她的同伴是否还在附近。他感到一丝愤怒。他坐在这里,仿佛一个路人。他想提醒她,是他给了她生命。

"贝托纳还不错,"他尽量心平气和地说,"我算不上有钱。但我觉得你不会讨厌那个地方。"

"我不会讨厌那儿。无论如何——"

"你知道,安杰莉卡从小就不缺钱花。但她从来见不得我有钱。"

德博拉错过了两点的课,起身离开比她预想的要难。奥利弗讲了很多事,没有一件是她此前知晓的。他也提到了她记忆中的那个周日下午。"那时我的情况不太好。"奥利弗说。那一天后,双方签署了法律协议:奥利弗将获得一系列经济补偿,代价是他不能再来她的寓所,也不得探望女儿。贝托纳的房子转到了他的名下,但那不过是个棚屋。"协议里没有一条是对我有利的。"他说。他每年收到的女儿照片也是协议里的一条,那是他唯一的要求。他忽然站起身,说自己要去赶公交车。

"我可以理解,"他说,"你为什么不愿来贝托纳。你有自己的生活。"

他点了点头，转身走了。德博拉望着他的背影消失在午休之后重新涌起的人潮中。

谁能相信他居然比安杰莉卡活得久？世事难料，或许冥冥中自有天意。安杰莉卡曾说过，他总是想赢。她生气的时候说过，他没办法不欺骗别人，因为他无法控制自己。如同一个嗜赌如命的赌徒，或是一个无酒不欢的酒鬼，他必须在自己做的每件事里得到好处。

当奥利弗在回贝托纳的公交车上想起安杰莉卡时，他并没有感到怨恨。大概因为她已经死了。过了这么多年，卸下怨恨的重负是一种解脱，这一点毋庸置疑。然而，他始终不理解她到底想干什么。当她在他的东西中发现三四样他母亲的物件时，她忘了那些东西其实也属于他。母亲已经神志不清，告不告诉她都一样，但安杰莉卡拒绝接受他的解释。她一遍遍地数落他，说他无法抗拒"占自己母亲的便宜"。她说他小心眼，说他吝啬，还说这样的性格让他冷血——这几句话她常挂在嘴边。他觉得她向来口不择言，也不在乎那些话有多伤人。

在公交车上，安杰莉卡的脸在奥利弗的脑海里浮现，一并出现的还有母亲的脸。令他惊讶的是，女儿的脸也在一旁。安杰莉卡在乞求着什么，年迈母亲的脸上挂满了泪滴，德博拉只是轻轻地摇头。"就像身体里的癌细胞。"安杰莉卡说。然而死的却是安杰莉卡，他又一次想。

德博拉会来的。她一定会来的,因为她是他的骨血。有一天当他从二楼望下去,他会看到她朝他走来,怀抱着礼物,因为她知道他过得很拮据。律师用丑恶的字眼写下冷冰冰的条款,将他们分隔多年。当德博拉想到这一点,她会幡然醒悟的。在两人分开前,他从她的脸上觉察到一丝不安,那是代替安杰莉卡的悔意。他对此并不意外。

这个想法让奥利弗心情大好。他回房间换衣服时,他回想起那个追上来要钱的女侍者。无所谓,毕竟自从她在咖啡馆上班以来,他已经白喝了二三十杯咖啡。那个破产的男人在这里住了一段时间后大吵了一番,那也无所谓,因为他已经把屋顶和水管修好了。道格史密斯太太跟他翻了脸,那也无所谓,因为她已经把打火机和银质烟盒送给了他。这种事安杰莉卡总是理解不了,如同她无法理解他母亲的昏聩,或许她也无法理解他们的女儿。你不可能拆散至亲骨肉,你也不该做这样的事。

奥利弗到厨房里烧了一壶水。水开之后,他用早晨用过的茶包泡了茶。他端着茶杯走到露台上,点了一支烟。汽车座椅依然烫得无法落座,于是他站着等它凉下来。她完全没理由不付两人的咖啡钱,因为要不是她出现在佩鲁贾,那两杯咖啡也不用点。当时他瞟了一眼账单,一杯卡布奇诺要一万八千里拉。

丈夫的归来

晨光渗入莫拉的卧室，圣母马利亚的目光静静地落在她倦意未消的脸上。房间唯一的窗户上方有个小神龛，圣婴正用两根手指为她祈福。睡意退去，前一日按部就班的农场生活在她眼前浮现，然后她想起自己如何被心爱的男人抛弃，阴影再次笼罩。每日清晨，羞耻感在朦胧中重新凝结，如同圣像般再次确立它的存在。除此之外，莫拉还想起，她的妹妹贝尔纳黛特已经死了。

莫拉的卧室对面是哥哥海尼的房间。他醒来时，最近那件事依然历历在目。全家人开车去了那座陌生的小镇，街道上高挂着横幅，宣传即将到来的狂欢节。教堂坐落在一个小山坡上，围着白色铁栏杆，半山腰处设了一座神龛，供奉着同为白色的圣母恸子像①。棺材上的黄色颗粒在阳光下闪烁，神父的脸色苍白而愁苦。海尼猛地掀开被单，仿佛这个动作能帮他驱散不愉快的记忆。贝尔纳黛特和她的姐夫私奔了，这份罪过即便在她的葬礼上也无可原谅。

同样被阴影笼罩的还有莫拉和海尼的母亲，科里瑞太太。她一小时前就起床了。她拉开两扇百叶窗，穿上一个农村寡妇的朴素衣裳。如果丈夫还活着,她想,他会把贝尔纳黛特追回来。他一定能把她带回来,但问题在于,以他的暴烈脾气,他可能会杀了劳力斯。他死了也好,因为无论他做什么,也无法把他们从这桩家族丑闻中挽救出来。科里瑞太太念了一遍《玫瑰经》,为丈夫的灵魂祈祷,再为女儿的灵魂祈祷。这是五月的一个星期二,葬礼刚过去一个月。

另一间卧室里睡着一个老人,他此刻依然躺在床上。他是这家人的远亲。只有他不再为这桩丑闻所困扰。最初他也感到难堪,但随着时间的流逝,他渐渐接受了这个事实,一如他接受漫长岁月中所有的喜怒哀乐。他的大半生都在农场上度过,身材矮小干瘪。活着的人都不太清楚他和科里瑞家到底是什么关系。

科里瑞一家住在一栋方正的白房子里,房子很大,面朝绿色的山丘,背靠远处的大海。为了抵御寒风,门厅的大门很久以前就被钉死了。盖着石板瓦的屋顶微微隆起,乍一看是平的。屋前到山丘间的斜坡上铺了一条碎石路,杂草被拔得干干净净;冲着碎石路的窗户上挂着厚重的网格窗帘与平绒窗帘。屋后远不及屋前那么整齐干净——铺着卵石的后院里挤着谷仓、茅厕,还有煮土豆和饲料的窝棚。一条破损的门廊通往厨房和餐具洗涤室。

---

① 指圣母怀抱着耶稣遗体的雕像。

海尼在悬崖边的甜菜地除草,远处传来邮车的引擎声。根据声音的方向,他知道邮车正向农场驶来。车里是否会有一个黄色信封,通知他政府的耕作补助到期了?或者上诉专员终于回信了?他弓着腰,温暖的阳光落在瘦削的肩膀和头顶。他的表情依然如死水一般,没有一丝波澜。他的马甲松松地敞着,圆领衬衫就靠脖子上的领扣系着。更可能是柴油账单,他想。

科里瑞太太走进老人的房间,告诉他今天是个晴天。她总是无法确定老人是否听懂了她的话,至少今天他没有反应。老人的年龄和他与科里瑞家的亲戚关系一样,也是一个谜。他或许已经九十四五岁了。科里瑞太太每天早晨的第一件事就是来看他。

莫拉在厨房里煎培根。昨晚她已经布置好早餐桌——她总是最后一个离开厨房。她把培根推到煎锅的一侧,把烤面包片放进热油。院子里传来哥哥的脚步声,她的脑海里浮现出他缓慢的步伐,刮得干干净净的阔脸,梳得一丝不苟的分头,阴郁的嘴唇,以及空洞的眼神。海尼满脑子全是工作,做完的工作,没有做完的工作。他的生活里只有田地、拖拉机和天气。

刚送来的那封信躺在洗涤室门前的石头地面上,一进后院就能看到。房前没有信箱或是存放信件的地方,因此邮差每次会推开后院门,把信靠墙放在过道地面上。海尼走进屋子,捡起地上的信。不是柴油账单,不是耕作补助通知，也不是税务专员的回复。一个白色信封，上面用花体字写着莫拉的名字。海尼有些意外。他把信封翻过来，背面一个字也没有。

科里瑞太太走进厨房，说她觉得老人今天会来吃早饭。她每天早晨见过他之后总能判断他是否会起来。她能从他的眼神或是声响中读出他的想法。她不知他是如何表达的，但她总能理解。

"等会儿我给他煎个蛋。"莫拉说。老人早晨只吃煎蛋，培根他消化不了。

海尼把信放在餐桌上妹妹的刀叉旁，然后在自己专属的椅子上坐下，那也曾是父亲的椅子。"来，坐你爸这儿，海尼。"父亲去世几周后，母亲对他说。那是一九六九年，海尼还是个孩子。

"派丁送信来了？"科里瑞太太似乎在明知故问，因为那封信已经明明白白放在桌上，除了邮差不会有别人送信。她其实是在表达自己的惊讶，因为她看出那是一封私人信件，也看到了信封上女儿的名字。

莫拉把三盘早餐端上餐桌，也坐了下来。科里瑞太太倒了茶。莫拉像哥哥一样把信封仔细看了一遍。她认不出是谁的笔迹。

亲爱的劳力斯太太，我发自内心真诚地给你写这封信。我想告诉你，迈克尔已有悔过之心。葬礼后，他一直心怀悲伤。可怜的迈克尔备受良心的折磨，为他心中曾经生出的恶，以及他如何屈从于那种恶而懊悔。他不止一次对我说，他会尽力弥补他给你带来的痛苦。此时此刻，我希望你向圣母祷告并接受她的指引。我希望你能想起圣母在她的生命中对世人的宽恕。

"梅赫甘神父的信，"莫拉说，"主持葬礼的神父。"

她把信递给母亲。寄来农场的每一封信都会被全家人传看。科里瑞太太看完神父的信后一言不发。海尼也接过去默默地看了一遍。

"我听见他下楼了。"科里瑞太太说。没多久老人走进了厨房，衬衫还敞着，背带裤的肩带已破烂不堪。衬衫外面的白坎肩洗得完全褪了色，两颗扣子也还扣好。他在自己的椅子上坐下，莫拉起身给他煎蛋。

"他还在绝食吗？"老人又陷入遥远的过去，"你说麦克斯温利①会绝食到死吗，海尼？"

"他会的。"海尼严肃地点点头。在农场上，与老人的类似对话并不少见。

"我一开始就这么说。"

迈克尔并不知道我给你写了这封信，神父在信的结尾写道，这只是你我之间的对话。三年前七月的一个夜晚，迈克尔·劳力斯和贝尔纳黛特私奔了。那时莫拉和迈克尔结婚刚六个月，夫妻之间并没有明显的矛盾。与此同时，

① 麦克斯温利，爱尔兰科克市市长，1920 年在爱尔兰独立战争期间于伦敦伯克利斯顿监狱绝食死去。1921 年 7 月，英爱双方签署停火协议。

贝尔纳黛特也没有显露出对迈克尔的爱慕。两人私奔时没有留下任何字条。

"那些人太坏了，居然让可怜的麦克斯温利活活饿死。你说是吗，海尼？"

"他们就是那种人。"

"他们会付出代价的。"

"他们会的。"

海尼把信折起来放回信封。贝尔纳黛特住院两天后死于伤口感染。那还是本地教区的布伦南神父给他们带的话。她和迈克尔住在六十英里外的另一个教区，科里瑞一家毫不知情。两人私奔以后，他们再未谈起过那对男女。

"我相信柯林斯①会带领我们走向胜利，"老人说，"等到特里·麦克斯温利饿死的时候，柯林斯一定会发表演说吧？"

海尼点了点头，科里瑞太太也点了点头。作为一家之主，她始终用沉默来应对这次家庭变故，如今她的愤怒和痛苦已经揉进了新生的皱纹里。她没有对莫拉说过一句安慰的话。在她的眼中，那个叫劳力斯的混蛋毁了两个女儿的人生。她一开始就不喜欢迈克尔·劳力斯。莫拉嫁给他的时候，她坚信这个倒插门的女婿只是想从科里瑞家的产业里分一杯羹。他的逃离似乎否定了她的猜想，但这并没

---

① 即迈克尔·柯林斯，爱尔兰革命家，被尊称为爱尔兰国父。

给她任何安慰。丑闻给家族带来巨大的羞辱，足以淹没任何的解释或慰藉。科里瑞家和科里瑞太太的娘家都备受乡邻的尊重。他们在祖传的土地上耕种，参加每周的弥撒，从没拖欠过商店或是供应商一分钱。"我想看见劳力斯被绞死。"科里瑞太太曾说。那是她最后一次提起女婿的名字。

莫拉斜起煎锅，把热油浇在蛋黄上。她不知道贝尔纳黛特是否怀了孕。是这个原因导致了她的伤口感染吗？葬礼上没人提到这些细节，因为谁也没有发问。她把煎好的蛋放在盘子上。她还记得小时候有一次自己和贝尔纳黛特在院子里玩耍，一条牧羊犬把妹妹的洋娃娃叼进了干草仓，贝尔纳黛特大哭起来。犬牙咬穿了娃娃的腿，木屑从裂口里簌簌地往下掉。那个娃娃的名字叫佩姬。

"下地干活吗，海尼？"老人问。他刚从过去的梦中醒来。"要不要我帮忙？"

"我去甜菜地锄草。"

"我也去。"

老人把煎蛋切成四块，然后撕下一片松软的面包蘸了蘸盘子上的油脂。他在茶里加了糖。

"我在悬崖那块地的最下面。"海尼说。

"今天的天气适合锄草。"

没人再提起梅赫甘神父的信。该说的话都已经说过了。此事和贝尔纳黛特的死一样，会在屋檐下的沉寂中激起几圈微弱的涟漪，随后迅速被吞噬，一切恢复如初。

没人会把这件事告诉布伦南神父。贝尔纳黛特的葬礼是在那个遥远小镇的教堂里举行的，她也会躺在那里，与为她遭受耻辱的家庭永远隔绝。在农场之外，没人知道她的死讯。没人需要知道，也没人会打听。布伦南神父亲自上门告知死讯后，他很快就离开了。他们知道他会守口如瓶。

海尼在涂好黄油的面包上撒了糖。他比莫拉大五岁，比贝尔纳黛特大八岁，小时候他总护着她们。曾经有两个男孩在放学路上跟着她们，他便等在路旁截住他们。他拍着两个男孩的头，警告他们不要打歪主意。莫拉一脸紧张地看着，贝尔纳黛特却哈哈大笑。若不是贝尔纳黛特最初的挑逗，他们也不会跟上来。

科里瑞太太不知劳力斯是否曾像对待莫拉那样对待贝尔纳黛特。神父的信让她第一次想到这一点。一个抛弃妻子的男人一定心怀恶念，只要他还活着一天，必然会犯下其他罪行。此前她从没想到这一点，即使在葬礼当天。当时她用黑色丧服的袖子拭去泪水，心想女儿的死多少能平息上帝的愤怒。

莫拉希望再读一遍信，但她没有伸手。在她短暂的婚姻里，有几次她在午夜醒来，发现丈夫不在身旁；第二天早晨她问他，他说自己睡不着，出去走了走。全家人看电视的时候，他常常不经意地坐在贝尔纳黛特身边。那段婚姻戛然而止的时候几乎还是崭新的，周日的弥撒过后人们还会来祝福他们。正因如此，它的阴影久久不去。

今天不是周日，老人想。假如是周日，她早晨会告诉他，并提醒他穿上正装。假如是周日，他现在应该在去教堂的路上，和女孩一起坐在汽车的后座上。

"他们说绝食之后人就算不死，"他说，"差不多也废了。"

四个月后，迈克尔·劳力斯回来了。那时已是九月，天气温和，日子一天比一天短，树林与田间弥漫着秋天的味道。黄昏的暮色下，莫拉的丈夫骑着自行车小心翼翼地接近农场。他远远地下了车，推车走到农场的草地边缘，然后把自行车靠在铁丝护栏上，步行进了农场。

院子里的牧羊犬叫了起来。他躲在阴影里，让狗舔他的手。海尼并没有意识到家里来了人，他慢悠悠地走出茅厕，手里握着一根刚换了木柄的铲子。他穿过院子，狗跟着他。十分钟后，科里瑞太太走出屋子给鸡鸭喂食。

傍晚时分，他的妻子终于出现了。"喂，莫拉，"劳力斯小声说，"嘘，别出声。"她惊恐地捂住嘴。他哀求道："对不起，我吓着你了，莫拉。"

她在眼角的余光里看到一个人从阴影中走出。她转过头，眯着眼睛，终于认出了他。当眼睛逐渐适应黑暗，她清楚地看见了自己的丈夫：宽大的脸庞，整齐的中分红发，衬衫，领带，深色羊毛西装，用裤管夹①固定的裤脚。

"我有话对你说，莫拉，"他拉住她的胳膊，轻轻把她带进谷仓，里面堆放着夏季的干草，"她的死不是我的错，莫拉。她的伤口感染了，这种事谁都可能遇上。"

"我不想和你说话。我不知道你为什么要回来。"

"莫拉——"

"放开我，要不我喊人了。"

"别喊，莫拉。别喊。我为我做的一切道歉。"

"太晚了。这里容不下你。"

"我只想和你说话。我骑了整整六十英里。"

"你不来，我们的麻烦都已经够多了。"

"我想和你在一起，莫拉。"

"你在说什么？"莫拉盯着他低声说。她觉得自己的话很蠢，仿佛她没听清或是误解了他的话。她原本要去饲料间检查泔水锅下的火是否熄灭了，而丈夫的出现让她既紧张又迷惑。她不知道是否在梦中，一个深陷其中无法逃脱的梦。

"我希望我们能回到从前，"他说，"我依然爱着你，莫拉。"

"我要进去了。把手拿开，让我走。永远别再回来。"

"那是个错误，莫拉。我们两个根本不合适，我和贝尔

---

① 骑自行车时用来固定裤腿的环形束带，以避免裤腿被卷入铰链或沾上油污。

纳黛特。"他顿了一下,似乎在期待她的回应。看到她一言不发,他说:"我不是孩子的父亲。"

"啊,我的上帝!"

"贝尔纳黛特天生就是那样。她一直牵着我的鼻子走,莫拉。"

莫拉把胳膊从他的手里挣脱,跑进院子。她穿过厨房过道,在身后插上门闩。她没有进饭厅,而是直接上楼回到卧室。她不愿面对母亲和海尼,因为他们一眼就能看出她的脸色不对劲。他们会追问,她最终一定会和盘托出。母亲会默默坐着,双唇紧闭。莫拉的直觉告诉她,贝尔纳黛特的感染肯定是堕胎造成的。教会学校的修女曾说过,贝尔纳黛特是个野姑娘。

"圣母啊,帮帮我。"莫拉在房间里呜咽着祈求。她的内心充满了不安,泪水夺眶而出。在葬礼上,她觉察到他想和她说话,或许想乞求她的原谅,但葬礼一结束他们一家就开车离开了,甚至没有半路停下来喝杯茶。海尼和母亲一心只想尽快离开,都来不及向神父道一声谢。

她坐在床边,指间攥着念珠,断断续续地念诵《玫瑰经》。记得第一次见到他的时候,他还是天主教学校的男孩。比起别的孩子,那时的他更安静,更喜欢独处。"那个男孩在偷偷看你,他是谁?"贝尔纳黛特问。后来他开始在农场上出现。他就像今晚一样骑着自行车来农场,问海尼有没有活儿干。海尼雇了他。他干过各种活儿,修补东西的手艺比海尼还好。

莫拉走到窗边,轻轻把窗帘拉开一条缝。她没有开灯,生怕被他看见。窗户正对着房前的碎石路,她恍惚看见路上有个移动的人影。"你愿意嫁给我吗?"当时他说,"我配得上你吗?"

她在窗帘间摸到拉索,放下百叶窗,把自己与窗外的一切隔绝开来。她依然没有开灯,在黑暗中脱了衣服,钻进两人曾缠绵过的被窝。眼泪再次涌起,她轻声啜泣着。家人即便从卧室门前经过,也听不见她的心碎。

地里最后的土豆也成熟了。老人、莫拉和科里瑞太太帮着海尼收获土豆,之后海尼把两块土豆田都犁了一遍。"劳力斯回来了吗?"在回家路上,老人冷不丁地问莫拉和她的母亲。

老人走路时弓着腰,显得更加矮小。但他走得很快——要不是为了和她们讲话,他还能走得更快。他一步一晃,总是左肩先往前一沉,随后右肩才跟上,花白的脑袋几乎缩到了胸口。"嗯,一个女人自然想要自己的丈夫回来,"他自言自语道,"嗯,这有什么不对的?"

科里瑞太太假装没听见他的话,而莫拉猜测他大概见过她丈夫。他有时会在天黑之前去山坡上设捕野兔的陷阱。如果他往坡下看,应该能辨认出远处的来人。他的眼神像鹰一样锐利。

"我说得对吗,莫拉?"

她迎合似的表示同意。母亲对此无动于衷。即便他宣称和她的丈夫说过话,那也无关紧要。无论母亲还是海尼都不会相信。

"他对海尼来说可是个好帮手,"老人说,"有时海尼一个人确实忙不过来。"

莫拉知道,她可以给神父回一封信。她可以说自己已经原谅了他,同意让他回来。每当她想起他关于贝尔纳黛特的话,眼眶就湿润起来。她了解自己的丈夫,他从不说谎。那次当他告诉海尼有两个讨厌的男孩在放学路上跟着她们之后,贝尔纳黛特恼火地对她说:"你干吗要告诉他?"当贝尔纳黛特被修女训斥时,她的态度就老实多了。她会悔恨地低下头说:"对不起,我只是闹着玩的。"或许在那个被她牵着鼻子走的男人面前,她也说了同样的话。"不会再有下次了。"莫拉可以想象她在怀上别人的孩子之后这么说。她总能让别人围着自己转——母亲、海尼、老人、修女、商店里被她要求打折的店员。谁都不是她的对手。

"别再提他了,"当老人再次说起迈克尔·劳力斯时,科里瑞太太不耐烦地打断他,"别再提那个名字,听见了吗?"

走进后院时,莫拉一度觉得他躲在干草仓里,天黑之后便会现身。她想象他整洁的头发和衣着。她回忆起他强壮的手臂和被拥抱的感觉,还有他身上特有的气味——一种蕨类植物混杂着烟草的气味。她深知贝尔纳黛特的性格并不会因为私奔而改变，也不会因为给整个家族带来了耻辱而改变。她曾是父亲的掌上明珠，在丑闻之前也一直是母亲的心肝，她同样是海尼和老人的最爱。她被一个没人愿意提起的男人变成了罪人——至少他们是这样认为的。

那天傍晚，当莫拉穿过后院去压灭灶火时，再没有人低声呼唤她的名字。晚些时候，当她放下卧室百叶窗时，她意识到：除非她召唤他，他是不会再回来了。他已经表明了悔意，神父也写信为他作证。如果得不到她的回复，他们不会再联系她。

亲爱的梅赫甘神父，她写道，感谢你的来信。请你转告迈克尔，我会在合适的周五在卡波昆镇与他见面。请告诉他，我理解他对我说的话。

她在信封上写好了神父的地址，却没有把信寄出。她把信放在卧室的抽屉里，告诉自己她会在下个周五外出购物时寄出。在那之后，她会每天期盼他的回信，而且要在海尼发现之前把信从洗涤室的门口取走。她会在约定的星期五开车前往卡波昆——她需要额外加点汽油，免得被海尼发现。他们会在停车场里见面。

"那个年轻人能帮你的忙，海尼，"老人说，"你一个人忙不过来。"

老人有时会独自坐在空荡荡的饭厅里，等待一个名叫马哈菲的土地管理员。他毫不费力地从过去的时光里挑出他感兴趣的人，再加上各种凌乱琐碎的细节，构建出一个只属于他自己的世界。农场里其他人从没听说过马哈菲这个人。而科克市的市长特伦斯·麦克斯温利早在六十七年前的绝食抗议中就死去了。

"啊，别傻了。"当老人提到劳力斯时，海尼说。他和母亲一样听不得这个名字。莫拉带回农场的那个混蛋——他给这个家庭留下的伤口太新也太痛，即使是老人的胡言乱语也无法被容忍。"他没回来，"海尼在厨房里朝老人大喊，"你听懂了吗？他永远不会回来。"

但老人坚持说劳力斯骑自行车回来过。他走进后院的时候牧羊犬还叫了。"下次看见他，你们可以亲自问他，"老人说，"看看我说得对不对。"

一切都是她的错，莫拉能猜到母亲和海尼在想什么。要不是她嫁给那个男人，贝尔纳黛特也不会走上一条不归路。贝尔纳黛特此刻还会活着。那个混蛋来了又走，同时欺骗了家里的两个女儿，让她们承受最沉重的痛苦——这一切都是她的错。

"他回来过，"她说，"葬礼后不久他回来过。"

这时她正一如往常地站在桌前为他们布置午餐。她做了炸猪排、萝卜泥和烤土豆。她正把一盘土豆倒在摊开的报纸上，过一会儿它们就会变成一堆土豆皮。炸猪排或牛排，鱼或煮培根，解冻的豌豆或萝卜或白菜，再加上土豆：

这就是他们每天的食谱。十二点半,她会准时在餐桌中间铺上报纸。一点一刻,她会给大家上餐后红茶。之后她和母亲会收拾洗碗。

"你在说什么?"海尼说,"劳力斯从没回来过。"

"他回来过。他告诉我贝尔纳黛特怀过孕,但孩子不是他的。贝尔纳黛特想把孩子打掉。"

科里瑞太太在胸前画了个十字。海尼一向严肃的脸扭曲起来。"他在撒谎。"他说。

"他改变不了她,海尼。贝尔纳黛特一直是那样。"

老人问他们在谈论什么。他很少对餐桌上的对话感兴趣。没人回答他。科里瑞太太说:"他从来不讲真话。"

"一句真话也没讲过,"海尼重重地点了点头,"我们都知道劳力斯是什么东西。"

"你总是轻信他的谎言,莫拉。你太容易心软了。"

她知道,一旦自己哭出来就很难停下来。她转过头,拼命地眨眼,不让泪水掉下来。他们是一种人,她和那个娶了她的男人。他和她的妹妹永远不可能成为他和她那样的伴侣——他提到贝尔纳黛特的那句话让她对此十分笃定。贝尔纳黛特同样伤害了他。

"现在这样还不够吗?"海尼冷冷地说,"别再提他回来的事了。"

他初来农场的那段时间,他们两人常去林间散步,还会顺着悬崖下到海滩。他总是很害羞,只会拉着她的手,笨拙地吻她。结婚以后，他搬来农场似乎是顺理成章的事：海尼需要帮手，而迈克尔又不喜欢四处打零工。她记得曾憧憬过在农场里生一个孩子，一个她和他的孩子。

"以前教会女校的女孩，"她说，"她们说贝尔纳黛特是个婊子。"

科里瑞太太又画了个十字。她深吸了一口气，闭着眼睛一动不动。

"你有病吗，莫拉？"海尼平静地问。

"她们看见她勾引男校的男生。"

"如果劳力斯敢回来，我就一枪把他崩了。"海尼不动声色地说。他站起身，面前的午餐一口未动。他走出厨房，趴在桌下的牧羊犬也跟了出去。

"你不该嫁给那个人。"科里瑞太太睁开眼睛说道。她的脸色变得苍白，嘴角疲惫地耷拉下来，仿佛她已不再在意自己的模样。"我当时就告诉你，他已经烂到骨子里了。"

莫拉没有说话。那个娶了她的男人从没说过一句真话——这样的说法她无法同意。他是个软弱的人，而她同样软弱：她没有勇气逃离农场，像贝尔纳黛特那样和他一起私奔。她一向是个听话的孩子，那样的举动会让她心惊肉跳。他来农场并不是想叫她私奔，那不是他的性格。他只想告诉她真相，看她会怎么想。他也透过神父的信乞求她的宽恕。

"我去地里帮他们，"老人喝完自己倒的茶，也站起身，

"他们两个应该在挖沟。"

她写好的信将一直躺在抽屉里。在老人的幻想中,她的丈夫会在悬崖边的地里干活,在树林里伐木,或是在周五陪她去购物,一如新婚的那段时光。在老人的幻想中会有悔恨,也会有宽恕。

"你的那些话太可怕了。"母亲低声说。她依然坐在椅子上,餐盘里肉排的油脂已经凝固。"我们受的罪已经够多了。"

等到老人死后,不会再有人提起她的丈夫。等到母亲死后,便轮到她给海尼铺床。那时她也只需要做两个人的饭。海尼永远不会结婚,因为他的心里只有工作。人们会可怜她,但他们也会说:这个家庭遭受的耻辱都是源自她的愚蠢,因为她嫁给了一个无赖。那就是农场和镇上每个人眼中的她,仅此而已。

校长的孩子

经过多年的使用,房子的大半区域已经破旧不堪。走廊和房间的白漆已经斑驳发黑。无数男孩的脚落在同样的踢脚线上,他们的手指在门把手周围留下深色的印记,肩膀在墙上蹭出片片污痕。这所寄宿学校里住了一百二十多个男孩;房子里被称为"私人区域"的一端维护得较好,那里住着校长一家六口。每逢假期,房子中央的分界线消失了,校长的孩子们得以团聚。乔纳森开心地从宿舍搬回自己的房间,玛格丽、乔治娜和哈丽雅特开心地探索起平日无法踏足的教学区。

孩子们的父亲阿布里先生用妻子获得的一笔遗产买下了这栋房子。之前他在香港当警察,在获知这笔遗产后,阿布里一家搬回了英格兰。用夫妻两人的话说,这笔钱让他们在婚后第一次可以"做点什么"。那段日子阿布里太太无论做什么都干劲十足,不过之后她患上神经衰弱,精力大不如前。初回英格兰时,他们只有乔纳森和玛格丽两个孩子。

阿布里先生高个子,戴眼镜,留短髭。这些年来他的体态越发臃肿,头发日渐减少。妻子曾经很胖,但由于神经问题瘦成了皮包骨头。她披着一头暗淡的金发，眼神左右忽闪，活像一只兔子。他们生出的孩子除了蓝色眼珠之外和两人都不像，既没有蜡黄的皮肤也没有黑色的头发。然而所有孩子都继承了家族的标志：一张散发着贵族气质的精致长脸和炯炯有神的眼睛。十岁的玛格丽和九岁的乔治娜已经生得亭亭玉立，八岁的哈丽雅特暂时还看不出端倪，至于大儿子乔纳森，经典文学课老师"老马杰"称赞他"相貌不凡"。

房子坐落在一座海滨小镇的郊外，门前是一条绣球花簇拥的小路。买下房子并改建成寄宿学校是阿布里先生深思熟虑的结果。他回想起自己的学生时代，回想起当年的教育与"传统美德"——他笃信传统美德。他回到英格兰的时候，整个国家俨然掌握在足球流氓和工会的手中，传统美德更该得到宣扬。于是他毫不犹豫地把那笔遗产投资于私立小学，而非一间旅馆。他找到一个当年的同学，后者已在私立小学任职多年，深谙行业规则。阿布里先生请他来教经典文学，他的绰号"老马杰"在学生中代代相传。阿布里太太在学校里扮演着母亲的角色，负责孩子们的饮食起居。寄宿学校开张时只有三个学生，后来人数慢慢增加，这几年越发热门起来。

"有什么新闻？"乔治娜兴奋地问。这是一九八八年复活节假期的第一天下午。

"私人区域"阁楼里的家具室是孩子们秘密集会的地

方。他们蹲在母亲十年前继承的旧家具中间。这天上午学生们陆续离开了,他们大多被车接走,还有少数搭乘火车。与几小时前的喧闹相比,此刻的房子安静得像一座坟墓。

"没什么新闻,"乔纳森说,"真的没有。"

"肯定得有点什么。"哈丽雅特坚持道。

乔纳森说这个冬天学校那边冷得吓人,每个人都生了冻疮。接着他讲了自己的冻疮有多痒,讲了大家如何围在教室的壁炉前,又提到自己糟糕的代数、几何和拉丁文成绩。妹妹们对这些事都不感兴趣。于是他说:"'僵尸'被骂了一顿。差点儿走人。"

每年的三个假期里,乔纳森会把房子另一端的新鲜事告诉三个妹妹。按照校长定下的规矩,家庭生活和学校生活必须泾渭分明,不容有一丝越界。每当学生集合的时候,女孩们能听到一阵海浪般的喧嚣,随后一切变得悄无声息,寂静中偶尔爆发出一阵哄笑。她们能听到大厅里老师检查男孩们的手部卫生时的评语,还有下午茶时间的嘈杂人声。透过高高的窗户,她们能看见男孩们身穿球衣走向运动场。有时遇上突发状况,某个高年级男生会来"私人区域"报告她们的父亲。他会好奇地瞟她们几眼,她们也同样打量着他。到了星期天,女孩们可以更接近学校。母亲和女舍监带着她们跟在男孩队伍后面走进教堂,与他们隔开五排落座。

"'僵尸'为什么被骂?"乔治娜问。

"僵尸"是一名年轻教员,这个绰号源自他惨白的肤色。自从乔纳森第一次提到这个绰号，它就在女孩们的脑子里扎下根。如今她们已想不起他的真名。

"因为他对哈克斯比说的话。"乔纳森说。有一天午饭，整桌人忽然都窃笑起来，于是"僵尸"问哈克斯比讲了什么笑话。"我没讲笑话，先生。"哈克斯比回答。"僵尸"说："你多大了，哈克斯比？"他说九岁。"僵尸"说，他从没见过一个九岁男孩会长白头发。

乔治娜咯咯笑起来，哈丽雅特也跟着笑。玛格丽问："然后呢？"

"另一个男生说，他这么说不太礼貌，因为哈克斯比决定不了自己头发的颜色。那个男生——我记得是坦普尔——说那是人身攻击。'僵尸'说自己不是故意的。然后他又问哈克斯比有没有听说过'象男'。"

"什么男？"哈丽雅特张大嘴望着乔纳森。父亲曾告诫她，任何时候都不要做出这副表情。

"一个长得像大象的男人，在马戏团里表演。有人问'僵尸'，是不是哈克斯比让他想起了'象男'。'僵尸'说，'象男'小时候也长白头发。有人说哈克斯比可以去马戏团表演。'僵尸'问哈克斯比是否喜欢四处巡演的生活。所有人都笑了。因为餐桌太吵，'僵尸'被'库斯伯特'叫走了。"

"库斯伯特"[①]是男生们给校长起的绰号。最初乔纳森

---

① 库斯伯特是公元 7 世纪的一位凯尔特宗教人物。

羞于在妹妹面前提起这个名字,不过他很快就习惯了。阿布里先生自己更愿意被别人尊称为"校长"。

"我知道谁是哈克斯比,"玛格丽说,"他的样子很滑稽。但无论如何,我不相信有人愿意花钱去马戏团看他。还有别的新闻吗?"

"斯彭斯二世在宿舍里吐了,开学的第一晚。他吃了一肚子的薄荷巧克力和像萝卜一样的东西。吐出来都是棕红色的。"

"呃!"哈丽雅特说。

巴德尔、汤普森-怀特和瓦德尔因为没礼貌被打了手心。汤普森-怀特哭了,其他两人没哭。钢琴老师被人看见和女佣勒内一起散步。

乔纳森的妹妹们对最后这个八卦很感兴趣。钢琴老师平时总歪着头。他穿得像个殡仪馆员工,很难想象他会带女人出去散步。

"谁看见的?"乔治娜问。

"波莫罗伊去给'老马杰'买烟的时候看见的。"

"我可无法想象,"玛格丽说,"钢琴老师不是一身怪味吗?"

乔纳森说钢琴老师自己应该没有怪味,多半是衣服的味道。"大概是熨衣服的时候烫焦了。"

"马甲。"哈丽雅特猜道。

"我也不清楚。"

"我觉得是马甲。"

孩子们又说了几句便离开了家具室。下午茶时间到了,这是假期里每天的固定节目。餐厅里的红木长桌上已经摆好了六人份的茶点。校长本人很享受下午茶。他喜欢妻子做的三明治:冬季的沙丁鱼鸡蛋三明治,夏季的黄瓜西红柿三明治。当然还少不了他最爱的水果蛋糕。

餐厅是个昏暗的房间,红黑相间的条纹壁纸与同样深红色调的天鹅绒窗帘衬托出阴郁的气氛。深褐色的颗粒漆面搭配深褐色的餐边柜,柜上刻着卷曲花饰,上面错落摆放着银质茶壶水壶、船形肉汁盘,还有供宾客共饮的双耳大杯。那都是阿布里太太从过世的姑姑那里继承的遗产。

孩子们各自坐好。阿布里太太给每个人倒了茶。那个被人撞见和钢琴老师一起散步的女佣端来一盘黄油吐司。她和其他几个员工(莫妮卡、霍吉太太和她做勤杂工的丈夫)在假期里依然来上班,只是工作时间减少了。阿布里夫妇无法负担他们全职的费用。

"谢谢,勒内。"校长说。女孩们一想到钢琴老师都偷笑起来。他是那种可有可无的人,连学生都懒得给他起外号,也没人一本正经地称呼他。自从乔纳森把这些事告诉妹妹,她们也渐渐忘了钢琴老师姓什么。

"啊,"校长接着说,"我们一家人又团聚了。"

阿布里太太没有答话。她几乎从来不主动开口,也很少参与对话。她把一窄条吐司伸进树莓酱里蘸了蘸,放到嘴里。私立学校对于丈夫来说是一次成功,远超过他在香港平淡的警察生涯,而她的生活却变得艰难。她需要应付爱抱怨的家长,照管学校的厨房,还要应对传染病的侵袭。她并不喜欢这份工作,过去的日子要快乐得多。

"一个成功的学期,"校长说,"我想我们应该为这个成功的学期庆祝。对吗,乔纳森?"

"我想是的。"乔纳森努力用欢快的语气迎合父亲的好心情,同时又不愿掩饰自己的真实想法。他不知道这个学期成功与否;但如果父亲说它是,那就是吧。

"曲棍球比赛我们只输了一场,"校长提醒他,"而且你的成绩一点也不赖,小伙子。"

"乔治娜的成绩糟透了。"哈丽雅特说。

女孩们在镇上的圣比阿特丽斯走读学校上学。等到年龄大一点,她们会被送到寄宿女校,但在那之前没必要支付昂贵的学费。几年前阿布里太太曾经提议女儿们在丈夫的学校上学,当时她还没意识到那是有悖"传统美德"的。

"乔治娜,"阿布里先生以校长而非父亲的口吻说,"假期里要专心补习。哈丽雅特也一样。"

"我的成绩没那么糟。"哈丽雅特委屈地说,但声音小得只有她自己听得见。

"如果你想别人听见你的话,就得大声,哈丽雅特。成绩好不好是由家长来判断的——我想提醒你。"

"我只是想说——"

"你真是个话匣子,哈丽雅特。我们对话匣子应该怎么做?"

"关上盖子。"

"完全正确。"

餐桌陷入了沉默。阿布里太太切开水果蛋糕。校长把茶杯递过去。最终他说:

"今年的复活节太早了,真是遗憾。"

他没有解释为何遗憾,但阿布里太太和孩子们仍纷纷点头同意。其实他们并不在乎复活节的早晚,只是校长在餐桌上的话必须得到回应。

渐渐地,乔纳森向妹妹们隐瞒了越来越多的事。比如阿布里太太的绰号——母鸡。起因是一个名叫麦卡特斯的男孩说她柔弱得像一只被雨淋透的母鸡。学生们注意到阿布里太太不仅怕她的丈夫,也怕女舍监梅因沃林和大多数助教。有人看见她和家长谈话时食指会紧张地动个不停。一个名叫温德克兰科的男孩看见她在花园里除草,当时她抬起头,脸上挂着沾了泥土的泪滴。

乔纳森也没有告诉妹妹,同学们都瞧不起他们的父亲。他可以轻松地告诉她们"老马杰"的事,比如他有时会去宿舍看望提前上床的病号。"嗯,很友好,我猜,"乔纳森向乔治娜和哈丽雅特解释,"反正我们是这么说他的。很友好。"玛格丽似乎明白了点什么——他能从她的眼神里看出来。她们三个都笑了。乔治娜和哈丽雅特觉得好笑是因为没人想和父亲的同学"很友好"。然而，如果他告诉她们自己的母亲被叫作"母鸡"，她们一定笑不出来。他也没法把那当成笑话。他同样无法告诉她们，父亲的自负遭到了众人的鄙视。他们怕他，也在背后嘲笑他。

复活节之前还发生了一件不寻常的事。一个乔纳森不喜欢的男孩让他给玛格丽带个口信。他名叫托特尔，比乔纳森大一岁。整个学期他都缠着乔纳森帮他带话，但乔纳森解释说，由于校长的严格规定，他只有等到假期才能回家。托特尔开始怀疑他的可靠程度，在期末前两天，他把乔纳森堵在洗手间的角落里，把拳头顶在乔纳森的肚子上。他的拳头一直狠狠地顶着，直到乔纳森发誓一放假就带话给玛格丽。乔纳森七岁进入父亲的学校，那时似乎从没人注意到他的妹妹，但过去一年里情况有了改变。他想那是因为男孩们都长大了。从不把他当朋友的男孩开始问起他的妹妹，不认识的男孩也会凑过来。有一次午餐时间，"僵尸"警告一个男生不要用那种语气谈论校长的女儿。"您自己也喜欢她们吧，先生？"餐桌远端的一个声音高喊。"僵尸"的脸唰地红了，他每当遇上棘手的事就会这样。

"让她来见我，开学后的第一天晚上，"这就是托特尔的口信，"在木工棚旁边。七点。"

托特尔声称他在教堂里回头朝玛格丽微笑。在他开始注意她的第三个星期天，她也朝他微笑。对这一点乔纳森断然否认，尽管他没有任何证据。"你这个蠢货。"托特尔打断他的话，拳头往他的肚子里又使劲捅了捅，疼得他几乎背过气去。

托特尔下个学期就毕业了，但乔纳森估计在他之后还会有别的男孩。不久以后还会有带给乔治娜的口信，之后是哈丽雅特。虽然到那时他自己也毕业了，不必再替人带口信，但男孩们总能找到途径，比如勒内、霍吉太太，或者她的丈夫。乔纳森痛恨那个场面，痛恨妹妹成为男孩们萌动的荷尔蒙的宣泄口。宿舍熄灯以后，有人讨论钢琴老师如何脱掉勒内的衣服——那个话题引起一阵哄笑，其间夹杂着更多低声窃笑。他也不由自主地成为其中一员，尽管他并不相信波莫罗伊真的看见他们一起散步。波莫罗伊经常信口开河。

最让乔纳森担心的不是男同学对妹妹们的追求，而是她们将在木工棚或是绣球花丛中听到的事。不难想象，她们的追求者们会口无遮拦。"库斯伯特。"托特尔会说。玛格丽会笑着说，她知道父亲的绰号是"库斯伯特"。渐渐地，其他所有事也会被抖搂出来。当男孩模仿"母鸡"时，她会咯咯地笑，然后他会继续模仿她的口吃，或是紧张时食指的动作。还会有人模仿"库斯伯特"走路的模样，以及他自以为是地说起"传统美德"时的口头禅。"糟糕品位"便是其中之一。除了自负，他就只剩下严厉。他把自己定的校规奉作金科玉律，惩罚起学生来毫不留情。学生的父亲中有商人，有医生，贝金豪斯的父亲是一名深海打捞员。没人说起自己的父亲是什么样子，因为他们自己也不清楚。

"玛格丽，"当乔治娜和哈丽雅特被父亲叫去训斥的时候，乔纳森说，"玛格丽，你知道那个叫托特尔的男孩长什么样吗？"

玛格丽的脸红了。"托特尔？"她说。

"每次进教堂的时候他都走在前面。第一排的三个人里有里斯、格雷提德，另一个就是托特尔。"

"嗯，我认得托特尔。"玛格丽点头说。乔纳森从她漫不经心的语气里判断，她朝托特尔微笑的事是真的。

"托特尔让我给你带个口信。"乔纳森说。

"什么口信？"她转开头，试图把自己的脸藏在阴影里。

"他约你开学之后在木工棚外见面。开学第一天晚上七点。"

"哎呀！"

"你不会去的，对吗，玛格丽？他逼我一定要告诉你，否则我是不会说的。"

"我当然不会去。"

"托特尔其实也不怎么样。"

"如果我没有认错人的话，他长得不算难看。"

乔纳森没有说话。贝金豪斯的父亲在海底的时候或许会变成一个凶悍贪婪的人，与贝金豪斯熟悉的那个人截然不同。一个商人或许也会被同事厌恶，他的家人却毫不知情。

"你说妈妈为什么总是很紧张,玛格丽?"

"紧张?"

"你知道我在说什么。"

玛格丽点点头。她用略带惊讶的语气回答,自己不知道母亲为什么紧张。"托特尔什么时候给你的口信,乔纳森?"

"放假前两天。"

昨晚他躺在床上,下定决心第二天要挑一个乔治娜和哈丽雅特不在的时候把口信告诉玛格丽。长痛不如短痛,他想。辗转反侧之际,他又想到了自己的母亲。此前他从未想过,看样子玛格丽也没想过。他记得有人说,"母鸡"变成现在这副样子多半是拜"库斯伯特"所赐。"可怜的老'母鸡'。"宿舍里一个同情的声音说。

"别告诉别人,"玛格丽恳求道,"求你了。"

"放心吧。"

当男孩们去洗衣房取下星期的床单和睡衣时,母亲能听到他们的谈话;当她在大厅里分发牛奶时也是如此。有人说过,一不小心就会忘记可怜的老"母鸡"也在场。

"别去见他,玛格丽。"

"我说了不会去。"

"托特尔喜欢你。"

玛格丽的脸又红了。她告诉哥哥别犯傻了。否则托特尔为什么约她去木工棚外见面?乔纳森答道;这才合乎情理。托特尔不是班长。虽然他几乎是学校里最大的孩子，但他没当上班长。假如他是班长的话，星期天进教堂的时候就不会排在第三；他会是学校五个学院中某个学院的"头儿"。他不是班长，因为校长认为他不够格——他在公开场合从不讳言。

"他不喜欢我。"玛格丽一口咬定。

乔纳森不愿与她争论。托特尔的口信已经送到了，他不愿在这件事上多费口舌。他想换个话题，于是他向玛格丽问起莫里小姐的事。莫里小姐是玛格丽的老师，玛格丽常讲她的笑话。玛格丽说话的时候，他却完全听不进去。他之前从没意识到，托特尔或许只是在报复。

午餐的主菜是烤羊排，校长亲自切肉。搭配羊肉的是薄荷汁、胡萝卜和土豆泥。

"上午我们每个人都学了些新东西，"校长说，"值得庆祝。"

他真有他们说的那么糟吗？乔纳森想。有人把他比作墨索里尼，那实在有点夸张。"独裁者总是有点滑稽，"一个叫皮尔西的男孩说，"希特勒。墨索里尼。克伦威尔。伊恩·佩斯利[①]。"

"乔纳森。"母亲微笑着唤他，示意他把菜递给哈丽雅

[①] 伊恩·佩斯利，北爱尔兰民主统一党党魁，亲英派的代表，极力反对北爱尔兰与爱尔兰共和国合并。

特。每逢假期，母亲的心情明显松弛下来。她同霍吉太太和莫妮卡会洗床单，擦洗宿舍窗户，刷洗地板，清洗墙壁上的污渍。她们会把所有的床重铺一遍，打扫餐厅，擦洗餐桌，并用钢丝球刷净分餐台。餐厅的窗户很高，由霍吉先生擦洗。过去一个学期内打碎的餐具也要换成新的。

"好的。"乔纳森说，一面把那盘胡萝卜递给妹妹。假期的最后几天，尽管阿布里太太依然抑郁紧张，她在饭桌上的话明显多了，手也抖得没么厉害了。

"萨尔金德太太打来电话，"校长对全家说，"看样子萨尔金德夫妇要被派往海外了。你听说了吗，乔纳森？萨尔金德告诉你们了吗？"

乔纳森摇了摇头。

"他们要去埃及。生意上的事。"

"萨尔金德太太提出退学了？"母亲语气里的一丝期待让乔纳森陷入了幻想。说不定其他家长也会纷纷提出退学。在这个下午，电话一次又一次地响起，学生的父亲一个接一个地被派往远方。如此一来学校就可以关门了。

"恰恰相反，"校长回答，"恰恰相反。咱们的玛斯特·萨尔金德同学会坐飞机来上学。老萨尔金德的公司会替他付机票钱。我记得那是一家生产重型车辆弹簧的公司。我说得对吗，乔纳森？"

"我也不太清楚。"

"没关系，小伙子。如果我没记错的话，应该是重型车辆弹簧，老萨尔金德有一次和我聊过。公交车、卡车、军用运输车辆。看样子他要去指导埃及人，或是去建厂，或是出任商务代表。萨尔金德太太没有透露细节。"

校长一边说话，一边切盘子里的羊肉，每吃一口肉都配上土豆和胡萝卜。他说两句便停下来吃一口，一段话拖上很长时间。在孩子们小时候，父亲在餐桌上的冗长发言常让他们坐立不安。时间长了他们也习惯了。

"萨尔金德太太打电话其实是想问，能不能给玛斯特·萨尔金德安排额外的法语课。"

乔纳森不再关心父亲的话，脑子里又想起了托特尔。那个男孩宽阔英俊的脸庞和嘴角那一丝慵懒的微笑清晰地浮现在眼前。他看了一眼坐在餐桌对面的玛格丽。她是否也在幻想自己的崇拜者，是否也在回忆他的样貌？她是否在想象和他约会的场景，猜测他会说什么、做什么？

"看样子法语在埃及很流行，至少在萨尔金德的圈子是这样。"

在宿舍的黑暗中，男孩们纷纷倾诉自己对异性的渴望。一个声音刚说完，另一个又响起。男孩们讲述听到的或亲眼看到的事。有人会吐露心上人的名字，也有人不甘寂寞地无中生有。

"但是说真的，我实在不明白法语为什么会在那边流行。埃及人自己已经拥有一种完美的语言。"

男孩们的心上人往往是电影明星，偶尔是戴安娜王妃或者流行歌手菲姬，还有少数人会提到勒内或者莫妮卡。

"你听说过吗，小伙子？在埃及讲法语？"

"没有。"

"我觉得萨尔金德太太可能搞错了。"

托特尔只是想玩玩，然后一笑了之。他的大脸会贴近玛格丽的脸，他的厚嘴唇落在她的唇上，他的手在她的身上摸索，仿佛一切都是游戏，仿佛只是在演戏。未来的某一天，另一个男孩会站在相同的地方，怀里拥着乔治娜，或是哈丽雅特。

"话又说回来，玛斯特·萨尔金德的法语本就马马虎虎，每周安排一节补习总没有坏处，对吗？"

大家都点头同意。

复活节假期一天天重复着。孩子们整个下午都待在海边的卵石滩或步道外的灰色沙滩。他们在紫杉木咖啡馆喝可乐，啃廉价的饼干。等到零花钱花完了，他们就蹲在阁楼的旧家具间里聊天。乔治娜和哈丽雅特每天上午会被父亲叫去补习，乔纳森和玛格丽则各自在房间读书。

托特尔的事没有再被提及，但他的形象却不断地出现在乔纳森的脑海里，让他不胜其扰。他感觉一团团沉重的现实缓慢又无情地飘来，落在他意识的水面上，激起无数细碎的画面。它们绕着他低语，画面的颜色越发鲜明，面孔和表情越发清晰。

假期结束前两天的夜里，乔纳森辗转难眠，终于下定了决心。第二天下午他没有陪妹妹去海边和咖啡馆，借口自己有一本历史书要读。他从卧室窗户望着她们走向海边，过了二十分钟才慢慢下楼。他在父亲的书房外踟蹰了片刻，终于鼓起勇气敲门。他不知该如何开口。

"什么事？"校长说。

乔纳森关好门。书房里一如往常地弥漫着父亲的烟草味和一种说不清的霉味。玻璃门书柜里放满了教科书。房间里还存放着粉笔、几何规尺、地球仪、墨水瓶、几摞崭新的练习册、吸墨纸、铅笔。父亲坐在书桌后面，嘴里叼着烟斗，面前摆着新学期的日程表。

"哈，小伙子。你是来帮忙的？"

父亲的和蔼表情后面藏着校长那张严厉而多疑的脸。他的自以为是并不至于让人如此生厌，"传统美德"和"糟糕品位"的陈词滥调也只是枯燥而已。"无耻的伪君子，"一个男孩（既不是托特尔也不是皮尔西）曾说，"恶心的畜生。"

"夏季学期的日程表总是很棘手。"

乔纳森点了点头。

"尤其是板球，"校长说，"占用了太多时间。"

"是的。"

父亲敲掉烟斗里的烟灰，把一听烟丝挪到自己面前。乔纳森早已熟悉了这种三修女牌烟丝，奶油色烟盒，橙色字母。他看着父亲把烟丝卷塞进烟斗。父亲是知道的——乔纳森想了很久终于明白。父亲始终坚持把"私人区域"与学校分开，正因为他知道女儿不该接触那些粗鲁的男孩。父亲虽然知道，但他知道得还不够多。你不能以为自己闭上了眼睛，眼前的一切就不存在了。你也不能强行说"老马杰"是"薯片先生"，只因为他长得很像。

"妹妹们出去玩了？"父亲说。

"应该是吧。"

一根火柴燃了起来，烟丝点着了。乔纳森望着烟丝渐渐红起来，烟雾从父亲紧闭的齿间冒出来。他们之间无话可说。他无法提起宿舍熄灯后的对话，那些对女性的渴望，对心上人的表白。他无法告诉父亲，所有人都瞧不起他这个校长，男孩们都觉得那个外号叫"母鸡"的女人很可怜。他无法提醒他托特尔的报复，也无法告诉他乔治娜和哈丽雅特必定会重蹈玛格丽的覆辙。昨晚他一夜没合眼，他想保护自己的妹妹，也想保护母亲。他甚至希望能以某种方式保护父亲，因为他知道得还不够多，因为他严苛而暴躁，却总是事倍功半。

"好了，我得继续工作了，小伙子。"父亲说。他低下头，再次沉浸在那几页写满夏季日程表的纸上。烟雾悠悠地缭绕在他的秃顶周围。

乔纳森退出书房，轻轻在身后关上门。他跑过学校空荡荡的走廊，又穿过绣球花簇拥的小路。他沿着海滩奔跑，寻找自己的妹妹。

八月的星期六

"你不记得我了。"男人说。

他的口气更像在陈述一个事实,而非问一个问题。格拉妮娅记得他。当她看见酒杯上方那张微笑的脸就立刻认出了他。他是一个她本以为今生不必再见的人。十六年了——从一九七二年的夏天到现在——她尽力不去想他,并以为已经成功忘记了他。

"不,我还记得你,"她说,"当然记得。"

他的酒杯里漂着一片柠檬,她猜那是一杯金汤力。杯中有冰块,杯壁上附着微小的气泡——应该是新鲜的汤力水。但多半不是没掺金酒的汤力水,因为上次见面时他喝的就是金汤力。"我喝得有点多。"当时他说。

"我总在想,"他说,"我们再次见面会是什么样子。失眠的时候我忍不住想这种事。"

"我以为我们不会再见了。"

"我知道。但那已经无关紧要了,对吗?"

"当然。"

她不知他为什么要回来,也不知他准备待多久。她估计他住在普伦德加斯特家,和上次一样。十六年来,她一直避免踏上通向普伦德加斯特家的那条路。路的尽头是敞开的院门,门两侧是起伏的绿色铁栅,门房里空无一人。

"你不知道海蒂·普伦德加斯特去世了吧?"他说。

"不知道。"

"她死了。前天死的。"

两人的对话发生在塔拉酒店的酒吧。格拉妮娅和丈夫德斯蒙德每月来这里吃一次晚餐,同行的还有网球俱乐部的其他夫妇。月度聚会是丈夫们提议的,只为了让妻子们偶尔可以不做晚饭。

"你介意和我说会儿话吗?"他说,"我就一个人。"

"当然不介意。"

"我得知死讯就赶来了。我刚去过普伦德加斯特家,现在过来和奎尔蒂夫妇吃饭。"

"今晚,你是说?"

"他们快到了。"

奎尔蒂是律师。他和妻子海伦也是网球俱乐部会员,他们几乎从不缺席每月在塔拉酒店的瑞德·巴特勒厅举行的晚餐。老海蒂·普伦德加斯特的死显然打乱了他们的计划。格拉妮娅可以想象海伦闷闷不乐的模样——她一定不愿取消提前安排好的保姆,自己留在家里为英国来的陌生人做晚餐,再看着他和丈夫在家里谈生意。"我们请他去塔拉酒店吧。"奎尔蒂安慰妻子。海伦的心情很快平复下来,每次她的愿望被满足时都是如此。

"你还在打球，格拉妮娅？"

"随便玩玩罢了。"

"你还是那么年轻，你知道吗？"

这句奉承太过俗套，甚至没有反驳的必要。老夫人的葬礼结束后他就会离开。上一次葬礼他没有回来，那是十年前普伦德加斯特先生的葬礼。未来不会再有普伦德加斯特家的葬礼，因为这一家人已凋零殆尽。她不知道那栋房子将如何处理，也不知那对每周五开车来为老夫人打理家务的夫妇能得到些什么。她没有问这些问题，只是说："我们一群朋友定期在这里聚餐，也包括奎尔蒂一家。我不知道他们告诉你没有。"

"你是说今晚？"

"是的。"

"他们没告诉我。"

他朝她微微一笑，呷了一口酒。他长了一张长脸，颧骨高耸，一头灰发从蜡黄的前额整齐地往后梳。他蓝绿色的眼珠纹丝不动，也不怎么眨眼，似乎总在盯着你。她很清楚地记得这双眼睛，此刻再次被同样的目光笼罩。她当时问他是谁，他说自己是普伦德加斯特的远房侄子，从英国来。

"我时常想起网球俱乐部，格拉妮娅。"

"俱乐部一点也没变。只是我们老了。"

德斯蒙德走过来。她向他介绍身边的男人,并提醒他两人曾见过面。她介绍他的时候顿了一下,因为她不知道他姓什么。"普伦德加斯特。"她含糊地说。其实她不确定他是否也姓普伦德加斯特。没人告诉过她。

"海蒂去世了,我听说。"德斯蒙德说。

"我刚刚告诉你的妻子。我是来料理后事的。"

"请节哀顺变。"

"奎尔蒂夫妇邀请我参加晚餐会。"

"非常欢迎。"

德斯蒙德长了一张粉红色的大脸,发际线上移,发色多年前就已经褪成了浅棕色。他的衣服无论格拉妮娅多仔细地熨烫,只要一上身就变得皱巴巴的。他是个好脾气的人,做事不紧不慢,唯有到了网球场上,他的灵活与狡黠让人眼前一亮,仿佛换了个人。

格拉妮娅从他们身边走开。梅维斯·达迪坚持说自己上回欠她一杯酒,把她拉到吧台点了两杯马提尼。"那是谁?"她问。格拉妮娅说灰发男人从英国来,是普伦德加斯特家的亲戚,但她也不太清楚他叫什么。他曾来过网球俱乐部一次,她说,那次梅维斯不在。"来参加老海蒂的葬礼,对吧?"梅维斯说。格拉妮娅接过一杯酒,点了点头。

他们这群人的友谊可以追溯到学生时代,网球俱乐部始终是他们的社交中心。冬季有些人爱打桥牌和高尔夫,其他人却不感兴趣。但到了夏季的下午和傍晚,所有人都热衷来网球俱乐部聚会，其中也包括佛朗茜·麦吉尼斯和哈顿夫妇这些不再下场打球的人。网球俱乐部承载着他们共同的记忆，他们在这里分享悲喜好恶，也会偶尔捧起老照片唏嘘一番；有些友情日益深厚，有些在时光中淡漠。比利·麦吉尼斯的性子丝毫未变，到四十五岁还是那个好胜的十四岁少年。他的妻子佛朗茜也是个好胜的人，她在比利即将迎娶翠西之际捷足先登。翠西只得嫁给了汤姆·克罗斯比。网球俱乐部里也不乏争吵：一九六一年德斯蒙德的父亲曾为了筹钱新建一块硬地球场大闹了一番，最终怒气冲冲地退出了俱乐部；十年后莱弗蒂与蒂莫西·斯威尼医生大吵了一架，两人也双双退出，起因只是一个捡球器。俱乐部里充斥着流言蜚语，有时出于嫉妒，有时出于怨恨。这些年来，有的人比其他人更受命运的眷顾；俱乐部成员的子女常常被拿来比较，比学校的成绩，也比未来的前景，当然这些都是私下里的话题。五月到九月间每个星期六下午，妻子们准备下午茶，丈夫们准备酒、洗杯子。俱乐部成员的下一代都是在这里第一次品尝到鸡尾酒——比利·麦吉尼斯拿手的"白色佳人"或"侧车"。

俱乐部里有几个主妇自儿时便是好友：格拉妮娅、梅维斯、佛朗茜、海伦、翠西。她们彼此间的信任已经超过了学生时代，也更胜青年时代，因为她们不必再为嫁给同一个男人而明争暗斗。她们彼此倾吐秘密，坦言过去的遗憾乃至人生的重大失误。她们的存在是对彼此的慰藉，在谈笑间各自淡忘了生活的不如意或者深藏的愧疚。翠西在学校里总担心自己的胸太小，而海伦担心自己的脸太瘦、嘴唇太薄。佛朗茜曾在骑车时被卡车撞飞，差点死掉。梅维斯苦苦纠结了几个月才同意马丁·达迪的求婚。当她们还是女孩的时候，她们总是抱团瞧不起圈子外的女孩，这一点在成为家庭主妇后仍未改变。

"我听说过他，"梅维斯说，"原来长这样。"

一九七二年八月的那个星期六，他骑着自行车来到网球俱乐部。当时他穿一身白球衣，自行车的横梁上系着一支球拍。后来他告诉格拉妮娅，球衣是海蒂·普伦德加斯特为他找的，球拍也是她借给他的。海蒂说自己和丈夫多年前都曾是俱乐部会员。"当然，现在已经物是人非，"她说，"其他地方也一样。"他推着车走进大门，站在场边观看一场双打比赛，并不急于把球拍从横梁上解下来。"那人是谁？"有人问。十五分钟后，格拉妮娅朝他走过去——身为俱乐部干事，她多少感到有些责任。

格拉妮娅喝着梅维斯为她买的马提尼，回想起当年那一幕：她刚一开口，他便转过头望着她，脸上露出微笑。她的脑子忽然一片空白，原本想说的话忘得精光。"很抱歉，"他说，"打扰你们了。"

那年格拉妮娅二十七岁，与德斯蒙德结婚快八年了。今年她四十三岁，清澈的棕色眼眸依然与美丽的嘴唇交相辉映——德斯蒙德有一次告诉她，自从她十二岁那年他就一直憧憬着她的双唇。十二岁那年，她的褐色头发编成辫子，后来留成时髦的长发，如今剪成了短发。她的身材不算高，假如再高挑一些会更好，但她至少不用减肥。在陌生人出现在网球俱乐部的那个星期六下午，她还不是个母亲。但那时的她很快乐，心里深爱着德斯蒙德。

"艾诗琳好像在和一个注册会计师约会，"梅维斯说起了自己的女儿，"马丁气得直跺脚。"

奎尔蒂夫妇到了。格拉妮娅看见他们加入德斯蒙德和英国人。德斯蒙德去吧台为他们点酒。奎尔蒂点了一支烟，他个头矮小，总让她联想起猴子。格拉妮娅的注意力回到眼前的对话中。马丁为什么生气？她好奇地问。她从梅维斯的口气里听出，她自己对此事并无不满。

"他比她大九岁。今天早晨我们收到艾诗琳的信。马丁说要跟她好好谈谈。"

"那只会把事情弄得更糟。"

"如果他和你提起这件事，你能把这句话对他再说一遍吗？你知道，他听你的。"

格拉妮娅说好。她相信马丁·达迪会提起此事，因为他总喜欢把烦心事告诉她。多年前，在她与德斯蒙德订婚前夕，他还吐露过对她的爱慕。

"那帮人挣得很多，"梅维斯说，"注册会计师。"

几分钟以后，他们纷纷走进瑞德·巴特勒厅。格拉妮娅还记得这间酒店的前身"奥哈拉商务酒店"，那时奥哈拉夫妇还在世。他们去世没多久,他们的儿子们就重新装修了酒店,并把店名改为"塔拉酒店",之前以数字命名的房间也有了各自的名字,比如"阿什利""梅拉尼"。酒吧被称为"斯嘉丽厅"。而在"贝尔厅"会定期举办迪斯科舞会。

"奎尔蒂两口子旁边那人是谁?"佛朗茜·麦吉尼斯问。格拉妮娅告诉了她。

"他是来参加海蒂·普伦德加斯特的葬礼的。"

"上帝啊,我还不知道她去世了。"

和往常一样,侍者在餐厅中央拼好一条长桌。餐桌上没有固定的座位,从酒吧进来的人们成对落座。翠西的妹妹尤娜虽然未婚,却常与自来水厂检测员配成一对,今晚也不例外。长桌的一端空着,那是安吉拉的座位——她和尤娜、玛丽·安·哈登一样,不属于格拉妮娅的闺蜜群,她也总是迟到。餐厅的角落里有两位散客就餐。他们邻桌的客人刚离开,侍者正忙着收拾。

"大概是星期一。"佛朗茜询问葬礼的日期,格拉妮娅回答。

她希望这次他也能迅速离开。上次那个星期六,他抱怨普伦德加斯特家无聊透了,要不是亲戚关系他才不会来,今后更不会来。他当时说那些话并没有特殊的用意,但之后她不可避免地回想起来。事情过去之后,她在脑海里一次又一次努力回忆他说过的每一个字。

"你还记得可怜的老海蒂吗?"佛朗茜说,"她来俱乐部喝过一次茶。很多年前的事了。"

"嗯,我记得她。"

在她们的印象里,她身材矮小,看上去很虚弱。佛朗茜还记得威廉·克尔食品公司的货车倒车时撞了她的莫里斯轿车,惹得她大发雷霆。"我以为她早就去世了。"佛朗茜说。

她们各自落座。格拉妮娅注意到,海伦坐在他的一侧,奎尔蒂坐在另一侧。他们或许想在餐桌上把生意谈妥,葬礼结束后他就可以动身。

"你还好吗,亲爱的?"马丁·达迪在她的左边坐下。德斯蒙德坐在她的右边——他总喜欢挨着她坐。

"我很好,"她说,"你还好吗,马丁?"

"说实话不怎么样。"他伸了个懒腰,用胳膊拦住经过的侍者,"给我来杯尊美醇十号。"

"艾诗琳像是怀孕了,"他凑到格拉妮娅的耳边说,"我的上帝啊,格拉妮娅!"

他是个建筑师,全郡甚至这个地区最乏味的民居都出自他之手。他和梅维斯曾在西班牙度过了一个绵长的冬季,用来"寻找自我"。虽然他最终没能成功,但他生命中的这段时期在此后若干年里改变了故乡的模样。人们说他设计的洗手间还比不上旧时的式样。

"你说真的,马丁?你确定吗?"

"老牛吃嫩草的混蛋。我要拧断他的脖子。"

他已经有些微醺，即使不听他讲话他也察觉不到。他根本不给她插话的机会，一心只想着自己的事，对方的回答一句也听不进。艾诗琳很可能没有怀孕。

"老海蒂把房子留给他了，"德斯蒙德在她身边说，"他准备搬进去。诺拉，"他招呼女侍者，"来杯葡萄酒。"

马丁·达迪握住她的胳膊，让她继续听他讲话。他的脸凑到她的面前：短平上翘的鼻子，鼓鼓囊囊的脸颊，额头和下巴上挂着大滴的汗珠。格拉妮娅扭开头。在餐桌对面，梅维斯正在听比利·麦吉尼斯说话，她的蓝眼睛闪烁着周六晚餐特有的光彩，迷人的嘴唇微微张开——无论从哪方面看，她的相貌都比她的丈夫强出一大截。佛朗茜正在听检测员说话。玛丽·安·哈登烦躁地拨弄着叉子，每当她感觉被忽视时便会这样；她的长相不算出众，多少有些自卑。海伦·奎尔蒂正和回来参加葬礼的男人交谈，她的大嘴快速地开合着。半个月前宣布戒烟的佛朗茜点燃了一支烟。比利·麦吉尼斯的圆脸上忽然绽放出灿烂的笑容。梅维斯也大笑起来。

女侍者记下德斯蒙德点的酒，转身离开。玛丽·安的镜片上反射着灯光。"啊，我才不信呢！"佛朗茜大声说，尖厉的声音刺透了餐桌上纷杂的对话声。回来参加葬礼的男人依然礼貌地听着。翠西是主妇中最年轻端庄的一个，她朝着科维·哈登不住点头。后者嗓音干涩，表情也同样干涩。

瑞德·巴特勒厅里还浮动着两张面孔，那是克拉克·盖博和费雯丽的大幅海报，分别印在带斜纹的镜像玻璃上。画面截至两人的肩部，一个穿着低胸晚礼裙，另一个穿着褶边衬衫。克拉克·盖博的海报挂在略微显著的位置。在斯嘉丽厅，两人同时出现在一面玻璃上，画面里的两人正在争吵，他怒气冲冲地退到背景里，她盛气凌人地站在镜头前。

"你说的是那个男人？"格拉妮娅一找到机会就问丈夫。其实她已经知晓答案，因为继承人非他莫属。她既希望晚点确认，又迫不及待地想知道。

"他自己说的，"德斯蒙德说，"你介绍他的时候，我都记不清他是谁了。"

"他为什么愿意搬进那栋老房子？"

"应该是走投无路了。"

在每月的周六聚会上，他俩总像在自家厨房里一样聊天。她做晚餐，他布置餐桌，两人会聊起白天见过的人，那些人多是熟人，极少有陌生人。父亲二十年前退休时，德斯蒙德接手了他的洗衣店，几年后正式继承了这个产业。卢尔德圣伯纳黛特医院是他的第一大客户，然后就是塔拉酒店。他给格拉妮娅讲员工如何对薪水讨价还价，以及他们之间流传的小道消息。她也把自己听到的家长里短告诉他。两人都乐在其中。

"朱迪丝最近怎么样?"马丁·达迪紧握着她的胳膊肘,"还没带男人回家吧?"

"朱迪丝还在上学。"

"这年头你可说不好。"

"你说艾诗琳怀孕了,我觉得是你搞错了。"

"要真搞错了,我可要感谢上帝,亲爱的。"

德斯蒙德说他准备去参加海蒂·普伦德加斯特的葬礼,但她想不出自己参加的理由。德斯蒙德参加过许多葬礼,死者她往往都不认识,多是方圆几英里内的洗衣店客户。为了生意去参加葬礼另当别论,况且普伦德加斯特基本从未光顾过洗衣店。

"我特别喜欢朱迪丝,"马丁·达迪说,"长大一定是个好姑娘。"

格拉妮娅不想显得太得意,又不愿故意贬低自己的女儿。她耸了耸肩,对马丁的话不置可否。马丁坐在长桌尽头,身旁再没有别人。安吉拉在他对面的空位上坐下来。她是一个德国商人的遗孀,身材高挑,浅沙色头发,是所有主妇中最引人注目的。据说她正在物色下一任丈夫。她的丈夫在战后创办了一家成功的奶酪与肉酱工厂,为全国的餐馆和酒店供货。他带给她欧洲的穿衣品味,今天她依旧风姿绰约。"马丁,你好吗?"她隔着餐桌对他魅惑一笑——即使丈夫活着的时候她也这样挑逗男人。马丁说自己很好,但格拉妮娅知道他们只会礼节性地寒暄几句。马丁不太喜欢安吉拉，或者说看不惯她的做派。

"朱迪丝总能和你说上话，"他说，"现在没几个年轻人能这样。"

"那人是谁？"安吉拉凑过来问。

格拉妮娅告诉了她，看样子她似乎记起了他来。那个八月的午后，安吉拉正怀着她的第三个儿子。"热得难受。"她回忆道，一面微微点头。

马丁对这件事没什么兴趣。那天下午他也在俱乐部，也记得那个陌生人，但当格拉妮娅和安吉拉讨论细节时，他绷紧的脸上现出一丝烦躁。他不喜欢别人打断自己的话茬。

"我想问你，格拉妮娅，如果朱迪丝带一个可以当她父亲的男人回家，你会怎么办？"

"梅维斯没说艾诗琳的男朋友有那么老。"

"艾诗琳给我们写了一封信，格拉妮娅。她虽然没有明说，你也能从字里行间看出来。"

"我当然希望朱迪丝和同龄人结婚。但最终还要看那个男人怎么样。"

"你觉得养女儿容易吗，格拉妮娅？没人比我更关心艾诗琳了。你越疼她，操心的事就越多。你说对吗，格拉妮娅？"

"也许是吧。"

"你真幸运，有朱迪丝这么个女儿。她是个省心的姑娘。"

安吉拉和汤姆·克罗斯比聊起了奶制品生意。克罗斯比夫妇的年龄差很大，但似乎并没对婚姻生活造成影响。翠西生了四个孩子，两儿两女，一家六口其乐融融。翠西嫁给汤姆的时候，大多数人觉得她的心里还牵挂着比利·麦吉尼斯。甚至有传言说翠西是为了钱才结婚的，因为汤姆·克罗斯比拥有博伊德汽车公司，那是附近最大的福特代理商。翠西原本家境殷实，后来却日渐衰落。

"朱迪丝以后想做什么？当个护士，格拉妮娅？"

"她没说过。"

"我隐约有这个印象。"

"她在考虑上大学。她的语言天赋不错。"

"别送她去都柏林，亲爱的。把女儿留在身边。听见了吗，德斯蒙德？"马丁·达迪提高嗓门，隔着格拉妮娅喊道。他又从头讲起，说自己特别喜欢朱迪丝，又说起艾诗琳的信。格拉妮娅和他换了座位。"马丁喝多了。"安吉拉说。

"他在生艾诗琳的气。她在和一个老男人约会。"

她不该当着汤姆·克罗斯比说这话。她吐了吐舌头，俯身对餐桌对面的汤姆说，他看起来很精神。话一出口她就后悔了，因为他有可能误解为：他看起来没有实际上那么老。

"开了一间新店，"当格拉妮娅问起安吉拉的新衣服时，后者回答,"叫'荷包丝带'。听说过吗?"

自从安吉拉成为寡妇,她在每月的周六晚餐前都会去都柏林置一身新衣服。安吉拉希望是最时髦的那个,而佛朗茜与她暗中较劲。梅维斯竭力效仿,却有些力不从心。格拉妮娅偶尔也会赶赶时髦,海伦则全然不在乎自己的穿着。

"德斯蒙德参加葬礼吗?"汤姆·克罗斯比微笑着问——或许他只是想告诉她,自己并不介意她刚才的话。

"嗯,他去。"

"德斯蒙德是个好人。"

这话没错。德斯蒙德的确是个好人。在她决定嫁给他之前,他就是俱乐部里出了名的好人,也是镇上公认的老好人。她环视餐桌上的男人——秃顶的汤姆·克罗斯比,毫无幽默感的科维·哈登,尖嘴猴腮的奎尔蒂,一沾酒就脸红的比利·麦吉尼斯,长了一张疙瘩脸的马丁·达迪——她意识到德斯蒙德是众人之中最大方得体的。人到中年,他愈加受人尊重。他依然像年轻时那般沉默寡言,但他的话往往事后证明是睿智的,于是他的意见越发得到重视。德斯蒙德乐于助人又不张扬,年轻时人们容易忽略这一点,岁数大了才逐渐欣赏。早在他还是单身汉的时候,梅维斯就戏称他为"亲爱的"。

开胃菜是明虾鸡尾酒。大家的兴致越来越高。有一个瞬间,格拉妮娅的目光投向那个说她忘了自己的男人。两人的目光相接，对视了片刻。或许他想知道，她是否已经听说他打算搬进普伦德加斯特的房子。如果他们之间的对话没有被德斯蒙德打断，他会亲口告诉她吗？

"海蒂是个好人，"安吉拉说，"我想参加她的葬礼。"

她又朝陌生人的方向瞟了一眼。汤姆·克罗斯比聊起一桩有趣的案子。马丁·达迪站起身，晃悠悠地出了餐厅。德斯蒙德换到空出的座位上，再次坐在了妻子身边。侍者收走空鸡尾酒杯。"马丁一个劲儿说艾诗琳的事，真是烦透了。"德斯蒙德说。

"德斯蒙德，普伦德加斯特说他结婚了吗？"

他往桌子远端看了看，又看了看对面。他摇摇头。"他看起来不像结了婚的样子。对了，他好像不姓普伦德加斯特。"

"安吉拉说她也会参加葬礼。"

一个女侍者端来盛着烤三文鱼的圆盘，另一个端来了蔬菜。马丁·达迪端着一只玻璃杯从吧台回来，玻璃杯里看上去像是加冰的威士忌。他在德斯蒙德与尤娜之间坐下，完全没意识到那并非他的座位。

梅维斯的后背映在瑞德·巴特勒厅的镜框上，黑色晚礼裙的V形开口延伸到背脊深处。她与比利·麦吉尼斯的表情和手势在克拉克·盖博的眼前一一闪过。

"说不定他适合安吉拉，"德斯蒙德说，"这种事谁也说不准。"

那个八月的下午，身为医生的比利·麦吉尼斯被医院叫走了——有个产妇在分娩中出了问题。"该死的女人。"他毫无同情心地抱怨，说多半要整晚加班了。"来我家吧，佛朗茜。"网球散场后，格拉妮娅对她说。德斯蒙德注意到那个年轻人把网球拍绑在自行车横梁上，于是向他也发出了邀请。德斯蒙德说，晚餐过后他可以开车送他回普伦德加斯特家。两人一起把自行车放进了汽车后备厢。"我有个秘密要宣布。"佛朗茜在厨房里切培根的时候说。格拉妮娅立刻明白了她的意思，因为在闺蜜的对话中，"有个秘密要宣布"已经成了怀孕的代名词。"你在开玩笑吧！"格拉妮娅喊道，一面竭力掩饰心中的羡慕，"啊，佛朗茜，太棒了！"德斯蒙德给她们端来两杯酒。如格拉妮娅所料，佛朗茜并没有告诉他。"二月，"佛朗茜说，"比利说预产期是二月。"

她们在厨房忙活的时候，比利打来电话，估计他发现家里的电话没人接，便猜到妻子在这儿。他确认会很晚回家。"佛朗茜怀孕了，"当佛朗茜还在打电话时，格拉妮娅告诉德斯蒙德，"别说是我说的。"

趁培根在煎锅里加热的工夫，几个人在客厅里喝了点酒。他们依然穿着网球服，每个人都不慌不忙。佛朗茜即便回家也是独守空房，格拉妮娅和德斯蒙德晚上也没有安排，而那个住在普伦德加斯特家的年轻人像一个在享受假期的高中生。他们小口喝金酒，漫无边际地闲聊。他们向年轻人介绍小镇和网球俱乐部,透露了安吉拉的家世,解释了达迪夫妇是谁——这俨然一场不期而至的愉快酒会。德斯蒙德拨通了克罗斯比家的电话,但翠西说他们临时找不到保姆,否则很愿意过来。最终德斯蒙德做了炒鸡蛋,格拉妮娅煎了土豆饼和苏打面包。"反正我们已经醉了。"德斯蒙德说,一边摆出好几种红葡萄酒和白葡萄酒。房间里飘荡着艾萨·凯特①的《只是一个旧式女孩》。

此刻在瑞德·巴特勒厅里,格拉妮娅再次听到了那熟悉的旋律。"……和一个旧式百万富翁"——看似不经意的哼唱性感撩人,每一处重音都带着奇妙的口音。当时他们伴着歌声在起居室的家具间起舞,多数时候佛朗茜与年轻人一对,她与德斯蒙德一对。"对不起,亲爱的。"德斯蒙德在她的耳边低语。她摇了摇头,不愿承认因为那件事责怪丈夫。如果一定要责怪的话,作为妻子的她同样有份。"我得回去了,"佛朗茜说,"给比利准备点夜宵。"德斯蒙德说他可以在送年轻人的路上把她放下。他把唱片换成《爱之成长》,歌声一起他就睡着了。

佛朗茜说不用送,她更想走路回家,呼吸一点新鲜空气。"我开车你信得过吗?"格拉妮娅转头问年轻人。他笑着说自己别无选择,因为自行车没装头灯。此前她和他没说几句话,只是注意到德斯蒙德挺喜欢这个小伙子。德斯

---

① 艾萨·凯特,美国著名歌手、演员和歌舞表演明星,出生于1927年,成名于二十世纪五十年代。

蒙德总是对陌生人很热情。"你是干什么的?"她在车里问他。虽然喝了不少金酒和葡萄酒,但她忽然感到一丝羞涩。他和她跳舞的时候,他把她搂得很紧,不过她注意到他和佛朗茜跳舞时也是一样。佛朗茜道别时还吻了他的脸。"我在酒吧工作,"他说,"之前我在伯恩茅斯的海洋旅馆烤吐司。"

她开得很慢,小心翼翼地穿过小镇的狭窄街巷。酒吧到了打烊时间,男人们三三两两地聚在门口,抽烟或只是站着。"棕榈湾"炸鱼薯条店门前的人行道上依然站满了年轻人。在最远的路灯之外,小镇从喧嚣过渡到荒凉,零星的木屋与平房让位于无边的田野。"我从没去过那栋房子。"格拉妮娅在逐渐浓重的沉默里说。在提到打工的酒吧和伯恩茅斯的旅馆之后,他没再透露更多的信息。"他们应该睡了,"他说,"他们一到九点就上床。"

汽车头灯照亮了行道木的树干,接着是路两侧的花瓮,最后是房子门前的阶梯。一楼窗户上挂着白色木质百叶窗,漆皮斑驳,与阶梯的金属栏杆一样印刻着岁月的痕迹。一切都在视野中一闪而过,最终定格在车灯前的是一片玫瑰花丛和草地上的一张座椅。"我把自行车卸下来,"他说,"就一分钟。"

她熄灭头灯,下了车。八月的黄昏还未彻底逝去,温暖的薄暮里弥漫着金银花的香气。"你们对我太好了,"他一边解自行车绑带一边说,"你和德斯蒙德。"

此刻在洋溢着欢声笑语的瑞德·巴特勒厅里，她不愿再看他一眼，又忍不住投去目光——等着她的是那双凝视的眼睛，蜡黄额头上往后梳的整齐头发以及高耸的颧骨。安吉拉会在墓地里对他说几句安慰的话。奎尔蒂也会去，但海伦不会到场。"我想我们都需要喝一杯"——格拉妮娅可以想象安吉拉对他们说（德斯蒙德也会在），让三个男人围在她的身边。他在黑暗中把自行车推走，靠在阶梯旁。"进来坐会儿。"他说。她说太晚了，尽管天色尚早。"进来吧，没关系。"他说。

她回想起在俱乐部装饰花哨的餐厅里，他的微笑仿佛黑暗中的一道亮光。他的目光凝视着她，轻抚着她。他挽起她的手，两人走入大厅，灯光亮起来，古旧的座钟在楼梯旁滴答作响。厅里有一个衣帽架，地面铺着乳白色与砖红色相间的方形瓷砖，墙上挂着橡木框版画，墙边有玻璃鱼缸。"我给你倒杯睡前酒。"他轻声说，然后带她穿过铺着石板的过道，走进一间漆黑的厨房。"这儿有图拉多威士忌，"他喃喃道，"让每个人都心想事成。"[①]她知道他在想什么。在汽车拐进大门前她就感觉到了，那种隐藏在沉默之下的悸动。他倒了两杯酒，然后他亲吻她、拥她入怀，仿佛那只是两人的又一次起舞。"亲爱的。"他低语道。他的举动多少让她有些惊讶，他的温柔情话同样让她意外。

---

① 此句为这款酒的广告词。

是否在汽车拐进大门之前她就接受了即将发生的一切？或是晚一些，在她说时间太晚的时候？还是在他从橱柜顶层取下酒瓶的时候？在某个时刻，她曾告诉自己：我要这么做。她知道自己说过，因为这句话依然回响在她的心底。"太幸运了！"他在厨房里感叹，他的声音如夜色般温柔，"多么幸运可以在这个爱尔兰的网球俱乐部里遇到你！"她用双手紧紧拥住他。不知出于什么原因，她无法直视他，尽管他拥有一张英俊的脸。

厨房桌上的两只空酒杯，裸露的楼梯，二层楼梯口的抽屉柜，堆着毛巾的椅子，在身后关上的卧室房门：记忆中这些细节仿佛来自梦境。卧室的灯短暂地亮起来：盥洗架上放着一个盆子，里面立着粉红色瓷水壶，房间里有一个衣柜，梳妆台上有一包香烟，他打网球前换下的衬衫和裤子散落在地板上。灯熄了，他再次揽她入怀，他的手指开始解她球衣的扣子——除了德斯蒙德，再没有人这样做过。婚前她只被两个男孩亲吻过，一个是比利·麦吉尼斯，另一个是后来搬去加拿大的男孩。和俱乐部里其他主妇一样，她结婚时也是处女。"上帝啊，格拉妮娅！"他在她耳边低语。她一丝不挂地躺在被单上，脑子里的各种念头都化作忧惧。父亲的面孔清晰地浮现出来，他的脸上满是鄙夷。"别，别这样，亲爱的。"每当格拉妮娅抠膝盖上的疤或者用树枝在砾石路乱划时，母亲会弹着舌头说。

他们回到厨房一起吃奶油山莓。她问起他的事，他避而不答，反倒把她的事问了个清楚。山莓很可口，他在车的副驾驶座上放了一小篮。那是给德斯蒙德的，但他没有明说。"别担心，"他说，"我周一就回英国。"

回家路上，一只野兔跳到车前，被车灯晃得愣了一愣。人们会猜到的，她想。他们一看到车里这个孤单的身影就明白。她没有意识到，即使她只是简单地把他送回家，她返回时人们的眼前同样会是这个场景。其实当她进入小镇时，路上行人寥寥。

"天啊，太抱歉了。"德斯蒙德说。他从沙发上坐起来，白衬衫上起了褶皱，脸上印着靠垫的纹理，头发一团乱麻。她只是莞尔一笑——她不信任自己的声音，哪怕只是平常的笑声。她把山莓放进冰箱，走进了浴室。

在瑞德·巴特勒厅，吃过黑森林蛋糕之后，会员们一如往常地交换了座位。她坐到佛朗茜和梅维斯身边。"他很适合艾诗琳。"佛朗茜断言。按照梅维斯的描述，他其实一点也不老。"回家后我要和马丁好好谈谈，"梅维斯说，"她不是那种随便的女孩。我可以保证，如果发生了那种事，她肯定第一个告诉我。"她们压低嗓音，议论起安吉拉对陌生人表现出的兴趣。"那栋房子很适合她。"梅维斯说。

所有的房间都会整修一新。板条百叶窗会重新粉刷，门厅台阶两侧的扶手也一样。室内会换上崭新的窗帘和地毯，新主人会雇用一名园丁。安吉拉向来不喜欢那个有钱的前夫为她盖的房子,他死后她更不讳言。

"我永远忘不了那个晚上,格拉妮娅,"佛朗茜轻笑道,一边摸索着掏出一支香烟,"我们在你家客厅里跳舞,后来德斯蒙德睡着了。我是不是在那晚告诉你我怀上了莫琳?"

"没错。"

三个女人又聊起八卦。这个星期镇上一名年长的公务员因为贪污罪被起诉。梅维斯注意到自来水厂检测员似乎准备向尤娜求婚了。"难道她自己看不出来?"佛朗茜说。格拉妮娅笑了起来。

有时她会想,他是否还在酒吧打工。她会摇着头告诉自己,他一定早就安顿下来,结婚生子了。但当她今晚看见他的时候,她立刻猜出他还没结婚。德斯蒙德说他走投无路的时候,她一点也不惊讶。"我要做这件事":当时她对自己说的话再次在心里响起。"我要做这件事,因为我需要一个孩子。"

"上帝啊,我已经筋疲力尽了,"梅维斯说,"是我真的老了还是别的什么?"

"老了,老了。"佛朗茜叹了口气,摁灭手里的烟。"真该死。"她喃喃道。

梅维斯伸手拿起烟盒,弹到餐桌对面。"送你了,科维。"她说。佛朗茜用哀求的眼神看着他,于是他把烟盒弹了回来。格拉妮娅笑了——如果她不笑的话,她们会感到反常。

241

这些年里，他一定想不到自己居然有一个孩子。如果安吉拉嫁给他，当他渐渐融入这个群体，他会意识到这件事的。午夜时分，当他躺在安吉拉身边，他会意识到德斯蒙德和格拉妮娅只有一个孩子。格拉妮娅想象着可能发生的事：某人知晓了这个秘密，然后人尽皆知。这些年来，她总是默默期望能把这件事告诉德斯蒙德和她的朋友们，也告诉那个孩子。有些日子里，她时时刻刻都怀着这样的期望。但并非现在这样。

晚宴结束了。酒店停车场里的车纷纷启动，店员提醒大家当心路上的冰。"晚安，格拉妮娅。"回来参加葬礼的男人说。她系好安全带。德斯蒙德倒了车，缓缓开上西大街。"你今晚有点沉默。"他说。她赶紧开口，说水厂检测员可能向尤娜求婚，以免他联想起那个陌生人。"对了，"这个话题过去之后，他说，"我见过艾诗琳的男朋友。他其实只有三十五岁。"她打开车库门，他把车停进去。空气的清冷更甚于酒店的停车场，令人倦意全消。

他们进了屋，锁上门。格拉妮娅预备好早餐的材料。他们已经不再雇用临时保姆；偶尔德斯蒙德送人回家的时候，她也不必焦急等待。他径直上了楼，她知道他会轻轻推开朱迪丝的门，看看她是否在安睡。每晚回家他总是如此。

格拉妮娅在水龙头下接了两杯水。她上了楼，把水放在卧室两侧的床头柜上，然后也去看了女儿——她的褐发散乱在枕头上,眼皮安详地闭着。"我明天可能去打高尔夫。"德斯蒙德把裤子放进电动熨烫机。他几乎一沾枕头就睡着了。她关上他那一侧的台灯,下了楼。

她独自坐在厨房,面前放着一杯茶,思绪又回到那个八月的星期六。那时翠西已经有了两个孩子,梅维斯也有了两个,海伦生了头胎。"如果今天安吉拉把孩子生在躺椅上,"那天比利·麦吉尼斯说,"我是不会惊讶的。"玛丽·安·哈登刚怀上第二胎。大一点的孩子们并排坐在俱乐部的台阶上。

格拉妮娅强迫自己在回忆中前行,那场偶然发生的派对,汽车头灯照亮的玫瑰花床。她轻轻回味着这些年来深藏在心底的孤独,以及那个似乎无人能触及的秘密。在厨房的寂静中,她从那段熟悉的记忆中走出,眼前又出现今晚与孩子的父亲重逢的一幕,当时的困惑如浓雾般再次将她包围。最终那层浓雾逐渐消散:她早已无法回头。

凯瑟琳的地

"我计划买一块地,先生。"哈格蒂对银行经理说。

他的声音里透着恭敬,甚至有些战战兢兢。他知道恩索尔先生会问他将如何还贷。他知道自己的计划将构成"风险"——这个词在恩索尔先生讨论他的银行负债时已多次被提及。

"我在想,先生……"他看见恩索尔先生开始摇头,他的声音也低下来。恩索尔先生告诉他,自己很愿意支持他的计划。他此刻就可以点头,但问题是总部不会批准。"现在太不景气了,哈格蒂先生。"

这是一九四八年的一个星期一上午。哈格蒂倚着银行柜台,手里依然握着赶牛的棍子——他就是用这根棍子赶着三头阉牛走了七英里。他点头同意:这也是他见过的最不景气的时候。他把牛从农场赶来,期待卖个好价钱,但未能如愿。一路上他都惦记着老拉利的那块地。老拉利一辈子都在清理地里的石块。他死后,他的遗孀卖掉了山坡另一侧的十九英亩土地,只剩下这最后一块。这块地的位置对旁人来说都十分尴尬,买主几乎非哈格蒂莫属。双方都清楚这一点，他们也知道这块草场的价值几乎和哈格蒂拥有的全部土地相当。这块地坡度平缓，排水便利，没有杂草与野蓟，看上去让人心旷神怡。老拉利从继承它的第一天起就深知它的价值。他在地的四周挖了沟，石墙与大门也定期维护。方圆几英里之内，再没人像老拉利那样日复一日地清理草场的石块。

"我真心想帮你，哈格蒂先生，"银行经理向他保证，"只是你现在的负债还有点多。"

"我明白，先生。"

每年十二月，哈格蒂都会拎着一只拔了毛的火鸡面带感激地走进银行——他的银行负债已经拖欠了十七年。虽然欠款的额度逐年减少，但他已不再年轻，银行很可能已经把它作为坏账一笔勾销了。当他提出买地计划时，其实自己也不抱任何希望。

"对不起，哈格蒂先生，"银行经理摊开双手无奈地说，"我听说过那块地。我也知道它对你很有用，但我确实无能为力。"

"您已经尽力了，先生。"

他这么说是想让恩索尔先生好受一些，毕竟他曾把钱借给了他。哈格蒂是个谦卑的人。他的脸上满是疲惫，瘦削的身体在肩膀处向前微驼，头上总戴着一顶黑帽子。他在银行里没有摘下帽子，随后走进肖内西酒馆时依然戴着它。他独自坐在酒馆的角落，借一瓶黑啤浇愁。去银行之前，他把牛寄放在克罗宁的院子里。克罗宁的这项服务是按日计费的，所以哈格蒂索性在镇上多待一会儿。

他端着酒杯想，如今不是个好年景——这一点他无须银行经理的提醒。他有十个孩子，其中七个已经移民了，四个去了加拿大和美国，三个去了英格兰。留下的是十六岁的小女儿凯瑟琳、心智不全的女儿比迪和未来会继承农场的康。倘若他不买下拉利那块地，康将很难维持农场的生计。他早晚会迎娶麦柯里尔家的姑娘，还要照顾妹妹比迪，过几年还得供养年迈的父母。有时候海外的孩子会寄回一张支票，哈格蒂从未拒绝过。但那些钱远不够买地，他也不会主动向他们伸手。等到康成为农场的主人，作为处于盛年的长兄，他一定会耻于接受弟妹的资助。哈格蒂不像儿子这般心高气傲：他初到农场时只是个一无所有的孩子，他学会了在必要的时候低头。

"最近还好吧，哈格蒂先生？"肖内西太太过来问。他走进酒馆之后，她一直忙着接待购买杂货的顾客。她拔下酒瓶塞子，为刚才没能亲手为他倒酒表示歉意。

"还好，"他说，"你呢，肖内西太太？"

"今年冬天我又得了流感。感谢上帝，不算严重。"

肖内西太太是个高个子宽肩膀的女人，在她还是女孩的时候哈格蒂就认识她。她化了淡妆，衣着比他的妻子更光鲜，但此刻它们都隐藏在一条绿色大围裙下面。年轻时有人说她轻佻，但如今她已人到中年；当你想起她，脑子里首先蹦出来的词一定是"富裕"。

"我一直想问你，哈格蒂先生。我需要一个乡下姑娘来店里帮忙。这年头聪明勤快的姑娘像金子一样难找。你有可推荐的人选吗？"

哈格蒂摇了摇头，这让他想起银行经理相同的动作。在这个瞬间，他忽然意识到一件自己熟视无睹的事：肖内西太太的丈夫兼营私人贷款。肖内西先生是个成功的商人。除了酒馆之外，他还有一间理发店，还兼任财产人寿保险公司的代理。他的账上总有可供出借的资金。哈格蒂听说人们把土地或房产抵押给肖内西先生，用来换取购置农机或牲口的资金。他从没听说肖内西先生在履约过程中有过任何让人不满的举动。

"你不是有个女儿吗，哈格蒂先生？如果我记错了，请你原谅。但我始终相信，如果你不开口问，就永远不会知道。你有个女儿刚从教会学校毕业吧？"

凯瑟琳开朗的圆润脸庞浮现在他的脑海里，他的表情也舒缓下来。他的小女儿身材偏胖，但她天真灿烂的笑容把整张脸都照亮了。她一直是他最疼爱的孩子，当然比迪在他心里也有特殊的位置。

"是的，她刚毕业不久。"

女儿的面孔在他的眼前渐渐暗淡，取而代之的是拉利的那块地。它蜿蜒起伏的轮廓仿佛一块搭在灌木上晾晒的桌布。那块地的低处长了几棵矮小的白蜡树，一条小溪从树间穿过，清晨的阳光在水中摇摆。

"除非是个知根知底的姑娘，否则我是不会雇的，哈格蒂先生。或者要有你这样的人做担保。"

"你在考虑凯瑟琳吗，肖内西太太？"

"是的。说老实话，我很喜欢她。"

这时有人用硬币敲了敲杂货柜那侧的柜台，肖内西太太连忙走过去。假如凯瑟琳来店里工作，他就可以向肖内西夫妇提起借款的事。那块地的草那么茂盛，用不了几年他就能还清欠款。康将来不必为生计发愁，比迪也可衣食无忧。

哈格蒂慢慢呷了一口黑啤。他不希望凯瑟琳搬去英格兰。我会好好照顾她的，她的姐姐玛丽不久前在信里说。"在基尔本①和芝加哥之间，我更愿意去基尔本。"他曾听到凯瑟琳对康说。当时他还暗自庆幸：至少她不会离家太远。考虑到目前的经济状况，康也难免萌生去意，只有比迪会一直留在夫妇俩身边。"我们又有什么办法？"妻子说。但他依然觉得，离家的孩子已经够多了。他的父亲曾艰难地维持这座农场，现在轮到他苦苦挣扎。

"上帝啊，有些人的脸皮也太厚了！"肖内西太太回到吧台前，大声感叹，"梨罐头、火腿罐头，还有一本书——她从一月就开始赊账！你能相信吗，哈格蒂先生？"

---

① 伦敦西北角的一个区，曾是爱尔兰移民的聚居区。

他轻轻摇了摇头。他正在考虑她的提议,他说。他想不出合适的女孩,除了他的凯瑟琳。"你的眼光很好,肖内西太太。教会学校的修女对她从无怨言。"他补充说。

"不过她完全是个新手,哈格蒂先生。我必须手把手地教她。这倒没什么,我已经很有经验了。不过等你把她们调教好了,哈格蒂先生,她们做的下一件事就是找个人嫁了。凯瑟琳不会做这种事吧?"

"啊,不会,不会。"

"你可能得花十一年的时间调教她们,然后她们就跑了。这不是白忙活一场?我有时候也不知道自己辛辛苦苦是为了什么。"

"凯瑟琳不会跑的,你不用担心,肖内西太太。"

"所以我说一定要知根知底。认识你这样的父亲是再保险不过的。"

肖内西太太说话的时候,她的丈夫出现在吧台后面。他中等身材,灰白的短发梳得簇簇竖立,红润的皮肤上浮现着凌乱的静脉。与哈格蒂不同,他穿硬领衬衫,打领带,配上马甲和深蓝色西裤。他的右手攥着一沓文件,左手拿了一盒甜蜜阿弗顿牌香烟。他点了一支烟,把纸张摊在吧台上端详起来。肖内西太太依然喋喋不休地大谈她的想法,哈格蒂却无法把目光从肖内西先生的身上移开。

"如果你雇个乡下姑娘,你也不知道她的手脚是否干净。我们有过一个偷吃生洋葱的姑娘。当你走进厨房,她正啃着呢。'你在嚼什么，基蒂？'你很礼貌地问她。她一张开嘴，你就看见她嘴里的洋葱。"

"凯瑟琳是不会偷吃洋葱的。"

"啊，我没说她会偷吃。德什，你能给哈格蒂先生再拿一瓶黑啤吗？他会给我们一个姑娘。"

她的丈夫抬起头来，一根手指依然插在文件的纸页间。他问她在说什么。

"凯瑟琳·哈格蒂会来店里给我帮忙，德什。"

肖内西先生问凯瑟琳·哈格蒂是谁。当他意识到吧台前这个等着添酒的男人就是凯瑟琳的父亲时，他把文件卷起来插进口袋，亲手开了两瓶酒。他的妻子向哈格蒂眨了眨眼。他也希望家里有个女佣，她说，他表面上说不需要，其实心里是乐意的。

在赶牛回家的路上，哈格蒂不住地感叹自己的好运气。当时他沮丧地走进肖内西酒馆，只因那是离银行最近的酒馆。假如他没进去，肖内西太太就不会告诉他她需要女佣；假如她的丈夫没有适时地出现，他现在只能两手空空地回家。"我想买一块地。"他开门见山地告诉肖内西先生。对面的两人听得很专注，其间肖内西太太只是短暂地走开，为自己倒了半杯雪莉酒。一提到那块地的位置，他们立刻明白了它对于他的价值。"真是块难得的地，对吗，德什？"肖内西太太兴奋地说，"阳光又那么充足。"他把拉利的遗孀给的价钱也告诉了他们，他把自己知道的一切都和盘托出。

最终，在他喝完四瓶黑啤之后，肖内西先生为他倒了一杯帕地威士忌，肖内西太太为他做了一个软奶酪三明治。他会把凯瑟琳送来，他承诺，之后她就交给肖内西太太了。"我感觉我们会合作愉快。"她自信地说。

比迪会远远地看见他，他一边赶牛一边想。她会先看见牛，然后跑回家说它们没有被卖掉。家人会因此拉长了脸，而他会不动声色地走进厨房，端起自己的茶。银行经理还是老样子，他会说，然后他会复述银行的贷款方案——这些都是实情。讲完他与恩索尔先生的对话之后，他会说到自己在回家之前如何走进了肖内西酒馆。

他看见比迪在前方的路上向他挥手，不出所料，她转身往家里跑去。当他低声感谢上帝时，小女儿的模样再次浮现在他的眼前。凯瑟琳出生那天，雨从黎明一直下到黄昏——人们说雨天会给新生儿的家庭带来好运，今天或许应验了。

凯瑟琳跟着肖内西太太参观每一个房间，眼前的一切让她感到惊慌。她的脚从没踩过地毯。农场家里铺着木板或者油毡，修诣院里女院长的房间地面也铺着油毡。四壁的墙纸同样让她不知所措，天花板周围还环绕着一条雕满花朵的窄带。"你在看雕花饰带吧，"肖内西太太说，"我去年重新装修了房子。"她顿了顿，大声笑起来，显然被凯瑟琳的表情逗乐了。"那些窄花边,"她说,"现在叫作'雕花饰带'。"

肖内西太太一笑起来下巴就变得修长而光滑,前额也瞬间紧致起来。她雪白的假牙在红嘴唇后面微微嚅动——后来凯瑟琳听见她把这几颗牙叫作"代尔夫"①。她的笑声更像一阵短促的低语,几声之后戛然而止。

"你可以早起吗,凯瑟琳?"

"我习惯早起,太太。"

每次都要称呼"太太",修道院长叮嘱凯瑟琳——她得知肖内西太太要招凯瑟琳为女佣,便把凯瑟琳叫到身边。修道院长喜欢和准备找工作或是考虑移民的毕业生聊上几句。她希望看到女孩们按照她为她们设想的方式生活,也觉得有必要提醒她们潜在的种种危险。比如在新教徒的家里星期五是不禁食的,并且缺少让人敬畏的圣像。至于移民之后的环境,那就更不尽如人意了。

"这是你的房间,凯瑟琳。"肖内西太太把她领进阁楼上的小卧室。进门首先看到的是一只白瓷盆,里面放着水罐,旁边是铺着床垫的床和衣柜。放置瓷盆的架子是白色的,衣柜也漆成了白色。窗户的下半部拉着纱帘,上半部挂和修道院长房间一样的褐色百叶窗。地板上没有铺地毯,也没有油毡,但在床边有一小块地毯。凯瑟琳不禁憧

---

① 这里把假牙比作荷兰代尔夫特的釉面陶器。

憬起每天清晨光脚踩在柔软毯子上的感觉。

"上个女孩留下了两件工作服，"肖内西太太说，"你应该能穿，只是你的胸比她大一点。你以前没穿过制服吧，凯瑟琳？"

"我在修道院里没穿过，太太。"

"你很快就会习惯的。"

这是肖内西太太第一次透露出对凯瑟琳的认可。制服挂在衣柜里，她说。床单和毯子在烘衣柜里。

"我想叫你凯蒂，"肖内西太太说，"如果你不介意的话。上一个女孩叫凯蒂，之前的那个也叫这个名字。"

凯瑟琳说她没有意见。修道院没人叫她凯蒂；家里人也不这么叫她，因为那是她大姐的昵称。

"很好。"肖内西太太说。她的语气表明，凯瑟琳已经正式入职了。

"你真让我骄傲，"凯瑟琳到家时父亲说，"真是我的好女儿。"

她把自己的衣服装进行李箱——那还是玛丽有一次回家时留下的。他完全感觉不到她要离开家，父亲说，因为她只是搬到七英里之外。每个周日下午她都可以回家，这可不同于去基尔本或者芝加哥。她和他并排坐在牛车上，他说肖内西夫妇都是通情达理的人。她每月的薪水会自动用于抵债，这样一来，即使算上银行负债，他偿还月供的压力也不会太大。"并不是每个人都会同意这样的安排，凯瑟琳。"

她说自己懂的。父亲神采奕奕，脸上的倦容也不见了。过去几个星期里，他对肖内西家的感激，以及母亲的欢喜，把整个家都变得喜气洋洋。比迪和康被他们的兴奋之情所感染。虽然凯瑟琳对于自己的未来毫无把握，但也莫名地快乐起来。肖内西太太还没告诉她具体的工作，只是说她每晚睡觉前要把橱柜上的闹钟带回卧室，早晨再放回厨房。似乎她最重要的任务就是准时起床。

"你要好好听肖内西太太的话，"父亲恳求她，"每一件事都要认真做，听清了吗，凯瑟琳？"

"我一定会的。"

"我们周日在家里等你，孩子。"

"我也盼望着回家。"

牛车后面平躺着一辆自行车，那也是玛丽留下的。凯瑟琳本想把行李箱绑在后座上，自己骑车去肖内西家，但父亲说什么也不肯。太危险了，他说，载个行李箱很容易让你失去平衡。

"我们会把那块地叫作'凯瑟琳的地'。"父亲说。然后他又添了一句："他们是好人，凯瑟琳。你现在要去一个好人家。"

"嗯，我知道，我知道。"

然而，仅仅过了半天，凯瑟琳就想家了。她清楚地知道，用不了多久，她就会思念从小到大带给她无限温暖的厨房，思念过道旁那间她与比迪同住的卧室——那也曾是玛丽的房间，还有院子里会凑上来撒娇的狗。她知道自己会多么思念康、父亲，还有母亲，她知道自己会怀念照顾比迪的日子。

"现在我教你怎么布置餐桌，"肖内西太太说，"听好了，凯蒂。"

首先在桌布上铺好软木垫，以免盛热菜的盘子烫坏漆面。每张软木垫的左边放几个小碟子，用来盛土豆皮。刀叉分别置于软木垫的左右，然后在垫子上方放汤勺和小叉子。胡椒和盐要放在肖内西先生伸手能够到的地方。分餐勺放在餐桌中央的大垫子上。早晨的餐桌要在前一晚布置好，杯子要口朝下放在杯碟上，免得早晨生火时的浮灰落进去。

"你会劈柴吗，凯蒂？我教你怎么用小斧头。"

她还教她如何用硬刷子清扫楼梯上的地毯，以及如何使用簸箕。她说每个壁炉架上的灰都需要在每天早晨清扫，并一一指出哪些地方容易积灰。她告诉她平底锅和盘子放在哪里，并教她如何生火——那是每天清晨的第一件事。每周六下午四点到五点清扫后院。每天早餐后从后院的水箱里泵水，这需要连续按压手柄十五分钟。

"那是你的厕所，凯蒂，"肖内西太太指着后院的厕所说，"女佣都用那间。"

制服并不合身。她先穿上蓝色制服照了照镜子，又换上黑色的。梳妆镜的表面虽已锈迹斑斑，她依然能看出没有一件适合她。我看上去胖得像个白痴，她想，各处褶边都翘着，袖子紧紧地绷在小臂上。"啊，棒极了。"凯瑟琳穿着黑制服走出卧室时，肖内西太太说。她向凯瑟琳演示了如何系紧围裙和戴上工作帽。

"你父亲的身体还好吗？"下午六点钟，肖内西先生下楼喝茶的时候问她。

"他很好，先生。"想到父亲，凯瑟琳的鼻子不禁一酸。她强忍住泪水。

"那天我见到他的时候，他的样子很憔悴，"肖内西先生说，"因为没人买他的牛。"

"他现在好多了，先生。"

肖内西家的瘦脸儿子也出现了。午饭时他没和她打招呼，现在依然对她视若无睹。肖内西夫妇有三个孩子，小的两个成年后都离开了家。肖内西太太把他们称为"我的另一个儿子"和"我的女儿"——儿子在利默里克经商，女儿嫁给了郡土地测量员。瘦脸儿子会继承家业，她说。理发店、杂货铺和酒馆，或许还有保险生意。凯瑟琳怅然想到，康作为长子也会继承农场。在那之前他会迎娶安吉·麦克里尔——有了新买的那块地，她会毫不犹豫地嫁给他。

凯瑟琳布置好餐桌，回到厨房。肖内西太太正在煎鸡蛋火腿和苏打面包片。煎好之后，她把它们分盛进三个盘子，让凯瑟琳连同茶壶一起端上桌。她告诉凯瑟琳，放好主人的餐盘后就回厨房，再煎她自己那一份。"我也不知道这个行不行。"关上餐厅门的时候，她听见肖内西太太说。

晚上她躺在陌生的床上，不愿太快入睡，因为睡眠会加速明天的到来，而那不过是今天的重演。她不想待在这里，星期天她会说。一旦他们知道这里是什么样子，就不会让她继续受罪。她小声抽泣着，脑海里再次浮现出七英里之外的温暖厨房，躺在壁炉旁的牧羊犬，还有摇着鼓风机手柄的比迪——那是她唯一能够胜任的家务。她看见父母一如往常地坐在桌前，母亲织毛衣，父亲陷入沉思，帽子依然扣在头上。如果他们看见她这身打扮，他们会懂的。如果他们看见她站在水箱边泵水的模样，他们会心疼的。"我没时间对你讲两遍，凯蒂。"肖内西太太一次又一次地说，她涂着浓妆的长脸上没有一丝笑容。如果凯瑟琳不慎损坏了某件东西，她会说，损失会从你的工资中扣除，尽管凯瑟琳从未见过自己的一分工资。在凯瑟琳的梦里，肖内西太太不住地大笑，她的下巴越来越长，越来越光滑，雪白的门牙在口中嚅动。这些裙子原本属于英国国王的女儿，她解释说，所以才不合她的身。然后玛丽走进厨房，说自己刚从基尔本回来。她穿着一双别人的鞋，她建议买鞋的钱也从凯瑟琳的工资里扣。肖内西太太点头同意。

六点半的闹钟响起，凯瑟琳睁开双眼，不知自己身在何处。前一日的细节逐一在脑海里浮现：软木垫、劈柴的窝棚、肖内西家儿子的瘦脸、厨房油腻的把手、肖内西太太不耐烦的口气。现实比梦中的困境更糟糕，脚下柔软的地毯也没能带来任何奇妙的感觉——她几乎忘记了它的存在。她把睡衣从头上脱下，怔怔地看了看暗淡镜中的自己——肉乎乎的大腿和膝盖，深陷在小腹中央的肚脐。她套上腿袜和内衣，感觉比昨晚辗转反侧时更加恍惚。她跪在床边念完早祷后，祈求上帝将她带离肖内西家。她希望父亲能够理解她的请求。

"主人已经在等早饭了，凯蒂。"

"我一下楼就开始生火了，太太。"

"如果你六点四十不把火点着的话，炉子就不能及时热起来。我昨天就告诉你了。你是不是没把风门拉开？"

"引火纸总是点不着，太太。"

"点不燃说明你用了受潮的纸，或者是用了杂志纸。用杂志纸是生不了火的，凯蒂。"

"如果我有一点煤油，太太——"

"我的上帝，你是不是疯了，孩子？"

"在我家，如果火燃不起来的话，我们会倒上半杯煤油，太太。"

"永远别把煤油拿到炉膛边来。如果主人听见了，他会暴跳如雷的。"

"我只是说这样能快一点，太太。"

"如果你生火太慢的话，就把闹钟定到六点。如果到了七点四十五早饭还没有上桌的话，他会气得掀桌子的。你把盘子放进烤箱了吗？"

凯瑟琳拉开烤箱门，一只黑猫从里面蹿出来，报复似的抓了一下她的手背。

"万能的主啊！"肖内西太太惊呼，"你想活烤了这只可怜的猫吗？"

"我不知道它在里面，太太。"

"这小家伙还在里面你就生火！你知道自己在干什么吗，凯蒂？"

"我不知道，太太——"

"每次生火前一定要把两个烤箱都检查一遍，孩子。听清楚了吗？"

早饭过后，凯瑟琳走进餐厅收拾，肖内西太太正在给儿子讲猫被关进烤箱的事。"你说他们的脑袋是不是蠢得像萝卜？"她当着凯瑟琳的面评论道。她儿子敷衍地笑笑。凯瑟琳问他还吃不吃果酱，他没有理会。"说话要尽量清楚一点，凯蒂，"肖内西太太后来对她说，"不是每个人都能听懂乡下口音。"

这一天和前一天一模一样，只是十一点时肖内西太太说："上楼去把你的工作帽摘了。穿上大衣去一趟克劳利肉铺。买半磅牛臀肉，再要点板油。带着橱柜上那个本子。他一看到本子就知道你是谁。"

到现在为止，这是最令她开心的一件差事。在肉铺里，她的前面排了两个顾客，每个人都和店主聊了会儿家常。克劳利先生问了她的名字，说："我认识你父亲。"然后他也和她聊起来，先问她的父亲身体怎么样，然后问起她的哥哥姐姐。他听说她的父亲买了拉利家的那块地。她是镇上最后一个穿制服的女佣了，他说，在麦克卢尔家帮工的内莉·布罗德里克因为腿有毛病辞职了。

"你是不是疯了？"她到家的时候肖内西太太冲她大喊，"我要是自己去肉铺，绝不会耽搁这么久。我昨天不是告诉你早晨别磨蹭吗？"

"对不起，太太，只是克劳利先生——"

"到杂货铺里去，告诉先生我做饭晚了，问他你能不能帮他干十分钟的活儿。"

凯瑟琳走进杂货铺时，肖内西先生问她是不是犯糊涂了。瘦脸儿子正在称砂糖，称好后分装进褐色纸袋，再一一系紧袋口。酒吧吧台那边传来一阵低语。

"肖内西太太做饭晚了，"凯瑟琳说，"她叫我来帮您干十分钟的活儿。"

"哈，太可笑了！"肖内西先生仰头大笑。几点唾沫星子落在凯瑟琳的脸上。瘦脸儿子没精打采地笑了笑。"你会拧引火纸吗，凯蒂？你知道什么是引火纸吗？"肖内西先生从柜台上拿起一张褐色的纸演示了一遍。凯瑟琳摇了摇头。"你知道一包茶叶卖多少钱吗，凯蒂？你会称砂糖吗？回到

260

太太身边去，告诉她别犯傻了。"

当她回到厨房，凯瑟琳没有复述先生的话，只是说先生不用她帮忙。"提一筐煤到餐厅里，"肖内西太太说，"然后弄点芥末酱。你会做芥末酱吗？"

凯瑟琳从未尝过芥末。她听别人说过那种滋味，自己却想象不出。她想说不确定该怎么做，但在她开口之前，肖内西太太就叹了口气，让她去擦洗大门外的台阶。

"我不想回去，"凯瑟琳在星期天说，"我听不懂她要我干什么。我就孤零零的一个人。"

母亲心疼地看着她，摇了摇头。"我认识一些人，"她说，"他们的农场渐渐维持不下去了。现在他们沿街乞讨，和叫花子没什么区别。我生了十个孩子，凯瑟琳，七个已经离开了我。这些你不得不考虑，亲爱的。"

"我第一天就哭了。上床的时候我觉得孤单极了。"

"但是你睡在一个干净的房间里，对吗？你在那儿吃得比家里好，对吗？她还给你免费的衣服，对吗？你是不是该好好考虑一下？"

这是一笔讲好的交易，母亲还提醒她。比迪说去城里工作实在是太棒了，她说自己做梦也想看一眼那样的房子，一栋有火炉有楼梯的房子。

"我觉得他们对你很满意，"父亲从后院里走进屋，"假如他们不喜欢你，不到半天就会让你回来。"

她骑着玛丽的自行车离开家的时候，她想，都怪自己太努力了。假如她把每件事都干砸了，现在她早已解脱了。想到又有一个星期见不到比迪、康和父母，她就流下泪来。她不愿回到那间孤寂的干净房间，也不愿形只影单地走进那间厨房。她觉得自己撑不下去了。要熬那么多天才到星期天。好不容易等到了，几个小时一眨眼就过去了。然而她此刻已经明白，只要家里需要，她会一直待在肖内西家。

"我说了要你六点半回来，凯蒂，"肖内西太太一见她就骂，"已经快七点了。"

凯瑟琳说她很抱歉。她说自己不得不半路停下来给自行车打气。事实上，她停下来是为了擦泪、擤鼻涕。在肖内西家的短短几天里，她已经养成了编造借口的习惯，因为谎言比事实更能掩饰能力的不足。

"用我教你的方法煎面包，凯蒂。煎成两面金黄。先生喜欢脆的。"

不知不觉，她在肖内西家和农场之间已经往返了七次。在这段时间里，她发觉肖内西先生还有另一桩喜好。一天早晨她正在给餐厅的壁炉掸灰，他走过来，站在她的身旁。她以为自己挡了他的路，连忙让到一旁。一周以后，他再次凑到她的身边，呼吸的热气落在她的脸颊上。当他第三次故技重演时，她的脸不禁热了起来。

就这样，在凯瑟琳的眼里，肖内西先生取代他的太太成为这个家的中心。瘦脸儿子始终死气沉沉，几乎从不加入对话，更不会主动谈自己的想法。肖内西太太也一如既往地扮演着女主人的角色。她每天中午到厨房烹调肉和土豆，再加上丈夫每餐必不可少的牛奶布丁；除此之外，厨房便是凯瑟琳一个人的领地，每日的早餐和晚上六点的茶点都由她一人料理。肖内西太太更愿意待在店里。她喜欢和客人聊天，她告诉凯瑟琳；她也喜欢偶尔喝上一杯雪莉酒。"我就是这种个性，凯蒂。我可没办法做个家庭主妇。"她在聊天的时候显得更和蔼。她坦言，培训一个乡下女孩是件费神费力又惹人生气的事，所以她多少有点不耐烦。一天凯瑟琳的父亲来酒馆还月供，肖内西太太告诉他，"凯蒂做得很好。"他听了非常高兴，并在随后的星期天告诉了凯瑟琳。

肖内西先生靠近她的时候总是一言不发，但他在其他场合却会和蔼地和她讲话，还夸赞她做饭的手艺。他看上去很随和，完全不同于他的儿子。他更像另外两个孩子——那个嫁出去的女儿和在利默里克的儿子。两人回家参加叔叔的葬礼时凯瑟琳曾见过他们。肖内西先生偶尔会重复一个听来的笑话，肖内西太太会哈哈大笑，她的下巴随之变长，额头上的皱纹也不见了。在叔叔的葬礼那几天，回家来的儿子女儿听了他的笑话同样哈哈大笑，但留在家里的儿子只是稍微翘了翘嘴角。"听听这个笑话，凯蒂。"有时他单独和她在餐厅里的时候会说。然后他会提到那个为他打工的理发师鲍勃·科罗，后者从一位顾客口中听来一桩趣事。他竭力把那件事讲得生动有趣并表现出急于取悦她的样子。他的举止和语气透露出，他出现在她的身旁绝非偶然。否则，这种练习过的腔调早已消失在他回忆的深处。

肖内西先生深红色的脸、灰白的短发，以及衣服上散发出的烟味难以从凯瑟琳的脑海中抹去。她不再在卧室里独自落泪，但她知道肖内西先生的举动为她的孤单增添了一层鲜明又隐晦的色彩。这种事她在周日下午是无法说出口的。

每天傍晚，凯瑟琳会坐在壁炉旁为这件事苦恼。那只曾被她关进烤箱的小黑猫已经长大，它趴在她的椅子边上，懒洋洋地眨着眼睛。闹钟在橱柜上嘀嗒走着。她是否该把这件事告诉别人？当他凑到她的身边时，保持沉默是否是一种罪过？没能鼓起勇气让他走开是否是一种罪过？在修道院所在的村子里，她的一个女同学曾远远地指着路牌下的一个男孩说：他一直想亲你；他会跟着你，小声对你说话。尽管凯瑟琳常独自回家，那个男孩却从没有靠近她。她觉得他长得不算难看，对他也并不反感。姐姐们常抱怨男孩子，说他们在和你跳舞的时候总想趁机亲你；她不知道自己是否会介意。姐姐们说他们是讨厌鬼，但凯瑟琳却欣赏他们的大胆。

肖内西先生与他们不同。当他靠近她时，他的呼吸变得粗重而急促。他每次稍作停留便毫无征兆地离开。他头也不回地走远，脚下悄无声息。

直到有一天，肖内西太太出门买新裙子，瘦脸儿子守在店里。肖内西先生走进厨房，她正在刷洗沥水架。他径直走到她的身边，仿佛早就和她商量好似的。他没有像以往一样站在她的侧面，而是站在她的身后。她第一次感觉到他的手落在她的衣服上。

"肖内西先生！"她低声说，"肖内西先生，别。"

他无动于衷。他的脸触到了她的头发，呼吸声越发急促。

"肖内西先生，我不喜欢这样。"

他似乎没听见她的话。她感觉到他闭上了双眼。忽然之间，和以往一样，他转身走开了。

"今天晚上鲍勃·科罗给我讲了一件怪事，"晚餐时分，当她把装满油炸食物的餐盘放在他们面前时，肖内西先生说，"在都柏林，有个女人睡在克莱里商店的橱窗里。"

他的妻子一脸的不屑。鲍勃·科罗的话你也信，她说。

"听说她被催眠了。那是奥德雷斯特床垫的广告。"

"别吹牛了！他是在逗你玩呢，德什。"

"绝对不是吹牛。听说她已经在那儿睡了一星期。围观的人把路都堵住了，要靠保安维持秩序。"

凯瑟琳在身后关上餐厅的门。当他说到有个女人睡在克莱里商店的橱窗里时，他转过头看着她，似乎把她也当作自己的听众。他的眼神中没有一丝异样，但凯瑟琳依然无法直视他的眼睛。

"我们家祖祖辈辈耕地，"星期天回家的时候，她的父亲说，"我从没犁过这么好的地。"

她的话已经到了嗓子眼。她已经忍了太久，几乎无法控制自己。她渴望泪水夺眶而出的那一刻，渴望听见他安慰自己的声音。那种时刻是她儿时的温暖记忆。

"你真是个好姑娘。"他说。

肖内西先生会独自参加早场的弥撒，等到妻儿去教堂参加晚场时，他再到厨房里来。就算她躲进卧室，他也会跟进来。要是院子里的厕所有门闩的话，她宁可把自己锁在里面。

"只有凯蒂和我在家的时候，家里安静极了。"一家三口在餐厅里吃午饭的时候他说。她无法理解他如何能一边大嚼，一边若无其事地说出这样的话，仿佛一切都不曾发生过。她无法理解他如何能在瘦脸儿子或是另两个孩子面前装出一副斯文模样。肖内西太太哼着歌在屋里走动，一边喊着丈夫的教名时，她更感到局促不安。

"肯尼家的姑娘要结婚了，"一天肖内西太太在餐桌上说，"新郎是五金店的泰森。"

"我都不知道他们两个在谈恋爱。"

"哦，他俩谈了很久了。"

"是他家的二女儿吗？染了头发的那个。"

"她叫伊妮德。"

"鲍勃·科罗居然不知道这事。他向来消息最灵通了。"

"我一直瞧不起泰森那小子。不过话又说回来,没准他俩正合适呢。"

"你听到了吗,凯蒂?伊妮德·肯尼要结婚了。你可千万别学她。"他说完笑起来,肖内西太太也笑了,瘦脸儿子的嘴角也翘了起来。这种事不太容易发生,凯瑟琳心想。"你今晚想去跳舞吗?"克劳利先生常在星期五问她。她会回答也许吧,但总是没机会出门。在肖内西家的店里或是在弥撒上,没有人用从前看玛丽的眼神看她,她猜大概是自己不够漂亮。但对于肖内西先生而言,她已经足够漂亮,足以激起他急促的呼吸,让他把脸贴近她的头发。她怨恨地回想着这一切,想象着自己有一天在餐厅爆发,当着他的妻儿痛斥他。

"你这个星期是不是忘了扫院子?"肖内西太太问,"看起来有点脏。"

她说那是因为有个垃圾箱倒了,纸屑和灰土被风吹进了院子。她会再扫一遍,她说。

"我不喜欢看见院子这么脏,凯蒂。"

之前肖内西太太手下的女孩是否因为同样的原因离开?她想。无论那些女孩是谁,她们会看见她,或者听别人说起她。她们会想象她穿着黑色和蓝色的制服,对他逆来顺受——只因为她享受他的关注。她们会那么看她。

"别过来,先生。"下一次当她看见他走近时,她说。

但他没有停步。她看得出来,他知道她不敢叫出声。

"别,先生,"她说,"别,先生。我不喜欢这样。"

又过了一段时间,她不再作任何抵抗,只是像最初那样一声不吭。十二年,或者十四年,她晚上躺在床上对自己说。熬过这些年,或者更久。身着黑色或者蓝色制服的她依然是肖内西太太家境殷实的象征,而她平淡无奇的长相依然吸引着那个灰白头发的男人。有了那块地,父亲白手起家的农场终于不再窘迫。"凯瑟琳的地。"父亲常常感慨。而母亲会说:凡事皆有代价。

译后记

记得第一次读威廉·特雷弗是在飞机上，我在起飞的轰鸣声中翻开他的一本小说集。短短几行字之后，整个世界安静下来。那是一个半盲的钢琴调音师和两任妻子的故事："维奥莱特嫁给调音师的时候，他还是个年轻人。贝尔嫁给他的时候，他已是一位老人。"贝尔在三十年的等待后终于获得了心爱的男人，但她发现自己接手的房子里遍布着维奥莱特的痕迹。她更换餐具，重铺地板，竭力摆脱前任的影子，敏感的丈夫也对她呵护有加。但贝尔心中的嫉妒仍在滋长，她渐渐明白，最难抹去的印记其实在丈夫身上，几十年的婚姻生活已经让维奥莱特成了他的眼睛。当丈夫问起远山的颜色——维奥莱特曾说那是柔和的雾霭蓝——贝尔用不容置辩的口气回答，那是"勿忘我"蓝。就这样，贝尔开始涂改丈夫看不见的世界。丈夫也坦然接受，因为他知道那是婚姻的代价。故事的结尾写道，生者终将获胜，但死者拥有了更好的年华。走进特雷弗的小说仿佛步入一场晨雾，平和温润的词句如细微的水滴在眼前流过，朦胧中涌动着欲望与不安，故事结束后怅然若失的感觉久久萦绕。飞机下降时，远处亮起叶脉形状的闪电，我把书插进了杂志袋。下飞机之后，我才想起忘了拿书。我望向闪电依然繁茂的天空，想象飞机载着那些没有读完的故事起飞。不知谁会拾起那本书，成为特雷弗的下一个读者。

后来我的书架上渐渐辟出了一个特雷弗专区。他的每一本新书都是一份确幸。在期待新书的时间里，我便爬楼阅读他过往的作品。二〇一六年十一月，八十八岁的特雷弗辞世，书桌上留下了后来刊在《纽约客》上的最后一个短篇。在那以后，每读他的一篇小说，我都仿佛松鼠从冬季储粮里搬出一枚松果，既是对自己的奖赏，也是一种挥霍。

没想到三年后有缘翻译他的短篇集，这是一次难得的深度阅读，也算对大师的一份感念。翻译时我常想，这本初版于二十世纪九十年代的书，如何吸引今天的读者？在细读十二个故事之后，一个延续的主题渐渐浮现出来，那就是生活的困境。故事的主角多是如我们一样的普通人，每个人都自愿或不自知地陷入命运和欲望结成的网，退一步意味着失去，进一步又伴随着代价。每个生命都在取舍间进退维谷。于是我与出版人讨论后，决定将这本书的书名取为"生活的囚徒"。

《三位一体》便是描述在如此拉扯下的一种平衡。基思和道恩娜是一对中年夫妇，两人寄居在被他们称为"叔叔"的老人家里，照顾他，也承受他的冷眼。在后者的资助下，他们预订了一次去威尼斯的旅行。但与其说是夫妇俩的旅行，它更像代替"叔叔"作的一次心愿之旅。因此，当旅行社阴差阳错地将两人送到瑞士的因特拉肯时，基思开始担心起如何向老人交差。旅行大半的时间都消耗在抱怨、指责和忧惧之中，如画的风景也无法让他们放松半分。此刻缺席的老人更成为无法回避的存在，他的冷嘲热讽似乎已在耳边响起。如此痛苦，为何还要寄人篱下？故事最后给出了答案："在黑暗中，他们也没说：他们对他的遗产的贪恋恰如他对他们的顺从的贪恋——正是这种贪恋造就了日益牢固的三位一体。他们也没说：他的钱，以及钱所代表的自由，是他们生活中的星辰，正如他的残忍是他余生最后的快乐。"故事标题里的 *Trinity* 源自基督教圣父、圣子、圣灵的"三位一体"，这种牢固的结构是对三人由贪欲结成的三角关系的莫大反讽。

《版画师》描绘了一段散文诗般的夏日回忆。十七岁的夏洛特被父亲送到法国，在马斯苏里庄园度过一个夏天。一个阳光斑驳的午后，在她眼中"极具魅力"的男主人带她驱车去了郊外，度过了一个平静的下午。在向车走去的时候，他不禁揽她入怀，但那个动作转瞬即逝，只余下可能发生的事情的幻象。夏洛特并不知道，那个幻象将囚禁她一生。后来夏洛特成为一名版画师，那个夏天的点滴重现在她的每幅作品里，那个幻象成为包裹她的肥皂泡。轻盈、诗意的语言，却讲述了一个令人心碎的故事。夏洛特或许显得过于天真、过于执着，但置身其中，你看到的或许只是人生的无奈。

《特雷莫尔的蜜月》揭露了一对新婚夫妇心照不宣的"共谋"关系，《丈夫的归来》讲述了一个身在几十英里外却永远无法归来的丈夫，《凯瑟琳的地》记录了一桩生存与年华的交易……每个人都是自己生活的囚徒。在这些故事里，我们多少能看到自己的影子。与故事写作的八十年代相比，如今的时代已经日新月异，世界变得触手可及，人生似乎有了无限可能，但我们营造的困境似乎也更加复杂难解。困兽犹斗，或许才是人生永恒的主题，也是特雷弗笔下的静水流深。

我曾在旧书摊上淘到一本特雷弗的非虚构作品：*A Writer's Ireland*。封面上是苍凉的爱尔兰西海岸，海边野草摇曳，凯尔特石碑上风干着褐黄的苔藓。后记的配图是一位老人面朝波涛的背影，下方注着："大西洋满溢之处"。那个背影便是我心中的威廉·特雷弗——他凝视着海浪的褶皱，思考着人生的悲喜。照片旁抄录了这样一首诗：

"在这高岗上，你的遗骨永不受惊扰，
哪怕狂风呼啸，哪怕墓碑震颤——
因了你，这块墓地已成后世的圣地。
你在老去的时光里安睡，春天的气息从四面涌来，
点燃半岛的野花。"

William Trevor
FAMILY SINS AND OTHER STORIES
Copyright © William Trevor 1990
This edition arranged with INTERNATIONAL LITERARY AGENCY LTD (ILA)
through Big Apple Agency, Inc., Labuan, Malaysia.
Chinese Simplified Characters Copyright © 2023 By Archipel Press
All rights reserved

本书出版获得 Literature Ireland 资助,特此鸣谢。

LITERATURE IRELAND
Promoting and Translating Irish Writing

图字:09-2021-805 号

图书在版编目(CIP)数据

生活的囚徒/(爱尔兰)威廉·特雷弗 (William Trevor)著;亚可译. —上海:上海译文出版社,2023.11(2024.3 重印)
书名原文:Family Sins
ISBN 978-7-5327-9365-5

Ⅰ.①生… Ⅱ.①威…②亚… Ⅲ.①短篇小说-小说集-爱尔兰-现代 Ⅳ.①I562.45

中国国家版本馆 CIP 数据核字(2023)第 187921 号

生活的囚徒

[爱尔兰]威廉·特雷弗 著 亚可 译
特约策划/彭伦 郭歌 责任编辑/管舒宁 封面设计/一亩幻想

上海译文出版社有限公司出版、发行
网址:www.yiwen.com.cn
201101 上海市闵行区号景路 159 弄 B 座
苏州市越洋印刷有限公司印刷

开本 850×1168 印张 8.75 插页 2 字数 132,000
2023 年 11 月第 1 版 2024 年 3 月第 2 次印刷
印数:0,001—12,000 册

ISBN 978-7-5327-9365-5/I·5846
定价:65.00 元

本书中文简体字专有出版权归本社独家所有,非经本社同意不得转载、摘编或复制
如有质量问题,请与承印厂质量科联系。T:0512-68180628